탐구와 비평의 실제

탐구와 비평의 실제

초판인쇄 ┃ 2022년 4월 15일
초판발행 ┃ 2022년 4월 20일

지은이 ┃ 송영목
펴낸이 ┃ 신중현
펴낸곳 ┃ 도서출판 학이사

출판등록 : 제25100-2005-28호
주소 : 대구광역시 달서구 문화회관11안길 22-1(장동)
전화 : (053) 554~3431,3432
팩스 : (053) 554~3433
홈페이지 : http:// www.학이사.kr
전자우편 : hes3431@naver.com

ISBN _ 979-11-5854-349-5 03800

탐구探究와 비평의 실제實際

송영목 지음

學而思 학이사

탐구와 비평의 실제

여러 권의 평론집을 출간했지만 평소에 늘 나는 문학적 재능도 부족한 사람인데 많은 저서를 남긴다는 것은 좋은 현상은 아니라고 판단하고 있다. 그래서 가능하다면 책을 출간하지 않으려고 굳게 마음을 가졌는데 지면을 통해서 발표한 글들이 쌓여서 그냥 버리고 가기에는 나를 용서하지 않아 버릴 것은 버리고 추려서 『탐구探究와 비평의 실제實際』라는 제목을 달아서 출간하기로 했다.

나는 평론(비평)은 비록 학문은 아니지만 작품을 대면할 때는 탐구하는 자세가 요구된다고 주장하고 있다. 학술지에 연구硏究라는 이름으로 발표된 최명희의 소설 「혼불」과 박곤걸의 시가 너무 좋아서 분석한 연구 논문을 실었기 때문에 탐구探究라는 어휘를 빌려왔고, 그 외에 작품들은 지면을 통해서 발표한 작품 비평의 글들이다.

특히 대구지방의 소설가들을 격려하기 위해서 그야말로 누군가 지적했듯이 온정적인 비평의 글을 게재했으나 그 성과에 대해서는 기대에 부응하지는 못한 것 같다. 제1부에서는 시詩, 제2부에서는 소설小說에 대한 평론을 실었다.

이 평론집은 나의 평론활동의 일부를 정리해 둔 것이라 해 두면 무방할 것 같다.

늘 가까이에서 선한 삶을 살도록 인도해 주시고 건강을 유지시켜 주신 하나님께 먼저 감사드리고, 반세기 넘도록 동행해 준 나의 내자에게도 이 책을 선물로 대신하고자 한다. 아울러 출판을 쾌히 승낙해 준 학이사 신중현 사장과 사원들에게도 감사의 말을 전하고 싶다.

2022년 4월

송영목

■ 차례

2부 _ 소설 小說

1부

시詩

박곤걸 시 연구

I. 序言

　시가 죽어가고 있는 세대에 살면서 이것만을 붙들고 한평생 살아온 박곤걸 시인의 작품세계를 탐색할 수 있게 된 것부터도 도전해볼 만한 대상으로서는 선택에 무리가 없다고 판단해서이다. 더구나 지방에서 꾸준히 시 작업을 계속해 온 시인의 열정과 자신과의 끊임없는 치열한 대결에서 획득한 작품을 만날 수 있다는 것도 연구 대상으로 삼은 요인의 하나다. 그리고 쉽게 시류에 휩쓸리지 않으면서 그의 정신세계를 지탱해 온 견고한 시정신이 더 돋보인 것도 일조一助를 했다.

　그의 시를 연대별로, 곧 시집 발간 순서로 고찰하는 것도 한 방법이 되겠으나 전체를 조명하는 데는 적합지 않은 것으로 사료되어 작품 전체를 시어 통계에 의한 과학적 접근 방법을 도입하여 분석하고, 총체적으로 고찰해 보려 한다. 이는 시어 조탁의 문제와 그가 즐겨 사용한 시어 및 빈도수에 따른 그의 시 세계를 조명하는데 더 확고한 뒷받침이 되리라는 의도 때문이다. 그리고 기존의 평가에 대한 검토도 빠뜨리지 않았으며, 시어 통계에 의한 접근 방법에서 결여되기 쉬운 시의 내용 곧 정서와 사상까지도 거론하고자 한다. 무엇보다 시에 임하는 시인의 자세가 확고부동하였고 시의 대가성을 전혀 고려하지 않고 시만을 사랑한 그의 정신세계가 이 연구에서 더 부각되리라는 점도 간과해서는 안 될 대목이다. 연구대상의 시 작품 분량이 많아서 시어 통계에 할애된 시간이 길었고, 나아가 412편을 압축시켜 결론에 이르게 하는 작업 또한 쉬운 일이 아니었음을 밝혀두고자 한다. 이러한 연구 방법도 노력은 많이 들지만 시 연구방법으로는 타당성이 인정되리라는 것도 의도하는 바 그 일단이라 할 수 있다.

초기 시에서 보여준 시어 조탁과 수사에 쏟은 정열이 후기로 오면서 자기와의 치열한 싸움은 주춤한 반면 시정신의 완숙함은 이를 능가하고 있었다.

그의 시집이 발간될 때마다 해설이나 평설 및 서평을 통한 작품을 논한 글들에 대한 검토와 그의 작품을 시어 통계에 의해서 여러 항목으로 나누어 고찰해 보고, 총체적인 작품세계를 조명하는 순서로 전개하고자 한다. 아울러 지금까지는 박곤걸 시의 전체를 다룬 예가 없었다는 점도 이 글이 의도하는 바 동기가 되고 있음을 밝혀두고자 한다. 그러나 객관성을 유지하면서 보편 타당성을 획득하기란 여간 어려운 일이 아님도 새삼 절감하고 있다.

II. 평가에 대한 검토

편의를 위해 시집 발간 순서에 따라 평가에 대한 검토를 논의해 보는 것이 순리일 것 같다.

먼저 시집 1권『환절기』에는 박양균 시인의 서문과 평론가 장윤익의 발문 그리고 박 시인 자신의 후기가 수록되어 있어 여타 시집과는 다른 점을 보여주고 있다.

詩를 對하는 態度가 경건하고 詩의 發想이 健全하고 詩를 다듬는 솜씨가 어젓함에 어떤 信仰生活에 젖는 듯한 느낌마저 갖게 한다.

무성히 기미자국 엉키는
그 辛苦도 이슬 물빛에 바래어 내며
그대와의 고운 日常을 닦는
눈부신 빨래 볕살에서
內省의 눈을 맑혀
淸淨히 沈潛한 참흙에 내리는
깊은 뿌리.
속살빛 至順한 品格을 켜올려
백합 몸내 몇 알 日月로 반짝인다.

- 「살결」中에서

이 詩에서와 같이 그 堂堂한 呼吸을 높이 사고 싶거니와 끌려 들어가면서도 情의 浪費나 逃避가 없이 正確한 事物觀으로써 存在와 對決하는 姿勢는 健康美까지 갖게 한다. 思潮에 흔들리지 아니하고 時流에 휩싸이는 일도 없이 그는 그의 길을 묵묵히 가고 있을 따름이다.[1]

---

1) 朴陽均『환절기』, 박곤걸 제1시집, 형설출판사, 1977년 10월, 序文에서

그는 박곤걸 시인의 인간성에 접맥시켜 시를 간편하게 평가하고 있지만 과녁에서 빗나가지 않고 있다. 구체성에 바탕을 두기보다는 추상적인 면이 없지 않지만 그래도 수긍이 되는 평가라 할 수 있겠다.

> 朴坤杰 詩人은 詩集『換節期』에서 여러 가지 문제를 提起해 주고 있다. 시의 창작에 한해서는 어느 시인도 따를 수 없는 情熱을 가지고 있다는 것은 그의 健實한 詩作態度와 오브제들을 바라보는 생활태도에 根據한 것이라고 思料된다. 이러한 詩作態度는 대상에 대한 깊이 있는 觀照를 가지게 되며 나아가서 시의 본질과 認識의 문제에도 세심한 주의를 쏟고 있는 것이다.[2]

이렇게 평가하면서 一部, 二部, 三部의 詩를 인용하면서 詳論한 다음,

> 眞摯性과 素朴性을 통해서 시를 출발하고, 온갖 유혹에도 굽히지 않는 당당한 자세에서 시의 결실을 맺고 있다. 그는 抒情을 바탕으로 해서 自然과 생명을 시의 요소로 끌어들임은 물론 언어의 美感을 천착함으로써 삶의 意義를 발견한다.[3]

어느 시인도 완벽할 수는 없다. 그러므로 그의 약점이나 결점도 지적해 주는 것이 오히려 시인을 위한 꿈이 되겠지만 대체로 시집에서 글을 보태는 사람들은 좋은 평가로 끝맺음을 하려는 경향을 배제

---

2) 張允翼「自然과 生命의 抒情的 變容」, 박곤걸 제1시집, 93쪽
3) 張允翼 위의 글 102쪽

할 수 없는 것이 이 시집에서도 예외가 아님을 보여주고 있다. 사실 『換節期』에 수록된 시들은 同一한 詩語들을 피하면서 詩語彫琢에 쏟은 정열과 세심한 배려 나아가 수사의 洗練味에서도 많은 노력을 경주한 흔적을 볼 수 있다. 그러나 그것이 때로는 애매한 표현이나 내용의 의미를 감소시키는 경우도 엿보게 한다. 이 점에 대해서는 다음 항에서 상론할 여유가 있으므로 뒤로 미루기로 한다.

제2시집의 표지에는 『돌에다 건네는 귀엣말』로 되어 있고, 연작시 '숨결'이라는 부제를 달아 놓았다. 그리고 속표지에는 朴坤杰 第二 詩集 '숨결'로 제목을 붙여 놓았다. 이 제2시집은 연작시로서 「숨결 1」부터 「숨결 50」까지 번호를 붙였기 때문에 누가 보아도 연작시인 줄 알 수 있게 해 두었다. 연작시는 그 자체가 이미 어떤 범주 속에 한정되는 구속력을 지닌다고 할 수 있다. 이를 극복하여 다양성 속에 통일과 균제를 획득하기란 결코 용이한 일이 아니다. 그럼에도 불구하고 연작시를 시도한 시인의 용기와 자신감은 높이 평가해도 좋을 것이다.

> 그의 存在는 現實性과 原始性의 테두리를 맴돌면서 새로운 野性의 목소리를 들려주고 있었다. 그의 存在性은 生命의 生氣에서 비롯되고 있다. 生命의 氣란 存在에 대한 인식을 바탕으로 할 때, 그 인식은 항상 存在者에 대한 意味를 찾는 데 있다. 自然의 섭리를 기본으로 하여 인류가 존속했을 때 生命은 그와 함께 이 우주 속에 存在하게 되었다. 朴坤杰 씨의 詩의 기본은 이러한 思想을 가장 깊숙이 간직한 채 나타나고 있었다. 自然 속에 存在한 生命의 意味를 인식하자는데 視點을 돌리고 있었다.[4]

---

4) 曺秉武 「存在와 生命」, 박곤걸 제2시집, 형설출판사, 1982년, 113쪽

시의 내용만을 부각시키다 보면 시의 美的 감각면이나 시어의 운율적 조화면에서는 시선이 비껴갈 수도 있다. 조병무의 지적이 오류에서 비롯되었다는 말이 아니고, 높은 평가를 염두에 둔 결과라 여겨진다. 이어 작품을 예로 들어 설명을 곁들이고 있는데 2항에서는

> 朴坤杰 씨의 詩에는 生命에 대한 意志가 엿보인다. 生命에 대한 意志는 人間의 근본적인 속성 속에서 나타나는 요인의 하나다. 과거 태초부터 人間의 生命意識이란 가장 절실한 것이면서도 누구든지 이를 위해 자신을 소멸하는 것이다. 그는 이러한 生命의 무한성을 時間과 空間에다 적절한 주제의식을 맞추고 있다.[5]

고 전제하고 「숨결 5, 9, 20, 22, 12」를 인용하면서 더 많은 말을 보탠 다음

> 「숨결」은 日常의 存在性에 귀착한 生命意志가 合一된 作品으로 그 빛이 빛나고 있다 하겠다.[6]

고 결론을 내리고 있다. 이는 시인 자신이 시집 自序에서 「存在, 그 生命의 和音」에서 밝힌 내용과 一致하고 있다. 그러면 이 시집에서는 지적될 만한 약점은 없는가. 그런 면에서도 지적해 주면 더 설득력이 있겠는데 이런 면에서는 아쉬움이 남는다.

제3시집의 제목은 『빛에게 어둠에게』다. 이 시집에 대하여 申奎浩는

---

5) 曹秉武 위의 글 116쪽
6) 曹秉武 위의 글 121쪽

그의 시는 한결같이 짙은 향토색 속에 우리의 전통적 정서인 情恨을 그 득히 담고 있으면서도 그것이 우리가 살아가고 있는 이 시대의 상황으로부터 멀리 동떨어진 것이 아닌, 전통정서와 시대적 상상이 편편마다 잘 조화를 이룬 絶唱이란 느낌을 받았기 때문이다.[7]

고 전제하고 「春色考(1)」, 「春色考(3)」, 「月色考」, 「어둠考」, 「行色考」, 「어둠을 위하여(1)」, 「한 하늘 아래 하나로」, 「彩色考(2)」, 「草色考(1)」, 「一色考」를 인용하면서 상론을 전개하고 있다.

그가 다양한 색채감을 통하여 인식한 갖가지 비극적 세계상 속에, 편편이 살아 숨쉬고 있는 사랑의 실체가 어떠한 것인지를 무작위로 뽑아 본 위의 시구들이 잘 말해 주고 있으며, 그것은 공소한 추상적 관념이 아닌 구체적인 이미지를 통하여 전달되어지고 있음이 분명하다. 그런 의미에서 우리는, 박곤걸 시인이 앞으로 어떻게 빛과 어둠이 공존하는 상황 속에서 이 시대가 요구하는 사랑의 실체를 새롭게 캐내어 작품 속에 형상화시켜 보여줄 것이냐 하는 점에 많은 관심과 함께 기대를 걸어도 좋으리라 생각한다.[8]

고 끝맺음하고 있다. 그는 결국 박 시인이 이 시대가 요구하는 사랑의 실체를 새롭게 작품 속에 형상화하는 데는 미흡했기 때문에 앞날을 긍정적인 면에서 기대해 보자는 논리인 것 같다. 시집 속의 해설에서 시를 예찬하는 일변도에서 벗어나 쓴소리에 접근된 발언을 할 수 있다는 점에서는 수긍되는 바 없지 않다.

김양헌은 서평에서

---

7) 申奎浩 「色彩感을 通한 悲劇的 世界認識」, 박곤걸 제3시집, 혜진출판사, 1987년, 99~100쪽
8) 申奎浩 위의 글 114쪽

전편에 나타나는 세계관은 대체로 도덕적 당위성을 드러내는 듯 보입니다. 그러한 점은 각 시편의 제목에 일관성을 부여하는 '색(色)'이 다양한 개별적 색채가 뿜어내는 아우라를 포용하는 것이 아니라, 부제로 사용된 '빛'과 '어둠'이라는 이분법적 대비로 한정된다는 데서도 잘 드러납니다. 그것은 박곤걸 시인이 당대를 부정적으로 인식하고 그것을 극복하려는 강한 의지와 밀접한 관련이 있습니다.[9]

고 전제하고 여러 편의 시를 인용하면서 소개하고 있다. 그의 다음 말은 공감을 주는 대목이며, 시의 본질적인 면에 상도하고 있음을 알 수 있게 한다.

도덕적 당위나 시대적 책무 같은 것은 굳이 시가 아니어도 감당할 수 있을 것입니다. 세계관의 탐색은 시 쓰기의 통과의례 같은 것이지 그 자체가 생경하게 드러서는 시가 될 수 없을 것입니다. 시는 〈숲 안개의 살에 묻은/ 새소리를 뜯어〉(「숨결 20」)내는 것 같은 미세한 떨림에서 삶을 발견하는 일이라고 생각됩니다. 〈돌배 맛 같은 사랑〉(「숨결 22」)이 투박한 언어로 어디 가능이나 하겠습니까. 백합나무 한 그루를 보더라도 검은 둥치와 흰 꽃이, 혹은 그 둘의 대비가 좋은 시를 이룰 것 같지 않습니다. 오히려 두꺼운 각질과 아리따운 꽃잎 사이에 놓인 연두색 이파리 하나가 봄바람에 일렁일 때 시가 솟아나는 것 아닐까요. 그것이 오히려 극단처럼 보이는 빛과 어둠의 거리를 넘어서는 길을 열어 줄 것입니다.[10]

논리성보다는 다소 시적 표현으로 정곡을 찌른 면은 이론 전개보

---

9) 김양헌 「빛과 어둠의 거리를 넘어서」(박곤걸 제3시집 서평), 대구문학 1998년 봄 호, 통권 34호, 122쪽
10) 김양헌 위의 글 125쪽

다 더 절실하게 다가서는 글이라고 여겨진다.

朴利道는《月刊文學》에 발표된 「彩色考 2」의 작품을 月評을 통해서 언급한 글도 있지만 단편적이라 여기서는 거론하지 않으려 한다.

박곤걸 시인의 네 번째 시집은 『가을 산에 버리는 이야기』다. 시인 김선굉은 시집 해설에서

순수 서정의 토대 위에서 그의 세계를 특징짓고 있는 또 하나의 중요한 사실은 테마의 일관성이다. 자연과 인간을 향한 폭넓은 시적 관심이 하나인 주제의식으로 예각화되고 있다. 자연과 인간의 본질을 궁극적으로는 그 대상의 존재론적 신비가 생명 외경이라는 동일한 테마에 가 닿고 있다. 그는 시를 존재의 본질에 이르는 통로로 인식하고 있으며, 독자적인 서정의 회로를 거쳐 밝고 건강한 시 세계를 이룩하고 있는 것이다.[11]

라고 말하면서 지금까지 출간된 시집 전체에 대한 그의 견해를 요약해 주고 있다. 이어 이 시집에 수록된 「가을 산에」, 「5월에」, 「그해 12월」을 예로 들면서

그의 시집 도처에서 어렵지 않게 발견되는 이러한 우수에 찬 세계 인식은 가히 '버림의 미학'이라 명명할 만하며, 그의 기왕의 시 세계에 비추어 상당한 변화로 읽힌다. 그러나 현재의 그의 시에서 볼 수 있는 이와 같은 소멸의 정서는 존재론적 허무주의를 의미하는 것이 아니며, 자연의 세계에 대한 신뢰의 상실을 뜻하는 것은 더욱 아니다. 그의 소멸의 정서는 자연의 理法에 기댄 건강한 미래 전망을 담보하고 있다는 데서 낭만적인 허무주의와 변별된다.[12]

---

11) 김선굉 「新生을 꿈꾸는 버림의 미학」(「가을 산에 버리는 이야기」, 그루사, 1995년 4월) 116~117쪽

아니며, 아니다는 논법으로 정곡에 이르는 데는 약간은 우회적이긴 하나 시를 정확하게 파악하고 있다는 점에서는 이의가 없다. 더구나 시를 분석하여 해설해 내려간 그의 시에 접근하는 능력이 이를 뒷받침해 주고 있다. 다만 박곤걸 시인의 작품에서 시어 사용과 관련된 수사적인 면에서 언급이 없는 것이 아쉬움으로 남는다. 그런 면에서 채수영蔡洙永은 더 시의 본질적인 근저에 이르고 있음을 보여준다.

> 항상 시는 외면하는 것 같은 낯선 얼굴을 만드는 재치를 필요로 하기 때문에 시인의 길은 언어와의 치열한 싸움의 연속이고 의미를 만들기 위한 피나는 고행을 종합적으로 일구어야 한다.13)

고「1. 들어가면서」에서 밝히고「2. 무엇을 볼 것인가」항에서는 1) 순수와 그리움 2) 허무의 옷 3) 未來로의 窓 열기 4) 도시적인 것의 풍자로 세분하여 해설한 다음「3. 나가면서」에서는

> 시를 이루는 조건은 종합적이고 다양성을 내포할 때, 미감의 영역은 확보하게 된다. - 중략 - 시는 재주나 기교가 아닌 이유가 인간을 총체적으로 투영하는 진실을 바탕으로 출발할 때, 신선한 표정을 관리하게 된다. 이런 조건에서 박곤걸 시인의 시는 순수에 대한 갈망을 그리움으로 엮어 사랑을 노래한다. 이런 정서는 욕심 없는 無心의 경지를 강화하는 초탈에서 크게 돌아오는 감동을 만날 수 있다. - 중략 - 박곤걸의 시는 오늘 위에 내일을 노래하는 가을 풍경의 우아한 시적 풍경화를 그리면서 인간을 위한 사랑에

---

12) 김선굉 위의 글 120~121쪽
13) 蔡洙永「未來의 窓과 현실관리」,《문예사조》, 1995년 11월 호, 통권 64호, 301쪽

헌신하는 詩人이다.[14]

여타 서평이 그렇듯이 추상적인 표현으로 장점만을 부각시킨 것은 예외가 아니다. 그렇지만 시집 전체를 분류하여 상론한 부분은 일반적인 서평과는 달리 논문의 형식을 취하고 있다는 점에서는 한 차원 높이는 계기가 될 듯하다. 한편 엄해영은

> 시가 아니 나아가 문학이 삶을 그 대상으로 한다는 명제는 지극히 당연한 것으로 여겨지지만, 박곤걸의 시에 나타나는 화자의 삶에 대한 태도는 매우 반성적이고, 성찰과 함께 비판적 입장을 취하고 있다.[15]

고 전제하고 「冬眠을 위하여」, 「변신變身」, 「도주」 등을 예로 제시하면서 해설하고 있으며, 「흥부가」 전문을 인용한 부분에서는

> 시정신이 궁극적으로 자아와 세계의 동일성을 추구해 왔다면, 산문정신은 자아와 세계의 대결의식을 기초로 비판정신을 추구해 왔다. 그런데, 시가 '이야기'를 가지고 산문화 될 때, 이러한 '비판정신'을 드러내기는 쉽지만, 그만큼 시적 긴장감을 상실하기도 쉽다는 점이다. 이는 체험이 산문의 진술적 단계에서 시적 단계로 올라서는 '이야기 시'의 가능성과 어려움을 확인하게 되는 것이다.[16]

라는 원론적인 비판을 내리고 있는 그의 글에서는 누구나 공감하게 될 것이다.

---

14) 蔡洙永 위의 글 310쪽
15) 엄해영 「이야기 시와 이미지 지향의 시」, 《문예한국》, 1995년 가을 호, 통권 64호, 281쪽
16) 엄해영 위의 글 286쪽

제5시집은 연작시 『딸들의 시대』인데 이유식은 해설[17] 「1. 女性다움의 渴望」에서는 서시序詩인 「그 女子」를 예로 들어 상론하고 있으며, 「2. 浪漫的 抒情과 知的 比喩」항에서는 「딸들의 시대 24」와 「딸들의 시대 14」를 거론했고, 「3. 非人間化 批判과 教育的 意義」에서는 「딸들의 시대 19, 16, 7」을 「4. 現代病 治癒와 敷衍型 構造」에서는 「딸들의 시대 28」을 예로 들어 상론한 다음,

> 그런데, 이러한 교육적 의의의 자각, 고려 때문인지, 병렬(竝列)이나 열거(列擧), 대구(對句) 등이 비교적 많이 나오고. 비교적 긴 시행들도 적잖이 눈에 띄어, 운율을 매끄럽게 하는 데 다소 지장을 주고 있는 것 같다. 제2연의 둘째 줄이나, 제5연의 둘째 줄 이하의 석 줄이 그 두드러진 예인데, 이러한 부연형(敷衍型) 구조가, 언어의 대담한 압축적 표현을 생명으로 하는 시문학의 속성(屬性)과 어떻게 마찰을 피해 조화를 이루어 나가느냐 하는 것이, 이 시인이 앞으로 우수한 민족적 시인으로서 대성해 나가는 데 풀어 가야 할 과제라고 본다.[18]

고 확고한 이론을 개진하고 있다. 해설에서는 쓴소리에 해당하는 말들은 아끼는 편이 보편적인 예인 데 비하면 이유식의 이 바른 말은 시인에게도 독자들에게도 공감을 줄 것으로 기대되는 대목이다.
  김몽선은 다른 지면의 서평에서

> 이 시집의 작품들을 편의상 세 갈래로 나누어 생각해 보기로 한다. 첫째는 이 땅에 살아 온 신라의 여인으로부터 오늘의 여인에까지 특징 있는 이

---

17) 이유식 「갈대처럼 곧게 자라는 한국여성의 대견함과 앞날에 대한 염려」(제5시집에서)
18) 이유식 위의 글 128쪽

미지를 함축해 놓은 것이고, 둘째는 그간의 할머니, 어머니, 아내, 며느리. 딸들의 사고와 정서와 행동의 변화 모습을 신선하게 그려나간 작품이다. 그리고 셋째는 오늘 이 시대 여인들의 어쩌면 과도기적, 즉 전통적인 조선 여인에게 구각을 벗고 현대의 여인으로 탈바꿈하는 과정의 갈등과 고뇌를 리얼하게 그려낸 것이다.[19]

라고 좋은 평가를 내리고 있다.

박신헌도 역시 다른 지면의 서평[20]에서 1. 현대 여성사의 풍경화, 2. 딸 가진 가정의 참을 수 없는 기쁨, 3. 신세대 여성에의 적극적인 찬사, 4. 전통적 여성상에의 자애로운 눈길로 세분해서 상론하고 있다.

박곤걸의 연작시 「딸들의 시대」는 도시화의 바람이 불기 시작한 70년대 이래 또 한 세기를 바라보는 세기말의 현재에 이르기까지 한국의 가족사 내지 여성사를 풍경화처럼 그려낸 한 편의 서사시다.[21]

위의 서평에서는 납득하기 어려운 부분이 있다. 이 시집을 일컬어 서사시라고 명명한 대목이다. 용어 하나가 엄청난 파장을 불러 올 수 있다는 점을 고려해야만 할 것이다.

제6시집도 연작시로서 『화천리 무지개』라 제목을 달고 있는데, 성기조는 해설에서 많은 부분을 지적해 주고 있지만 너무 현학적이라 설득력이 약화되는 것 같다.

---

19) 김몽선 「딸의 이미지 속에 선명하게 투영된 빛나는 시정신」, 《문예한국》, 2000년 여름 호, 통권 83호, 274쪽
20) 박신헌 「새바람의 근원 혹은 딸들에의 사랑」, 《文藝思潮》, 2000년 5월 호, 통권 118호, 305~315쪽
21) 박신헌 위의 글 305쪽

시인은 고통을 삭히고 삶을 즐겁게 하는 사람들이다. 비록 타인의 고통 속에서 태어났지만 죽기는 우리들 자신의 고통 속에서 죽어가야 한다. 고통을 즐거움으로 바꾸고 천진무구한 건강한 시를 쓰면서 박곤걸은 영원히 화천리 주민이 될 것이란 믿음을 버릴 수 없다.[22]

로 끝을 맺고 있으며 이 부분은 그래도 다소 추상적이긴 하나 이 시집에 담겨 있는 시인의 모습을 요약한 글이라 할 수 있다.

김상환은 다른 지면의 서평 끝부분에서

박곤걸 시집 『화천리 무지개』는 천상 고향의 시편이다. 고향의 자연과 생명, 고향 사람들의 사랑과 풍속, 정신 등에 대한 그의 기억과 의식의 편린에 속한다. 그리고 끝내는 이순의 자신이 돌아가야 함에도 불구하고 돌아갈 수 없는 향수의 세계이기도 하다.[23]

새로운 의미 부여나 특이성이 없는 개괄적인 서평에 머물고 있음을 직감할 수 있는 글이다.

정민호는 역시 서평에서

박곤걸은 꾸준히 노력하는 시인이다. 그의 외곬으로 파고드는 천착성은 아무도 따를 수 없듯이 그의 화천리 시편은 아무도 흉내낼 수 없는 독특한 시작형태를 갖추고 있다. 물론 연작시는 누구나 시도할 수 있지만, 박 시인의 시적 경작(詩的耕作)은 박 시인의 독특한 것이라 할 수 있다. 그가 끌고 나가는 시 문장은 남을 현혹시키는 화려한 수사가 아니라 수사학적 원리에

---

22) 성기조 「화천리 주민의 각서」, 제6시집 해설
23) 김상환 「도원(桃源)에의 향수 혹은 하늘 말귀 열기」, 《호맥문학》, 2003년 3월 호, 통권 150호, 62쪽

맞는 문장을 구사함으로써 중후하고 점잖은 시풍으로 안정감을 주는 시인이다.[24]

고 전제하고 시작품들을 해설한 다음

> 박 시인의 시를 전통시라고 간주한 것은 그가 시적 뿌리를 전통성에 두고 있기 때문이며, 한국의 전통성을 지키고 있기 때문에 전통시라고 명명(命名)한 것이다. 그리고 그가 사용한 시어들은 한결같이 적재적소에서 투명성을 발휘하고 있음을 볼 수 있다.[25]

이는 박 시인의 작품을 추켜세우려는 의도를 강하게 드러내 보여주는 대목이다. 박 시인의 시어 사용에 대해서는 본론에서 상론하기로 하겠다.

경산대학의 김주완 교수는 '박곤걸 시의 존재론-박곤걸 제6시집 『화천리 무지개』를 중심으로-' 라는 논문을 철학론총에 게재하고 있는데 여타 해설한 분들의 글보다는 좀 더 세분해서 고찰하고 있음이 진전된 모습이라 하겠다.

> 『화천리 무지개』에 나타나는 박곤걸의 시적 사고는 이원론적이다. 현실 속에서 파괴되고 피폐해 가는 화천리와 그의 기억 속에 살아있는 완전하면서도 순수한 본래적 화천리라는 두 개의 화천리가 간결한 시의 두 축을 이루고 있다. 화천리는 꽃이 냇물로 흐르는 동네이다. 그것이 실재하는 공간이든, 시인의 정신 속에 존재하는 비실재적 공간이든 간에 시인에게는 그

---

24) 鄭旼浩 「傳統詩에 나타난 鄕土的 情緒」, 《펜과 문학》, 1999년 봄 호, 통권 50호, 189쪽
25) 鄭旼浩 위의 글 194쪽

것이 그리 중요한 것이 아니다. 시인의 시적 삶은 늘 화천리를 보면서 화천리 속에 있기 때문이다. 그런 의미에서 시작(詩作)은 저 땅과 이 땅이 하나로 만나게 하는 특정구역이다. 시인의 삶은 특구 속에서의 삶이며, 그가 생산해 낸 작품을 통하여 일상인의 삶을 특구 속으로 이끌어 들이는 삶이다. 그리하여 화천리 지향의 시정신으로 압축할 수 있는 박곤걸의 시집 「화천리 무지개」는 박곤걸의 것인 동시에 만인의 것이 된다. 그러나 저 땅에 눈떠 있으며, 저 땅에 꿈과 소망과 목표를 가진 만인만이 더운 피로 생동하며 살아있는 만인이 될 수 있다.[26]

논리 정연한 이론보다는 감상과 해설에 더 접근된 글인 것 같다. 아무튼 한 시집에 담긴 시의 존재를 논문으로까지 업그레이드한 그의 의지와 착상이 새로움과 무게를 더해 주고 있다.

제7시집은 『하늘 말귀에 눈을 열고』인데 윤강로는 해설에서

박곤걸은 시적 자아와 실체적 자아를 얽매는 데서 놓여나 허심탄회한 모습을 보여 주고 있다. 시인에게는 많은 늪이 있다. 박곤걸은 늪에서 자유롭기 위하여 시의 몸짓을 가볍게 하고 시의 소리를 꾸미지 않는다.[27]

고 점잖게 표현하고 있지만 속내를 들여다보면 그는 시를 쉽게 생각하고 詩作하고 있다는 의미가 내포되어 있다. 후술하겠지만 연륜이 쌓이면서 내면세계는 성숙되어 가지만 시적 표현에 기울이는 탁마와 노력은 젊었을 적보다는 심혈과 정성의 농도가 엷다는 것이다.

---

26) 김주완 「박곤걸 시의 존재론」, 철학논총 제30집(2002년 제4권, 새한철학회논문집) 〈한글요약〉에서 인용함
27) 윤강로 「자연, 자연성의 시」, 제7시집 해설, 《문예운동》, 2002년 10월 15일, 110쪽

좋은 시인은 불완전한 신념에 도취하지 않는다. 또한 덧칠하는 시의 자작극으로 놀아나지 않으며, 지적 현학이 달그락거리는 내면의 옹졸한 그릇소리를 내지 않는다. 『하늘 말귀에 눈을 열고』의 전체적 인상이 그렇다.[28]

박곤걸 시인의 이 시집에서는 공감해도 좋은 지적이라 사료된다. 이 역시 시를 쉽게 그리고 쉬운 시를 지향하는 그의 의도와 일치되는 견해라 하겠다.

이진엽은 서평에서

그의 이 시집에는 '자연'을 중심 매체로 한 인간 본연의 소탈하고 순수한 모습이 일관되게 직조되어 있다. 문명에 때묻지 않은 자연의 건강하고 싱그러운 삶을 시인은 끝없이 추구하면서, 그 속에서 세속적 삶에 대한 일탈과 정신적 여유를 한껏 누리고자 한다. 자연에 대한 이러한 인식은 현세적, 인위적인 말로부터의 초월 즉 '초언어(超言語)의 미학'으로 나타난다.[29]

고 논급한 다음 여러 시편을 예로 들어 설명을 곁들이고, 이어

지금까지 살펴보았듯이 시집 『하늘 말귀에 눈을 열고』는 '자연'을 중심 모티프로 삼아 삶과 존재에 대해 깊이 있는 탐색을 시도하고 있다. 병든 문명과 인위적인 언어에 때묻지 않은 언어 이전의 순수한 자연성에 대한 갈망, 자연과의 완전한 합일을 염원하는 사상은 이 시집 전체를 관류하는 정신적 큰 흐름이다. 이러한 흐름이 황량한 이 시대에 더욱 깊은 소리로 파동

---

28) 윤강로 위의 글 111쪽
29) 이진엽 「자연 속의 깊은 울림과 반향」, 《생각과 느낌》, 2003년 봄 호, 통권 25호, 221쪽

치기를 바라며, 문명에 찌든 현대인들의 삶에 항상 맑은 생명수로 길어 올려지기를 간절히 기대해 본다.[30)]

　결함 지적은 아예 포기하고 시집의 장점만을 부각시킨 결과로 나타나고 있다. 그렇다고 이 지적들이 잘못되었다는 뜻은 물론 아니다.
　노철은 역시 서평에서

　　그의 시는 오늘날 현대시가 신기한 것이나 새로운 것을 찾다가 스스로 모호해지거나 낯설어지는 것과는 정반대 쪽이다. 박곤걸 시인은 상식을 넘어서지 않으면서도 정확하게 속내를 전하는 안정된 언어를 보여준다. 화려한 수사보다는 담백하지만 정확한 언어를 추구한다. 그것은 시인의 인생관과 관련이 있어 보인다.[31)]

　시집 하나만을 고찰하여 그 시인의 전체를 언급한다는 것이 얼마나 위험한 것인가를 보여 주는 예라 하겠다. 박 시인의 초기 시집에는 현란한 수사가 많이 구사되고 있음을 상기해 둘 필요가 있을 것이다.
　평론가 신재기는 서평에서

　　박곤걸의 일곱 번째 시집 『하늘 말귀에 눈을 열고』에서는 시인의 넓은 시야와 넉넉한 태도를 엿볼 수 있다. 대상을 바라보는 시인의 시선은 대상

---

30) 이진엽 위의 글 229쪽
31) 노철 「영원히 신성한 선물」, 《사람과 문학》, 2003년 봄 호, 통권 37호, 242쪽

의 세밀한 부분들이나 내부의 복잡한 얽힘에 머물지 않는다. 대상 자체의 작은 부분에 매달려 그것을 낱낱이 뜯어보지 않고 전체를 한꺼번에 일괄한다는 점에서 시야가 넓다고 할 수 있다. - 중략 - 이처럼 삶과 사물의 섬세한 무늬들을 읽어내기보다는 크고 보편적인 전체를 짚어내기 때문에 다소 관념적인 성향을 드러낼 때도 있다. 그러나 관념들이 대부분 구체적인 자연물에 의탁되므로 크게 노출되지는 않는다. 그래서 박곤걸의 시에는 이미지의 비유적인 사용이 빈번함에도 불구하고 시적 의미가 애매하거나 비의적으로 드러나는 경우는 드물다. 그만큼 독자와의 원활한 시적 소통이 가능하다.[32]

쉬운 말로 하면 시가 쉬워서 이해하기 좋다는 뜻이고, 뒤집어 말하면 시적 형상화에 미흡한 부분도 있다는 의미일 것이다.

이외에도 문학평론가 리헌석이 「월간문학」(383호)에서 '이달의 시평'이 있긴 하나 너무 지엽적인 것이라 인용하지는 않으려 한다.

아무튼 지금까지 수십 명의 시인과 평론가들의 해설과 서평을 살펴보았다. 한결같이 또 그럴 수밖에 없지만 박 시인의 작품이 총체적인 평가보다는 부분적인 평가에 머물고 있음을 살펴 보았다. 그러면 이 모든 것을 합치면 박 시인의 작품세계와 그의 사상이 일목요연하게 전개될 것이 아닌가라고 반문하겠지만 꼭 그렇지만 않다. 그렇다고 지금까지 여러 분들의 노고가 훼손되는 것은 결코 아니다. 그것은 그것대로 가치를 지니고 있는 것은 말할 나위도 없다. 다만 전체를 보는 데는 참고의 역할을 감당할 수 있을 뿐이라는 말이다.

---

32) 신재기 「무한 허공으로 날아오르는 나비의 꿈」, 대구의 시, 대구시인협회 2002 연간집, 271쪽

III. 詩語統計에 나타난 特徵

작동중인 기계 부속품을 해체하여 그 하나하나를 골라내어 그 기능을 말하면 부분적인 성과는 기대할 수 있어도 전체를 설명하기에는 부족한 점이 노출될 것이다. 詩 역시 언어의 예술이긴 하나 시어 하나하나를 통계에 의해서 설명할 수는 없고 행간에서 묻어나는 의미를 따로 떼어내서는 더구나 시를 논의하기는 어려울 것이다. 그러나 시인이 즐겨 사용하는 시어나 또는 관심 있는 부분이 언어로 표출되기 때문에 시를 이해하고, 시인의 사상을 엿보는 데는 좋은 과학적 근거를 마련해 주리라는 데는 별 의의가 없을 줄 안다. 독일에서는 오래전부터 이런 방법으로 문학연구에 도움을 주고 있다고 한다. 이 항에서는 박 시인의 일곱 권 시집에 수록된 412편을 시어 통계에 의하여 나타난 특징을 빈도수에서 그의 관심사와 즐겨 사용한 동식물 명, 파생어 사용, 한자 성어 이용, 외래어 사용 등으로 나누어 고찰하고자 한다.

1. 詩語 빈도수의 특징

보통 시를 읽을 때는 간과하기 쉬운 시어 사용의 빈도수가 통계에 의해서 나타난 결과는 시인의 유무의식과는 상관없이 과학적 근거로 제시될 수 있다. 그러면 실제로 어떤 현상이 일어나는지를 구체적으로 살펴보기로 하자.

'있다'(377회)는 단어가 '없다'(244회)는 말보다 단연 빈도수에서 큰 차이점을 보여주는 것은 전술한 여러 분들의 평가에서 말한 존재의 문제와 직결되어 있다. 그리고 '없다' 라는 말은 비교나 비유에서

'-없듯이' 등으로 사용된 것까지 포함한 숫자이므로 실제로 '있다'라는 단어와는 큰 간격이 있음을 알 수 있다. 그러면 빈도에 의한 단어들을 열거해 놓고 논의해 보기로 하자.〈( )속의 숫자는 빈도수를 나타냄〉

바람(294), 하늘(279), 한(265), 꽃(133+80〈파생어포함〉), 것(250), 일(240), 살다(208), 피다(196), 내(194), 나(184), 우리(192), 마음(184), 되다(167), 사람(164), 눈〔眼〕(158), 눈물(92), 않다(155), 보다〔視〕(149), 가다〔行〕(145), 하나(144), 사랑(139), 꿈(133), 땅(130), 흙(33), 오다(135), 山(123), 말(119), 말씀(33), 세상(115), 어둠(어둡다)(112), 속(110), 소리(105), 내리다(105), 같다(104), 풀다(94), 열다(93), 너(92), 네(38), 놓다(91), 가슴(90), 햇살(82), 해(35), 못하다(84), 몸(75), 귀(73), 때〔時〕(73), 빈〔虛〕(71), 여자(71), 여인(23), 별(70), 얼굴(69), 흔들다(68), 울다(67), 울음(46), 구름(65), 바다(65), 젖다(65), 안(64), 곱다(63), 물(62+52〈합성어〉), 밤〔夜〕(60), 푸르다(60), 웃음(59), 웃다(22), 날〔日〕(59), 가을(58), 집(58), 지우다(58), 봄(56), 씻다(56), 오르다(56), 길(54), 몇(53), 주다(52), 나이(52), 끝(51), 사이(50), 흐르다(50), 마을(50), 강(28+37〈합성어〉), 숲(49), 죽다(49), 빛깔(48), 목숨(48), 아침(48), 밝다(47), 안개(46), 삶(46), 나무(45), 누구(45), 빛(44), 시대(44), 세월(44), 남다(44), 불다〔吹〕(44), 이름(42), 그대(41), 깊다(41), 시간(40), 앞(40), 어디(40), 흰(40), 오늘(39), 불(39), 이(사람)(38), 새(38), 배우다(38), 잠(38), 달(36), 날다(36), 위(35), 찾다(34), 도시(33), 자라다(33), 아름답다(33), 떠나다(32), 밖(32), 지다(32), 띄우다(31), 뜨다(20), 슬픔(31), 여름(31), 딸(31:5시집에만), 좋다(30), 가지〔枝〕(29), 노래(29), 노을(28), 떨어지다(28), 모든(28), 밭(28), 나라(28), 겨울(28), 하얀(27),

千年(26), 힘(26), 피(25), 平和(25), 들〔野〕(25), 너머(25), 눈〔雪〕(24), 뜻(24), 따르다(24), 향기(24), 적시다(24), 가락(24), 풀잎(24), 풀(22), 자락(23), 잡다(23), 귀(23), 땀(22), 먹다(22), 어깨(22), 기다리다(21), 높다(21), 닿다(21), 그리움(20) -(20회 이상만 열거)

이외에 많은 단어들이 사용되고 있지만 그 빈도수가 많지 않기 때문에 이 정도로 예시하고, 이를 바탕으로 몇 가지 문제점을 지적해 보기로 한다.

박 시인은 바람과 하늘과 꽃과 벗하며 살아가되 나와 내, 우리 그리고 마음과 가슴과 속에 치중되어 있음을 위의 통계에 의해서 역력히 읽을 수 있다. 이는 자기 존재의 확인에서 내면세계의 밝음과 빛과 긍정적인 삶을 영위해 가려는 노력의 일단으로 파악될 수 있다. 그것은 詩 자체에서도 확인할 수 있지만 작품세계를 다루는 항에서 구체적으로 논급할 예정이다.

그는 역시 땅(흙)에서 해와 햇살을 받으며 별과 구름과 바다와 산에서 자라는 온갖 식물들과도 교감을 가지게 된다. 그런데 여기서 재미있는 현상은 그는 삶을 부정적인 시각에서 보지는 않고 긍정적인 쪽에 있으면서도 웃음보다는 울음이 더 많다는 것이다. 이는 단순 논리에서는 인정되겠지만 울음이 많다고 해서 꼭 삶을 부정으로 본다고 단정하기 어렵다는 점을 감안한다면 이해에 도움이 되리라 생각된다. 또한 그것은 우리의 삶 자체가 우리를 웃게 만들기보다는 슬픈 일들이 더 많기 때문일 것이다.

그리고 그는 사계절 중에서도 가을과 봄이 더 가깝게 다가와 있음을 눈여겨볼 수 있게 한다. 추움과 더움의 극과 극보다는 온건한 그의 성품과도 상통된다고 하겠다. 그러나 이 시어들의 빈도수만으로 단정적 결론에 도달하려는 의도는 자칫 도식적이고 기계적인 단순성에 매몰될 위험성을 내포하기 때문에 이는 작품을 분석할 때 활용하는 것이 바람직할 것이다. 물론 이 시어 통계 자료에 근거하여 많은 논리 전개도 가능하겠지만 작품 자체의 접근에는 시어의 위치에 따라 의미가 달라질 수 있다는 점을 결코 도외시해서는 안 될 것이므로 여기서는 참고로 제시해 두고자 한다. 하나 더 첨가하고 싶은 것은 초기(1권) 시집에는 몇 개의 반복되는 단어를 제외하고는 동일한 시어를 구사하고 있지 않다는 것은 그만큼 시어 조탁에 심혈을 기울인 그의 고뇌를 읽을 수 있다. 그러나 후기 시집에는 동일한 시어 사용이 빈번하다는 것은 그만큼 수사나 시에 쏟는 그의 열정이 감소되었음을 방증하는 것으로 받아들여진다는 점이다.

2. 다양한 식물들의 등장

박 시인은 동물보다는 식물에 더 관심을 많이 쏟고 있다. 고향 산에는 많은 종류의 새도 있겠고, 강에나 냇가에는 갖가지 종류의 물고기도 있겠지만 거기에는 별로 관심을 보이지 않고 있다. 일곱 권의 시집 속에 수록된 412편에 등장되는 동물들을 보면,〈( )속의 숫자는 빈도수를 나타냄〉

굴뚝새, 귀뚜라미(7), 개(7), 개구리, 나비(13), 누에(2), 들개, 두견새, 매미(2), 말매미(4), 물고기, 불나방, 말(2), 새(38), 산새(4), 수탉, 장닭, 암탉, 수꿩, 산꿩(2), 물새, 산양, 숲까치, 산비둘기, 비둘기(5), 콩새, 銀잠자리(2), 까치(5), 산까치, 들까치, 제비(4), 일벌, 소(6), 뻐꾹새(2), 봉황새, 황소, 암소, 쑥국새(3), 학(8), 하루살이, 산곤충, 풀여치(4), 풀벌레(8), 참새, 철새, 진딧물, 여우, 불여우, 올빼미

등이 전부다. 그러나 식물에 향한 그의 관심은 여타 시인에 비교가
되지 않을 정도로 애정을 갖고 있음을 다음에서 볼 수 있다. 〈( )속의
숫자는 빈도수를 나타냄〉

꽃(133), 갈대(5), 개나리, 개나리꽃, 개망초꽃(5), 개살구, 갯풀, 구
기자, 귀목나무, 굴참나무(7), 고추, 곰팡이, 나리꽃, 나락꽃(4), 나팔
꽃(4), 산나리(4), 냉이풀, 난초(4), 산난초, 산나초꽃, 넝쿨, 느릅나
무(2), 느티나무(5), 다래, 산다래꽃(5), 대나무(13), 대추(2), 대추나
무(3), 달개비꽃, 달맞이꽃(6), 단풍(7), 당나무, 도라지꽃(3), 산도라
지꽃(2), 桃花(11), 도화꽃(5), 紅桃花, 돌배, 돈냉이, 동백꽃, 꽃동백
(2), 드덕, 들메풀, 딸기(3), 떡갈잎, 라일락(5), 매화(3), 매화꽃, 매화
나무, 풍매화, 紅梅花, 紅梅순, 맥문동, 머루(21), 산머루(3), 모과, 모
란(4), 모란꽃, 목련(5), 목련꽃(2), 자목련, 메밀꽃, 무궁화, 무나락,
무싸리꽃(2), 무우꽃, 무찔레순, 미루나무(2), 민들레(10), 박(2), 박
꽃(6), 박덩이(2), 배나무, 백양나무, 百日花(2), 백일홍, 산백일홍,
百合(5), 百合花(2), 버드나무, 버들개지, 실버들, 벽오동(2), 벽오동
나무(2), 베개꽃, 보리(5), 청보리, 복숭아, 복숭아꽃, 복숭아나무, 복
사꽃(2), 물복숭아, 봄쑥, 봉선화(3), 물봉선화, 사루비아, 사과(4),
사과꽃, 사과나무, 산나물(2), 산망개, 산삼꽃, 산초, 산포도, 살구꽃
(4), 살구나무, 새풀, 雪梅, 石蘭, 석류나무, 소나무(5), 솔(3), 수박꽃,
수양버들, 싸리꽃, 앵두(2), 앵두나무, 야자수, 엉겅퀴꽃(2), 연꽃(2),
연잎, 오동나무(4), 오동잎, 오랑캐꽃, 오얏나무, 올리브, 유도화, 으
름, 이끼, 왕대(4), 왜제비꽃, 장다리, 장미, 백장미, 접시꽃(2), 족도
리꽃(3), 진달래, 진달래꽃(3), 제비꽃, 찔레, 찔레꽃, 참나무(4), 참
대, 참외, 채송화, 天桃花(2), 철쭉꽃, 청포도, 초롱꽃, 측백나무, 치
자꽃(2), 칡꽃, 콩, 콩잎, 탱자숲, 패랭이꽃, 포플러(2), 풀(22), 풀꽃

(14), 풀대, 풀대궁, 풀밭(3), 풀뿌리, 풀오라기, 풀씨(6), 풀잎　(24), 풀줄기, 풋꽃, 풋밀감, 할미꽃, 해바라기, 향나무(3)

그가 고향 산천에서 생장하고 있는 식물들에 얼마나 정겨운 모습으로 바라보고 있는지를 짐작게 한다. 여기에서도 그의 鄕愁熱이 짙게 베어 있음을 도출해 낼 수도 있다. 그러나 이러한 산초나 꽃들이 작품 속에서 어떤 역할을 하며 어떤 정서를 자아내게 하는지는 작품을 통해서 이해하는 것이 순서일 것이다. 그렇지만 이들 단어들만 봐도 그가 시어를 구사함에 얼마나 세심한 배려를 하고 있는지를 읽을 수 있다. 그의 시어 사용의 탁월성은 다음 항에서 더 빛을 발휘하고 있음을 보게 된다.

3. 派生語 구사력의 탁월성

박곤걸은 언어의 연금술사답게 시어 선택의 탁월성을 지니고 이는 시인이다. 미묘한 의미의 뉘앙스를 풍기는 어휘들을 적절하게 요리하는 솜씨가 비범할 뿐만 아니라 이런 시어들을 골라내어 구사하는 능력도 여타 시인들에게서 찾아보기 드문 예이기에 이 항을 설정케 된 것이다.〈( )속의 숫자는 빈도수를 나타냄〉

* 꽃(133); 꽃대궁, 꽃잠자리 꽃나무(5), 꽃불, 꽃물(7), 꽃밭(6), 꽃덤불, 꽃숭아리, 꽃강물(2), 꽃소나기(2), 꽃구름, 꽃눈, 꽃샘, 꽃답다, 꽃냇물(2), 꽃골(3), 꽃말, 꽃비린내, 꽃가루, 꽃가지(2), 꽃빛(6), 꽃삽, 꽃잎(7), 꽃내음, 꽃내, 꽃숲(2), 꽃향기(2), 꽃향내, 꽃그늘, 꽃망울(11), 꽃댕기, 꽃주머니, 꽃송이(2), 꽃열매, 꽃길, 꽃자줏빛,

꽃싸움, 꽃노을, 꽃무지개, 꽃잎새, 꽃비, 들꽃: 꽃과 관련된 파생어가 무려 43개나 된다.

* 강(28); 강물(24), 강가, 강변(2), 강길, 강나루, 강산(2), 강남녘, 강둑(2), 강마을(2), 강안江岸

* 꿈(133); 꿈빛(2), 꿈밭(2), 꿈결, 개꿈

* 귀(73); 귀먹다, 귀적시다, 귀설다, 귀울림, 귓가, 귀밝기

* 구름(65); 구름밭(2), 구름꽃, 새털구름

* 눈眼(158); 눈웃음(3), 눈물(92), 눈빛(24), 눈매(2), 눈길(4), 눈싸움, 눈짓(8), 눈썹(4), 눈치(2), 눈어림, 눈시늉, 눈망울, 눈시울, 눈병, 눈귀(3), 눈잠, 가시눈

* 눈雪(24); 눈발(19), 눈밭(8), 눈빛, 눈송이, 눈꽃, 눈덩이, 저녁눈, 함박눈

* 들野(25); 들길(2), 들판(9), 들바람(2), 들풀(2), 들불(3), 들마을

* 달(36); 달빛(17), 보름달(8), 초생달, 새벽달, 그믐달, 낮달, 달불(2), 달밤(3), 달무리(2), 달맞이

* 물(62); 물소리(18), 물새(5), 물방울, 물살(7), 물가(3), 물빛(6), 물안개(3), 물결, 물보라, 물난리, 물길(2), 물맛, 물이슬, 물무늬, 물바람

* 바람(294); 황사바람(3), 부채바람, 헛바람, 새바람(2), 산바람(4), 대바람(5) 바람길(2), 생바람, 신바람(2), 칼바람, 몸바람, 혼바람, 들바람, 바람결(2), 바람기, 바닷바람(2), 밤바람, 비바람

* 바다(65); 바닷길, 바닷빛, 바닷가, 바닷물

* 봄(56); 봄날(12), 봄비(5), 봄님(2), 봄밤(6), 새봄

* 비(17); 빗발(4), 빗물(5), 이슬비, 가랑비, 밤비, 빗소리, 빗살

* 별(70); 별빛(22), 별밭(9), 별나라, 별밤, 별자리

* 불(39); 불길(9), 불씨(5), 불다발, 불난리, 불꽃(19), 불빛(8)

* 山(123); 산비알, 산울림(3), 산불, 산마루(3), 산신령, 산허리, 산울음(3), 산문, 산수(3), 산바람(4), 산새(4), 산풀내(2), 산자락(3), 山野(3), 산꽃, 산빛(3), 산번지, 산개울(2), 산안개, 산안개꽃, 산무늬, 산곤충, 山果酒, 山菜, 山家, 山비, 山行, 산턱, 산그늘, 山上, 山堂, 山河, 山백일홍, 山비둘기, 山처녀, 山이슬, 山난초, 산다래(2), 산까치, 산나리, 산삼꽃

　* 풀(22); 풀꽃(14), 들메풀, 풀냄새(2), 풀내(2), 풀씨(6), 풀밭(3), 풀물(4), 풀잎(24), 풀대, 풀대궁, 새풀(2), 풀오라기, 풀줄기, 풀향기, 풀피리, 풀뿌리

　* 피(25); 피땀, 핏대, 핏줄, 핏물, 핏빛, 핏기, 핏발

　* 해(35); 햇살(82), 햇빛(17), 햇볕(7), 햇님, 햇덩이, 햇살빛, 해거름

　* 흰(40); 하얀(27), 희다(10), 하얗게(10)

　그 외에도 몇 개씩 나타나는 유사어 내지 파생어는 제외시켰다.

　위에서 보는 바와 같이 박 시인은 같은 계열의 어근語根을 지닌 말들을 이렇게 다양하고 섬세한 배려에 의한 시어 조탁에 많은 노력을 기울인 열정은 높게 평가받아야 할 대목이다. 특히 이 부분은 다른 시인들에게서 쉽게 찾아보기 드문 그만의 특이성이라고 해도 지나친 말이 아닐 것이다.

4. 시어로 사용된 漢字成語

　박곤걸 시인의 또 하나 특이성은 詩에서는 시어로서 적합하지 않기 때문에 잘 활용하지 않는 漢字成語를 대담하게 구사하고 있다는

점이다. 그것도 초기에 속하는 1, 2, 3시집에서는 보이지 않다가 4시집 이후부터 많이 나타나고 있다는 것은 우리들에게 시사하는 바 크다 하겠다. 이는 앞 항에서의 시어 조탁의 의지가 중후반기 시집부터는 무디어지고 있다는 사실과 궤軌를 같이하고 있는 것으로 첫째 초기 시에서 심혈을 기울인 성취동기에 대한 시정신과 열정이 중후반기에 이르러서는 다소 여유가 생긴 탓이기도 하다. 그것은 후술하겠지만, 초기에 쏟았던 수사에 대한 갈망과 열정이 식었다는 점이다. 둘째는 그가 주장하는 바 시는 쉬워야 한다는 그 정신에 근거를 둔 까닭일 것이다. 그러니까 詩作에 접근하는 그의 자세가 자신과의 치열한 싸움에서 한 발 뒤로 물러나 쉽게 쓰려는 마음이 앞선 데 기인된 것으로 판단된다. 그러면 실제로 그의 시에서 사용된 한자성어를 열거해 보기로 하자.〈( )안의 글은 시 제목이다.〉

4권; 비몽사몽(토함산), 천하대본天下大本(홍부가), 동방예의지국(물빛, 화천리 26), 천산만엽(단풍 지는 날, 하늘맞이), 이목구비(변신), 시시비비(변신), 사리사욕(변신), 권모술수(변신)

5권; 화무십일홍花無十日紅(그 女子), 독야청청(딸들의 시대 18), 일편단심(딸들의 시대 18), 현모양처(딸들의 시대 32), 여필종부女必從夫(딸들의 시대 32), 부귀다남(딸들의 시대 35), 일거수일투족(딸들의 시대 50)

6권; 무릉도원武陵桃源(화천리 13, 77), 행운유수行雲流水(23), 부자유친(24), 금수강산(26), 세시풍속(28), 녹음방초綠陰芳草(31), 면경지수面鏡之水(31), 심산유곡深山幽谷(32), 절세가인絶世佳人(49), 구중심처(51), 삼종지도三從之道(52), 무주공산無主空山(58), 산가야창山歌野唱(63), 명문갑족名門甲族(63), 일구이언一口二言(68), 청상과부(68), 극락왕생(69), 적막강산(70), 청풍명월(74), 군자지도君子之道(76)

7권; 삼매경三昧境, 무아경無我境(하늘말 귀에), 도원경桃源境(대숲에서), 오리무중, 백문백답(산을 오르니), 적막강산, 묵묵부답, 낙락장송(산에 묻혀), 농자대본(숲머리 마을), 일편단심(진달래꽃), 홍익인간弘益人間(홍익인간의 사랑이), 만고강산(호미곶에서), 백년대계百年大計(다락리), 전지전능(소)

현대시에서는 보기 드문 한자 성어의 빈번함이다. 박 시인은 연륜이 쌓이면서 생을 바라보는 여유가 생겨 시를 쉽게 쓰게 되었고, 그 결과 시적 긴장감이 해이해질 수밖에 없었던 것이다. 성급한 단정이기는 하나 박곤걸 시인은 초기에는 시의 내용보다 형식에 (수사에) 더 관심을 집중시킨 반면, 후기에는 형식보다는 내용에 더 치중한 모습을 드러내고 있다고 하겠다. 시에서 과연 이런 한자 성어가 용납될 수 있는가 하는 문제는 좀 더 심도 있게 접근할 필요가 있다고 본다. 그것은 이런 한자 성어는 시어로서 또는 시적 비유가 들어갈 자리에 생경한 단어가 차지하므로 인해 종래의 시라는 관점에서 볼 때는 산문 쪽으로 경사될 수 있는 가능성을 지니고 있다고 하겠다.

하기야 요사이는 장르 자체를 넘나들고 있기 때문에 고정 관념으로서는 풀어내기 어려운 부분이기도하다. 그렇더라도 이런 한자 성어를 시에서 구사한다는 것은 결코 바람직하다고는 말하기 어렵다. 박곤걸 시인은 시가 쉬워야 한다는 것과 시를 쉽게 써야 한다는 것과는 거리가 멀다는 점을 유념헤야만 이를 극복할 수 있으리라고 밀해 두고 싶은 대목이다. 그러나 우리의 기우와는 달리 막상 박 시인은 여유를 가지고 자신만만하게 이런 유類의 시도 가능하다는 시범을 보여주는 듯한 느낌을 갖게 한다. 사실 그럴 것이라고 여겨진다.

5. 외래어와 人名, 地名의 사용

詩에서 꼭 필요한 경우 외래어나 인명, 지명 등도 얼마든지 사용할 수 있다. 다만 그것이 얼마나 시에서 요긴한 역할을 담당하는가가 문제일 뿐이다. 단순히 나열에 그친다면 시어로서는 부적합하게 될 것이다. 이 점에서는 시인의 생각과 독자들의 견해가 상이할 때는 문제로 남게 된다. 먼저 외래어(외국어도 포함) 사용 예를 보면, 아파트가 3회, 포크레인, 빌딩, 스카프는 두 번씩 등장하고, 다음에 열거하는 단어들은 단 한 번만 사용되었다.

텔레비전, 안테나, 비닐하우스, 베란다, 하모니카, 키타(줄), 슈퍼우먼, 리듬, 컬러, 머플러, 레이다(망), 뉴우스, 로봇, 불도저, 핑크(빛), 벤치, 스릴, 브래지어, 언밸런스, 액세서리, 이미지, 엘리베이터, 커턴, 이데올로기, 솔로, 헤어스타일, 마로니에, 쇼트스커트, 칼로리, 카렌다, 패션, 포인트, 미이라, 팬티, 마요네즈케첩, 트럭, 미니, 파스텔(화), 트렉트, 매니큐어, 립스틱, 브롯지, 메뉴, 트럼펫, 도우자, 스크랍, 바리톤, 피드(feet)

그리고 인명은 이브, 릴케, 뉴턴, 장보고, 桃奄公(2), 古奄(9), 陸史, 선덕여왕(문명왕후), 관창, 孟母, 심청, 윤동주, 편작, 홍부(5) 등이며, 지명을 포함한 기타에 들어갈 수 있는 것으로는

감은사지, 인도양, 태평양, 옥류암, 桃川精舍(6), 화도산, 반도, 지구(2), 지구촌(4), 동해, 桃溪亭, 花溪川, 碧桃山(8), 花桃山(3), 梅査山, 花川里(24), 골디미, 고내, 단석산, 성황당, 수양산, 금강산, 백양사, 광명리, 학동리, 소양강, 대구(2), 현풍, 청천, 잠실벌, 신라(15),

지리산, 황룡사, 남산, 竹田里, 달서구, 화원, 한강, 오대산, 서울역 (6), 동성로(3), 동호텔, 새재, 서라벌, 고려, 서초동, 조선(7), 내장산, 월정사, 금호강, 금호, 가락동, 노량진, 낙동강(3), 서해, 팔공산(2), 토함산, 삼국유사

앞에서도 지적했듯이 중후반기 시집에서 많이 보이는 것은 시인이 의도하는 바를 모르는 것은 아니나 과연 이런 단어들이 시어로서 빛을 발휘할 수 있느냐가 관건이 될 것이다. 읽기에 거슬린다는 것은 리드미컬하지 못하다는 증좌이며, 정서를 담아내기에는 좋은 방법은 아닌 것 같다. 이 역시 시만 좋으면 아무런 문제가 되지 않는다고 본다.

그 예로 「딸들의 시대 43」-미시족-에는 리듬, 컬러, 스카프, 언밸런스, 포인트, 머플러, 액세서리 등 일곱 단어가 사용되었지만 그것대로 시 전체에는 부담을 주지 않고 그 분위기에는 도리어 어울리는 의상과 같은 예도 없는 바는 아니다. 그러나 이와 같은 어휘의 빈번한 사용은 우리 언어로써 詩作하면서 우리말을 탁마해서 미적 세계로 승화시켜야 한다는 명제 앞에서는 무색해질 수밖에 없다. 아무튼 박 시인은 여러 실험들을 거치면서도 그 중심은 흔들리지 않고 있다는 것이 무엇보다도 높이 평가받을 요체라 본다.

IV. 작품세계

III항의 특징들이 시의 외형적인 면을 궁구한 것이라면 작품세계는 시의 내용면을 추구하는 항목이 될 것이다. 412편을 다 거론한다는 것은 한 권의 책으로 엮어도 모자랄 것이므로 이 글에서는 주목

에 값할 만한 작품을 대상으로 고찰하여 총체적인 결론에 도달하고자 한다. 어느 시인이든지 발표한 작품마다 다 좋은 시가 될 수는 없다. 그중에는 타작에 머물 수도 있고, 좋은 작품으로 인구에 회자될 수도 있는 것이다. 마침 박 시인은 일곱 권의 시집에 수록된 412편을 추려 1권에서 10편, 2권에서 9편, 3권에서 10편, 4권에서 16편, 5권에서 8편, 6권에서 9편, 7권에서 14편 등 76편을 선정하여 미발표된 작품을 포함하여 시 선집으로 출간하였다. 물론 시인 자신이 고심한 노작이거나 애정이 담긴 시를 골라 엮었지만 독자들과의 시점이 같을 수만은 없는 경우도 있음을 인정하더라도 좋은 참고는 될 수 있다. 우리가 외견상으로 보아도 그의 연작시에서 받은 느낌이나 판단이 크게 벗어나 있지 않다는 것은 시인이 선별한 시 선집에서도 반영된 점을 단번에 눈치챌 수가 있다. 그것은 박 시인이 다른 시집에서보다 연작시 시집에서 적게 선별되었다는 것으로도 알 수 있다는 말이다.

여기서 잠시 윤병로의 해설을 인용해 보기로 한다.

　　박곤걸 시인의 폭넓은 시 세계는 한마디로 자연에 대한 세심한 관찰과 삶에 대한 반성적 성찰이 어우러져 고양된 시정신으로 충만해 있다. -중략- 또한 박 시인의 시 세계에는 자연과 인간의 삶이 상호 친밀하게 다가오면서도 현실에 대한 치열한 비판정신을 훌륭히 조화시키고 있다. 여기서 자연과 삶의 곳곳에 숨겨진 심연(深淵)과 그것을 치유하려는 긍정의 의지도 충만한 시선이 있음을 발견하게 된다.[33]

---

33) 윤병로「자연과의 소통, 삶에 대한 치열한 성찰의 염원」, 제8시집『박곤걸시선집』해설

고 전제하고 여러 작품을 분석하여 해설한 다음

　　박곤걸 시인은 이번 시 선집을 통해 자연과의 소통, 삶에 대한 겸허한 자
　성과 치열한 성찰의 염원을 감동 깊게 보여주고 있다. 이는 그만큼 박 시인
　의 지나온 시 작업이 삶과 밀접한 연관성을 맺고 있다는 예증이다. 깨달음
　의 순간을, 그리고 반성과 성찰의 기나긴 여정을 고스란히 시를 쓰는 일로
　승화시킨 박 시인의 시 세계는 그 자체로 원숙한 삶의 면모가 아닐 수 없
　다.[34]

고 말을 맺고 있다. 역시 시집에 수록된 해설의 범주를 벗어나지
못하고 칭찬과 예찬 일변도로 그의 의무를 다한 것 같다.
　그러면 실제로 그의 작품을 고찰하면서 그의 시 세계를 더듬어 보
기로 하자. 편의를 제공받기 위해 몇 항목으로 분류하여 상고하는
것도 하나의 방법이 될 것이다.

1. 自然과 鄕土的 情緖

　자연과 향토적 정서를 담아내는 시는 박곤걸 시의 근간을 이루고
있다. 1권에서 7권까지에 수록된 시들 대부분이 자연에 바탕을 둔
시들이다. 그것이 박 시인의 참모습을 찾는데 가장 빠른 지름길이기
도 하다. 1권에 수록된 「보름 소묘素描」는 농촌 풍경을 파노라마처럼
펼쳐 놓은 작품이다. 여기에는 사상이 비집고 들어갈 틈이 없다. 자

---

34) 윤병로 위의 글

연 그대로가 좋은 것이다. 「수박을 먹으며」에서는 도시에서 볼 수 없는 농촌만이 갖고 있는 향토색이 물씬 풍기는 정겨운 모습을 읽을 수 있게 한다.

얼음과자 맛에 친숙한 아이네들이
흙의 순수 자연을 씹으며
성못길 산바람에 스쳐오던
으름 열매 향기같은 것을 건져내고 있다.

무나락 잎을 스쳐온 옷섶에서
풀비린내인지 이슬빛인지를 묻혀 내시며
오늘 날도 내것 네것 없는 花川里의
풍년담을 굵게도 토하시고
먼지와 소음의
젖빛 유리창에 옛 韓紙 냄새가 쏟아진다.

- 「수박을 먹으며」 일부

농촌의 외형 모습보다 내 것 네 것 없는 花川里 마을의 인심이 더 풍요롭다. 시인은 이런 인심을 높이 사고 싶은 것이다. '숨결' 로 이어지는 연작시 속에서도 자연과의 만남에서 향토색이 짙게 풍기는 작품들이 많이 있으나 인용할 만큼 수작에 속하지는 않는다. 그중에서도 다음 시는 시인이 자연과 친화를 얼마나 갈망하고 있는지를 숨김없이 드러내 보여주고 있다.

멀리 遠郊로 나가서
때묻지 않은 산빛이나 물빛을

내 것으로 좀 빌려서 살거나.

거기에는

바람소리거나 비소리 속에

거짓말이 조금도 섞여 있지 않아

버들피리 합주를 앞세우고

햇살이 北上하는 溫帶.

느티나무 잔 가지들도

햇살에 내리는 귀엣말을

잘 알아 듣고

금방 새순을 틔우는 그 마을

마을 아이들의 색깔 맑은 목소리를

모두 모아 한 자리에 누벼서

작은 和平을 길들이고 살거나.

-「숨결 33」 전문

시인의 순수성 곧 세속의 욕망에 얽매이지 않고 자연과 인생을 결부시키며 한 줄의 좋은 시를 쓰겠다는 의욕이 곳곳에서 얼굴을 내밀고 있다. 시의 존재와 자연을 동궤同軌에 놓고 있다. 시가 자연이며 자연이 곧 시 그 자체이기도 하다.

18행이 한 문장이 된 「을숙도」에서도 "구름 몇 마리 놓아 기르는"으로 시작되는 그의 수사법에도 눈을 멈추게 하지만 "내 마음 죄다 방목放牧해 놓고/ 고삐 하나 없이 목을 들면"에 이르면 그야말로 순수한 자신의 모습을 자연에다 맡기고 자연과 친화하는 시인의 순수성을 엿보게 한다.

계절은 조락이 아닌 원숙의 가을이다. 허리께로 가을이 일렁인다. 시인은 물아일체, 온전히 자연과 동화되어 갈대꽃으로 머리칼을 휘날리며 걸어가고 있다. 여기 어찌 우리가 달관의 이미지를 읽어내지 않겠는가![35]

고 감탄한 분도 있다.

> 길을 묻고 길을 답해주는
> 굴참나무 숲에 숨은 메아리를 뒤쫓으며
> 산에 들어가 산을 읽었다.
>
> 굴참나무가 의연히 서서
> 바람이 매질을 후려쳐도 굽히지 않음을 보며
> 굴참나무 가지에 옷 벗어 걸어 놓고
> 불사하고 마신 바람과의 대작에
> 얼마나 취했는지
> 속옷 가리고 순결을 묻어둔
> 내 살냄새에 꽃냄새가 났다.
>
> 저만치 꽃이 피어 목숨 놓고 꽃이 지듯이
> 타오르는 불꽃이었던 열정을
> 낙화처럼 떨구어 해체하고
> 산비알에 아슬아슬 별에 닿는
> 지붕 없는 집에 잠을 묵고 깨어났다.

---

35) 손남주 「달관과 순수 사이」, 《文學과 文化》 봄 호, 통권 5호, 2003년 1월 30일, 82쪽

어깨가 가벼워 초록잎을 어깨에 달고

굴참나무 숲 메아리와 함께

나이를 먹어가고 있다.

-「굴참나무 숲 메아리」전문

완전히 자연과 융화되어 혼연일체가 된다. 자연에 심취한 절정이 어떠함을 일깨워준다. 더 이상의 말은 췌언이 될 뿐이다. 시 그대로가 좋은 것이다. 박 시인이 자연에 몰입되면서도 자신을 흔들림 없이 지탱해 올 수 있었던 힘은 바로 그의 시정신의 진실함이었다.

2. 존재 그리고 진실한 삶

존재의 의미와 인식의 터 위에 진실한 삶의 자세를 보여주는 시들을 이 항에 묶어 보았다.

빈 주먹 안에 잡혀드는 이 푸른 하늘.

손금 위에 반짝이는 生涯를 보아라.

살결에 이는 빛깔, 빛깔에 이는 마음인 것을.

- 중략 -

희고 붉은 色色으로 뜨는

遠近을 헤아려 사는 것을.

- 중략 -

그 가락 끝에 영원한 事理로 살아가는 마음인 것을,

손금 위에 반짝이는 生涯를 본다.

-「살결」일부

그는 遠近도 헤아릴 줄 알고 事理를 분별하며 살아갈 수 있는 능력도 갖추고 있다. 암울하거나 절망이 아닌 건강한 삶과 생존의 의미도 지니고 있다.

"그렇듯 온 하늘이 내게로 內向해 올 때 꽃의 미소가 치켜올리는 通路 하나 열리고 나는 다시 鳶을 올린다."(「雨中」)는 것과 "나의 所望은 空中에 둔다"는 것과는 반복되는 내용이다. 그 소망은 "나의 과수나무는/ 빛나는 收穫을 치켜세우는 季節을 편다"로 결실을 맺는다.

중년 시인답게 건실한 삶에 근거를 두고 있다. 이러한 삶의 자세는 「빨래」에서도 이어진다. "우리의 日常이 무거운 어두움으로 앉은/ 春窮의 마음 자락을/ 五月의 하늘에/ 팃기 없이 헹군다"는 구절은 고심 끝에 얻은 수확이다. 캄캄한 어두움이 무거운 어두움으로 표현되어 重量과 明暗의 共感覺을 이루고, 춘궁의 마음 자락도 압축된 의미를 내포하면서 맑은 물빛과 같은 하늘에 헹구는 것은 마음자락이니까 조화의 미도 얻어내고 있다. "봄 아침이 치마 끄는 소리로 오고/ 막내 누이 볼 붉은 나이가/ 꽃나무로 웃고 있다."(「치유治癒」) 이런 수사야말로 시만이 가지는 특권일 것이다.

아픈 겨울이 무지개이듯 고운 나이테로 여문다.
우리는 새로운 다짐으로 아침을 펼쳐 이고
日常이 풀려나는 강물 언저리에
눈발이었다가, 나비떼였다가,
하얀 풀꽃으로 덮히어
거기 순정의 어여쁜 꿈빛으로 뛰어가고 있다.

- 「解冬期」 끝 연

기쁨과 즐거움 나아가 감동까지 주고 있다. 정서와 사상이 융합되어 조화를 이루면서 그의 미적 세계의 추구를 엿보게 한다. 동시에 그의 시 세계가 얼마나 미래지향적인가를 대변해 주고 있다.

> 이다지 風俗이 없는 日常 속에
> 오늘을 經營하는 연약한 가지에로
> 융융한 풋꽃으로 벙글어 發音하는
> 깊이 채비한 包裝의 內密을 끄르는
> 實存의 눈을 뜬다.
>
> — 「換節期」 끝 연

그는 환절기를 통해서 실존을 의식하게 되고, 내면세계를 열어 볼 수 있는 경지에 이른다. "영글은 知性의 가지를 잘라 接木을 하자"는 구절 등에서도 이 시는 단순한 서정만을 담은 시가 아니고 知的 이해를 요구하고 있음을 눈치채기에 어렵지 않다. 박 시인의 번쩍이는 지성의 예리함을 가늠케 해 주고 있다. 시의 존재는 시인의 존재와 同軌에 놓여 있다. 시에 향한 열정이 얼마나 강렬한지를 보여주는 시가 「숨결 1」이다.

> 먼 데 자리하여 밀려오는 것. 귀로 눈으로 넘쳐난다. 생생히 퍼덕이는 言語를 모우어 細胞 알맹이마다 결이 고운 鐘소리가 번질 때 넉넉한 向日性은 안으로 고운 바람되어 흐른다.
>
> 물오른 포플러의 경쾌한 일렁임이 內容하듯 당신의 뜨거운 詩篇으로 불타는 同化作用은 참으로 젊은 살결로 번덕인다.

깊은 內域 어디메서 트여 오는 밝음이여-.

- 「숨결 1」 일부

　밝음을 지향하려는 의지가 밖으로 확산되는 게 아니고 자기 내면
세계로 향하고 있으며, 그것이 同化作用을 일으켜 안에서 밝음이 나
오도록 노력하고 있는 것이 시인의 시 세계의 현주소다.

　　아침마다 싱싱한 숲에서 반짝이는
　　새소리로 돋아 올라
　　깊이 갈앉은 잠을 업어 내고

　　한층 깊이 뼈물에 묻어나는
　　고운 말을 골라 건져
　　배 밑까지 잠긴 목울음을 틔운다.

- 「숨결 2」 일부

　그의 시 한 편 한 편이 부단의 노력과 고심을 여과한 후에 얻어지
고 있음을 넉넉히 알 수 있게 한다. 박 시인의 초기 시는 치열한 자신
과의 싸움에서 승리한 결과물임을 입증해 주는 實例다.

　　어둠과 빛 사이로
　　안개로 무너져 내리는 소리로나
　　흐르는 강에 몸 씻는 산빛으로 앉아서
　　당신은
　　깨어나고 있는 모든 빛을 떠올리어 빈 하늘을 채우고
　　- 중략 -

당신은

참대밭에 곧은 순결을 짙게 하고

안으로 뼈에 닿는 아픔을

정결히 옷 갈아 입는 소리로

빈 귓가에 띄워지고 있다.

- 「숨결 3」 일부

　시인은 "안개로 무너져 내리는 소리"도 "달빛에 연잎 커 오르는 소리"(「숨결 41」)도 들을 수 있어야 하고 뼈에 닿는 아픔쯤은 능히 감내해야 한다. 시인은 자연의 온갖 소리도 분별할 줄 알 뿐만 아니라 하늘 말귀에 눈을 열 수 있어야 한다. 자연의 숨결을 찾아 길을 떠나는 것은 자연의 생명을 추구하려는 노력이며 존재를 인식시켜 주는 데도 의미가 있다.

　그러나 시적으로 승화시키는 과정에서 시적 상상의 무한대를 지향하는 것은 좋으나 형상화에 미치지 못하면 감동을 줄 수 없게 된다. 곧 그것은 언어의 유희에 함몰될 가능성을 배제할 수 없게 된다는 것이다. "한 목숨의 行色이/ 참 별꼴로도 비치는구나"(「行色考」) 자신을 안다는 것은 결코 쉬운 일이 아니다. 그러나 박 시인은 자신의 행색을 이미 알고 있다. 알고 있으면 주위 환경이나 내면에서의 유혹에도 쉬 무너지지 않는 법이다. 자기 존재의 좌표를 인식하고 있다는 것부터가 범상치 않다는 말이다.

웃음으로 살아가는 일이

다 울음으로 살아가는 일이니까요.

- 중략 -

우리들 살아가는 길이

다 어둠의 길이니까요.

장말 그런 걸요.

- 「어둠을 위하여 1」 일부

웃음과 울음이 한 범주에 속한다는 이치를 터득하고 살아가는 시인은 좀 더 차원 높은 위치에서 세상을 관조하고 있다. 또한 빛과 어둠의 대조를 통해서 시인은 변증법의 원리 한가운데 서 있기도 하다. 빛과 어둠의 상반된 갈림길에서 결국은 빛을 위하여 어둠이 존재하는 것뿐임을 강변한 셈이다. 이것이 박 시인의 시 세계이며, 진지한 삶의 근간이 되고 있다.

그의 시에는 종결어미가 거의 없고, 연결어미로만 진행되기 때문에 사상이 모호해질 수도 있고, 호흡이 급박해질 수도 있다. 표현에서도 유사한 수사법의 빈번한 사용이 자칫하면 상투적인 수법으로 전락할 수도 있다는 점은 지적해 두고 싶다. 그럼에도 불구하고 색의 다양성을 발굴한 그의 탁월한 예지에는 찬사를 보내지 않을 수 없게 한다. 33개의 색을 특징 있게 분류하여 연작에 접맥시킨 그의 고심의 흔적은 결코 과소 평가해서는 안 될 것이다.

얼굴 마주 보며 눈빛 마주쳤을 때
너의 눈 안에서
오래 잊은 나를 문득 보았네.

한 번의 겨냥으로도 문을 열고
또한 나의 안에 너가 있어
세상 모든 어둠으로도
이 환한 빛을

지울 수가 없었네.

- 「모닥불 앞에서」 일부

김선굉이 말한 것처럼

> 이 작품은 세계와 자아가 존재론적 원형을 되찾아 아름답고 화해롭게 공
> 존하는 한 순간을 포착하고 있으며, 박곤걸이 시의 방식을 통해 구현하고
> 자 하는 이상향이라고 할 수 있다.[36]

자신을 발견함과 동시에 환한 빛을 지울 수가 없는 순간이야말로 시인의 존재를 확인시켜 주는 계기가 된다고 하겠다. 그 외에도 이 항에 포함시켜 다룰 작품이 많이 있으나 줄이는 쪽으로 가닥을 잡았다.

3. 成熟한 삶의 姿勢

박곤걸 시인은 연륜이 쌓이면서 세상을 보는 안목이나 사물에 접근하는 정신적 잣대가 젊은 날의 정열로만 詩作하던 때와는 달리 성숙한 삶의 자세를 견지하고 있다. 어쩌면 달관의 경지로 접어들고 있다고 말해도 좋을 것 같다. 그는 실제로 생활도 그의 사상과 일치했다.

> 가을산이 잎을 버리는 산비알을 걸어가면서 우리도 가진 것을 가을산에

---

36) 김선굉 「新生을 꿈꾸는 버림의 美學」, 앞의 글 124쪽

버리는 이야기를 했다. 절명의 풀잎들이 씨앗을 떨구어 몇 개의 기적을 땅에다 묻고 흙으로 돌아가 지워지는 미완의 풀 이름들 사이에 우리의 이름도 지워지고 있었다.

- 중략 -

우리는 잡은 손을 서로 놓고 나도 나를 버리고 너도 너를 버리고, 진실로 나 아닌 것은 다 발가벗겨 내고 다시 한 톨씩 가을산에 버려지고 있었다.

잊혀 간 그날 세상의 아무것도 아직 갖지 않았던 알몸의 나이 적에 우리가 산을 불러주고 산이 답해주던 소리를 새겨 두 귀를 모두 가을산에 내어주고, 가장 추상적으로 만발한 산안개를 마시며 우리는 가장 사실적으로 희고 고운 망울의 산안개꽃으로 불현듯 피고 있었다.

- 「가을산에」 일부

구차하게 살려고 발버둥치는 자는 죽고, 죽어도 좋다고 담담하게 생각하는 자에게는 살 수 있는 길이 열리는 이치나, 會者定離, 去者必反의 원리나 다 통하는 경지를 박 시인은 이미 눈치채고 있었다. 모든 것을 가을산에 버렸을 때, 희고 고운 산안개꽃으로 불현듯 피고 있었던 자신을 발견하게 되는 것이다. 그것은 가진 모든 것을 다 버렸을 때, 곧 무소유를 지향할 때, 그보다 더 소중한 결과가 기다리고 있음을 터득한 시인의 인생관에 기인한다고 하겠다.

부질없는 욕심 다 버리고
그 싱그러운 소리 한 자락
빈방에 청해다 앉히고 마주하면
도무지 물이며 바람이
세상 일에 조금치도 젖지도 상하지도 않았으니

몸이며 마음이 더 깊이 맑아져서

몸에도 마음에도

금방 파릇파릇 새순이 핀다.

- 중략 -

잘난 일 뽐낼 일이 하나 없이

내 얼굴빛 그대로

지붕 위에 내 생활의 넝쿨을 올려 놓으면

꿈도 행복도

어느새 주렁주렁 박덩이로 영근다.

터잡고 살면

무엇을 탐하여

무엇을 시름하랴.

아무 말 아니하고도 살맛나게

내 삶의 깃발 하나

하늘 자락에 매달아 놓고 휘혼든다.

- 「터잡고 살면」 일부

　젊은 시인들이 아무리 흉내내고자 하더라도 미치지 못하는 경지다. 자기의 확고한 사상의 바탕 위에 생활과 행동이 일치되는 진지한 삶의 자세에서만 획득될 수 있는 세계다. 아울러 독자들에게는 공감대가 형성되고 풍류라는 말이 새삼 상기되는 여유 있는 세계로 이끌어 가고 있다. 이게 바로 '멋' 이라는 말에 해당되지 않겠는가. 그는 「설일雪日」에서도 "귀하나 내버리고/ 한 시대를 살아가는 법이나 닦을 일이다"고 읊고 있다.

　5월에는

우리의 귀를 모두 끌어내어
슬픈 어제에 아파한 노래들이
아름답게 축복의 노래로 울리는 들녘 길을
함께 달리리라.
- 중략 -
나를 떨쳐내고
나를 다시 보게 하고
나를 뛰어넘어
나를 다시 자라게 하고
5월에는
내 마음에도 새옷을 지어 입히리라.

- 「5월에」 일부

　그는 천성이 자연과 더불어 살아갈 때, 멋과 기쁨과 즐거움을 누리게 된다. 그는 자신을 버릴 줄도 알고, 그로부터 자아를 깊이 성찰하며, 또 자기를 극복하고 성숙한 새로운 삶으로 옮겨가기도 한다.

눈 씻고 눈빛 맞추고
사랑을 산책하며 사는 세상
눈터는 새순들이 한 하늘을 열 적마다
새집의 문밖에는
소망의 빨간 꽃이 피어난다.

- 「새집에 이사 들어」 일부

　우리의 본 집은 이 세상에서는 분명 존재하는 것이고, 늘 이사 들어 새집이라 합시고 살고 있지 않는가. 그러면서 소망의 빨간 꽃이 피어나는 희망에 살고 있는 시인의 삶의 자세에서 인생살이는 고달 픔만 있는 게 아니고, 그래도 살맛이 나는 긍정적 사고에 이어지고 있다.

> 물에다 비쳐 보며
> 물처럼 맑은 웃음 만들기를 하면서
> 산처럼 높은 성격 만들기를 하면서
> 거듭 태어나는 나를 새로 줍는다.
> 오늘의 꿈이 주는 나의 내일
> 지는 해를 따라가며
> 들통난 나의 삶을 다시 깁는다.
>
> - 「山中錄」 일부

성실하고 정직하게 살아가는 생활은 저절로 얻어지는 게 아니고 늘 자기 반성과 회개의 채찍질이 뒤따르고 있음을 이 시에서도 읽을 수 있다.

> 그리움도 사람의 일인 것을
> 자고 보나 깨고 보나 다 꿈인 것을
> 삶이란 멀리 내다보면
> 다 부질없이 불어가는 바람 아닌가.
>
> - 「딸들의 시대 7」 일부

그의 삶에 대한 지혜와 깨달음이 극에 이른다. 그는 결국 삶은 부질없이 불어가는 바람으로 규정짓고 있다. 그러니까 현실의 삶에 얽매이지 않고 초연할 수가 있는 것이다. 이런 경지에 도달하려면 책에서 얻는 지식으로는 불가능하고 살아온 연륜만큼 체험의 축적에서 뽑아 올려야 한다. 그렇다고 모든 사람이 터득할 수 있는 쉬운 일은 아니다. 그것은 삶에 대한 부단한 노력과 성찰, 자신과의 치열한 싸움에서만 얻을 수 있는 성과물이다.

마음이 때묻지 않은 이는 오라 했다.
도화꽃이 붉게 필 무렵일지
느릅나무가 푸르게 무성할 무렵일지
구름이 손짓하는 곳으로
바람이 옷깃 끄는 길 따라
도시에 멀미난 이도 함께 오라 했다.
나이도 자리도 바람에 맡기고
가진 것이라곤 다 맡기고
할 일 없는 날 재미라곤 없는 이끼리
비포장 길 걸어서 들리면
사람은 사람 그대로 살아와서
몸에 배인 촌티 말고는
더 내보일 게 없어 소같이 순한 웃음일 뿐
하늘은 하늘 그대로 있어 와서
봇물 터지듯 넘치는 너무 푸른 못물일 뿐
푸른 하늘이 그리우면 산으로 올라라.
산에서 길 잃고 못 돌아오거든
거기서 꽃이 되거라.
안개 길을 걸어 들어가 안개 산장에서
거기서 안개로 풀려라.

- 「화천리(花川里) 15」 전문

향토색을 짙게 풍기면서 우리 마음에 와닿는 서정이 넘치는 시다. 그 내용도 성숙된 삶에서만 획득될 수 있는 귀결이고, 세상을 정관靜觀하는 여유 있는 모습도 찾아볼 수 있는 시다. 「화천리 18」도 같은 계열로 분류할 수 있는 시다. 「화천리」 연작시에는 그의 삶에 대한 진지성과 자연처럼 정결하게 살아온 고인古人들의 삶에서도 동질성을 발견하게 되고 그들의 고결한 삶을 반추하는 데는 자신의 소망도 곁들이게 된다.

> 푸른 이빨의 전지 가위를 들고
> 이제는 늦출 수 없어
> 내 인생의 나태한 과수원에
> 가지치기를 한다.
>
> 오만으로 부질없이 뻗은 가지를
> 나의 자존심이 삭둑 잘려나간 자리에
> 자연의 작은 말씀에도
> 새순을 틔워 새봄을 부르고
> 너무 푸른 권위의 하늘을 잡아다 앉히고
> 울타리에 붙어 웅크리고 사는
> 새떼들을 하늘의 큰 숨결 속으로
> 훨훨 풀어 날려야 한다.
>
> — 「과수원에서」 일부

생을 관조하며 자신을 채찍질하는 성찰이 돋보인다. 더욱 "내 인생의 나태한 과수원에/ 가지치기를 한다"에 이르면 시인 자신이 얼마나 자신에게 엄격하게 살기를 갈망하는가를 짐작게 한다.

푸른 하늘을 우러르고 서서
빈 손 털고
천근 만근 어깨 짐을 벗는다 한들
마음 자락을 얼룩지어 놓은
이 허물을 다시 어쩌랴

무거운 욕망의 부피를 동여매어 놓은
질긴 집착의 밧줄에
꼬리표를 매달았던
이름 하나를 떼어낸다

하늘이 일러주는 말귀에 눈을 열고
느지막에 쓰는 시가 신앙이듯 깊어
너를 벗어나는 삼매경(三昧境)이라 한들
나를 비워내는 무아경(無我境)이라 한들

마음이 거울이라, 다시 닦으려니
검은 얼룩이 번지는
이 세상 젖은 바람이야 씻어낼수록 자국이 남는
이 번민을 또 어쩌랴

다시 하늘을 우러러 마음 하나 씻으려니
문명의 편리에 아주 익숙해져서
사상은 매연에 너무 찌들었고
제 스스로 고운 때깔이 나지 않는
헛된 허울뿐을 이제 어쩌랴.

- 「하늘 말귀에」 전문

박곤걸 시의 절정은 역시 7권 시집 『하늘 말귀에 눈을 열고』라는 게 좋을 것 같다. 위의 시도 "하늘이 일러주는 말귀에 눈을 열고"에 이르면 그는 이미 범상한 시인이 아니고 하늘 말귀를 알아들을 수 있는 선지자나 예언자적 지위에 이르고 있는 느낌을 받게 된다. 원래 시인의 존재가 평화로울 때는 값비싼 문화의 장식일 수도 있겠지만 국가가 비운에 빠졌거나 통일을 잃었거나 하는 때에 있어서 시인은 그 비싼 문화의 장식에서 떠나 혹은 예언자적 또는 민족혼을 불러일으키는 선구자적 지위에 놓일 수도 있다고(이헌구의 「시인의 사명」에서) 하는 견해도 있지만 박 시인의 상황과는 다른 측면에서 피력한 말이므로 이 범주에 속한 것이 아니며, 순수한 의미에서 박 시인은 말이 필요 없고 몸으로 벌써 하늘 말귀를 알아차리고 있다는 데 더 큰 의미가 부여되는 것이다. 그야말로 달관의 경지에 도달한 시인의 모습을 보게 된다. 더구나 "손 저어 일러주는 말귀를 알 듯 말 듯 더 몰라라"(「풀잎을 보며」)에 이르면 겸손이 더 큰 함성으로 와 닿는다. 자연이 일러주는 말귀를 더 모르겠다고 한 것 그 자체를 알고 있다는 것이 바로 자신을 안다는 것을 내포하고 있다. 아무리 내용이 좋아도 시의 형상화가 되지 않으면 시로서는 가치를 상실하겠지만 그는 시를 신앙으로 여길 만큼 깊숙이 시 속에 들어가 마음에 여유를 갖고 한 편씩 갈고 닦으며 예술작품을 만들어 내고 있다.

어쨌거나 이쯤에서
삶도 접어두고 죽음도 잊어두고
산에 묻혀 산울림이나 말벗하고 오래 데불고 살거나.

- 「산에 묻혀」 끝 연

이제 그는 무욕無慾의 경지로 들어가고 있다. 그는 시 쓰는 욕심 외에는 아무것도 없다. 아니면 그것마저도 잊고 지낼 수 있는 위치까지 온 셈이다. 생활과 시가 일치되는 삶을 살아가는 박 시인의 모습과 정신적 자세가 이렇게 성숙하고 진지하다는 것이 그의 시의 특징이 되고, 이런 시들이 결과적으로 우리들에게 공감을 주면서 시의 효용성도 유지해 갈 수 있게 한다.

4. 現實認識과 批判

그의 현실 인식은 매우 예리한 면을 지니고 있다. 행복은 물질에만 있지 않음도 이미 그는 숙지하고 있다.

> 15평의 아파트 생활이 펄럭이는 빨래줄에
> 몰래 와서 걸린 낮달에게도
> 눈썹 맞대고 낯을 익혀야지.
> 지나온 시간의 얼룩을 지우고
> 다가오는 날의 꿈을 채색하며
> 행복은 늘 그렇게 아름다운 그림을 그리며 사는 일이지
>
> - 「彩色考 1」 끝부분

그의 인생관은 매우 낙천적이며 긍정적이다. 각박한 세상살이에도 이만한 여유를 가져야 시를 쓸 수 있지 않을까. 박 시인이 연륜이 더해 가면서도 詩作을 멈추지 않고 줄기차게 계속 전진해 갔던 까닭도 여기에 기인한 것으로 보아진다. 「春色考 1」은 도시 한복판에서 벌어지는 난잡한 행동을 비판했고, 「春色考 3」에서는 민족 자존을 부르짖고 있다.

뿌리가 뽑히면 삶도 뽑히는 법
천년의 나무냄새 풀냄새를 빼앗기고
어둠에 떠다니는 빈 목숨아.
이 모가지를 잘라서
흙에다 꺾어 꽂아 새 목숨으로 자라야지.

- 「春色考 3」 끝부분

여기서도 시인은 모든 문제 접근에서 긍정적이며 미래 지향적임을 감지할 수 있게 한다.

서초동 꽃 마을에
땅값이 뛰고 땀 흘리지 않고
졸지에 천금을 얻은 졸부놈이
선생님을 선생놈으로 하대하고
없으면 힘없고 볼 일 없는 사람들,
돈이면 입맛대로 부림받는 품팔이 인생되고,

- 「서초동」 첫 연

그의 눈에 비친 도시의 핵심지대인 서초동에서 받은 충격을 詩化한 것이다. 그의 순수한 삶에서 볼 때는 도저히 용납될 수 없는 현실이 실재하고 있음을 시로서 비판밖에 달리 할 수 있는 방법이 없지 않는가. 아무래도 박 시인은 자연과 만나면 그의 천성에 어울리게 시가 빛을 내고 있지만 도시와 부딪히면 요설이 되고 냉소적이며 비판이 앞서게 된다. 정서는 숨어버리고 관념으로 돌아선다. 그의 진지한 삶의 자세와 정신세계의 저울로서는 측량할 수가 없기 때문이다.

그것은 4시집 『도시 저쪽에』 수록된 17편의 시 대부분이 이에 해당된다.

> 특별나게 잘 난 놈은
> 겉 다르고 속 다른 두 얼굴을 하고
> 알 만한 놈마저
> 곧은 것도 삐뚤다고만 하는 불신 시대에
> 대나무 막대기가 썩는다.
>
> ─「竹田里」 일부

현실 비판은 이미지 처리로서는 난관에 부딪히고 만다. 그렇게 표현될 때는 모호성에서 벗어나기 힘든다. 그 결과 자연적으로 직설법이나 관념으로 처리되기 십상이다. 위의 인용된 시도 이 부분만 떼어놓고 행 구분을 제외하면 산문과의 구별이 쉽지 않다. 「딸들의 시대」와 「화천리」 연작시에서도 내용상으로는 나무랄 곳 없이 수긍이 가지만 시의 형상화에는 미흡하다고 진단이 된다. 박 시인의 몫은 자연으로 돌아가 천성대로 詩作하는 것이 그의 의상에도 조화되며, 시간을 아끼며 살아가는 한 방법이 될 것이다.

Ⅴ. 結語

박곤걸 시인은 과작寡作의 시인도 아니며, 그렇다고 대량생산한 다작多作의 시인에 속하지도 않는다. 일곱 권의 시집에 수록된 412편의 시를 가능한 한 객관적 입장에서 조명해 보려고 고심했지만 때로는 주관에서 벗어나지 못한 점도 배제할 수가 없다. 각 시집에 수록된 해설과 문예지에 게재된 서평의 글들까지 소개하면서 약간의 논급도 해 두었다. 무엇보다 작품 분석을 통해서 얻은 결과가 그의 시의 특징으로 나타났다는 점이다.

곧 시어 빈도수에서 그가 즐겨 사용한 시어들이 역시 자연을 대표하는 바람과 하늘과 꽃 그리고 많은 식물들의 등장은 시의 근간이 자연에 두고 있음도 입증된 셈이다. 실제로 1권에서 7권까지 시 대부분이 이에 속하고 있음이 그대로 증거가 되고 있다. 그는 자연을 소재로 하여 창작된 작품만이 그의 속내를 들어낼 수 있었고, 작품 수준도 우리의 기대에 부응했고, 또 주목의 대상이 되고 있다. 그러나 현실에 대한 비판이나 삶의 부정적 요소들을 詩化했을 때는 작품으로서의 좋은 평가를 얻기에는 부족함을 드러내고 있다.

그렇다고 그의 현실 인식이나 안목이 잘못되었다는 것은 결코 아니다. 그의 독특한 솜씨는 미묘한 뉘앙스의 부분에서 적재적소에 앉혀 놓은 다양한 파생어 구사력이다. 본문에서 상세히 규명하고 예시한 바와 같이 그 많은 시어들을 조탁하는 그의 능력과 고심을 읽을 수 있었다는 점이다. 지금까지 여러 시인들의 작품을 분석하면서 연구해 봤지만 이 점에서만은 박 시인의 장점이 부각될 수밖에 없다고 하겠다.

그의 또 한 번의 시도는 생경한 한자 성어를 과감하게 시작에 도입했다는 점이다. 詩作하는 자세의 여유에서 연유된 결과이지만 권장할 사항은 아닌 것 같다. 그의 진정한 모습은 자기 존재의 투철한 인식과 성찰이며, 진실한 삶의 추구에 있다. 우리는 언행言行이 일치되는 사람을 인격적으로 높게 대접하고 있다. 시 따로 생활 따로라면 존경받을 수 있는 시인이 되지 못할 것이며, 또한 작품도 좋게 평가받을 수는 없는 것이다. 그런 점에서도 박곤걸 시인은 시인으로서의 자기 위치를 엄연히 지키고 있었다고 하겠다.

더구나 그의 성숙한 삶과 정신적 자세는 연륜과 함께 무르익어 가고, 나아가 멋을 한껏 발휘하고 있다는 평가를 받기에 부족함이 없어 보인다. 그것은 단순히 말로서의 예찬이 아니고 작품이 대변해 주고 있다. 문단에 얼굴을 알리기 전부터 쉬지 않고 시에 쏟는 그의 열정과 자신과의 치열한 싸움은 작품에 그대로 반영되고 있다는 점도 간과해서는 안 될 부분이다.

본론에서 편의를 따라 여러 항목으로 분류하여 상론했는데 412편 중에서 골라 논의하기는 쉽지 않았지만 그의 시 세계를 조명하는 데는 얼마쯤은 기여했으리라 여겨진다. 이러한 연구 방법이 노력에 비해 수확의 결과물이 크지 않다 할지라도 시를 주관에 의해서만 재단하려는 경향과는 차별이 되리라는 데는 의심하지 않고 있다.

참고문헌

· 金春洙 『詩論』(文豪社, 1961)

· 金埈五 『詩論』(문장사, 1982)

· 박곤걸 『환절기』(형설출판사, 1977)

　　_ 『돌에다 건네는 귀엣말』(형설출판사, 1982)

　　_ 『빛에게 어둠에게』(혜진출판사, 1987)

· 《대구문학》 (대구문인협회, 1998년 봄 호, 통권 34호)

· 박곤걸 『가을산에 버리는 이야기』(그루사, 1995)

· 《문예사조》 1995년 11월 호(통권 64호)

· 《문예한국》 1995년 가을 호(통권 64호)

· 박곤걸 『딸들의 시대』(그루사, 1998)

· 《문예한국》 2000년 여름 호(통권 83호)

· 《文藝思潮》 2000년 5월 호(통권 118호)

· 박곤걸 『화천리 무지개』(혜화당, 2001)

· 《흔맥문학》 2003년 3월 호 (통권 150호)

· 《펜과 문학》 1999년 봄 호(통권 50호)

· 박곤걸 『하늘 말귀에 눈을 열고』(문예운동, 2002)

· 『철학론총』(새한철학회논문집, 제30집 제4권, 2002)

· 《생각과 느낌》 2003년 봄 호(통권 25호)

· 《사람과 문학》 2003년 봄 호(통권 37호)

· 《대구의 시》 (대구시인협회, 2002)

· 宋永穆 『批評의 眞實』(현대문학사, 1976)

　　_ 『韓國文學의 作品世界』(그루사, 1987)

· 《文學과 文化》 2003년 봄 호(통권 5호)

· 郭光洙, 김현 『바슐라르 硏究』(民音社, 1978)

· 金允植 『韓國現代詩論批判』(一志社, 1978)

· 權奇浩 『詩論』(學文社, 1983)

· 李商燮 『文學批評用語辭典』(民音社, 1980)

The study of Park, Gon-guhl 's Poetry

Abstract Song, Young-mok

Four hundred and twelve poems that were published in his seven volumes of collected works were examined by the incidence of poetic words with objective characteristics. These are the frequency of poetic as well as various usages of plant names, superlatively using word derivatives and epigrams from Chinese characters. By introducing interpretation included in each volume of his collected poems and book reviews appearing in literary journals were also discussed in this article. We can get a glimpse how hard Park, Gon-guhl worked on fine-tuning and polishing his verses.

One of the outstanding characteristics is his felicitous use of varied derivatives in his subtle nuance. His true image is that of painstaking recognition and recollection of his existence and to seek a true life. On top of that, he is worthy of receiving high praises that his matured life and spiritual posture along with his aging had come to fruition and, futhermore, he showed his talents to the utmost. Compared to my personal efforts by study methods by way of counting poetic words, I am sure that, though the results of harvest aren' t that great, the tendency to evaluate poetry subjectively become a different way to analyze the poem.

상화 시의 명암明暗

상화 시에 대한 부분적 논평이나 연구들은 그 양적인 측면에서는 당시 활동한 시인들에 비하면 많은 편에 속한다. 더구나 상화로 인해서 석사학위나 박사학위까지 수득한 사람들이 있다는 것은 그의 시 평가에 대한 방증이 된다고 하겠다. 대체로 시 연구나 평가의 일단은 좋은 면에서 다루려는 경향이 우세한 것 같다. 물론 꼬집고 넘어가고자 하더라도 결함보다는 장점이 많을 경우는 그쪽으로 경사할 수밖에 없을 것이다. 본고는 지금까지 논의된 글들의 답습이나 변형보다는 한쪽 모퉁이를 살펴서 상화 시를 논하려 한다.

시의 이해를 위해서는 시대상과 그의 생활 주변 등도 큰 몫을 하는 것은 사실이지만 모든 시들을 그렇게만 접근하다 보면 시의 본질적인 면을 도외시할 수도 있는 것이다.

상화는 긴 삶을 살다 간 시인은 아니지만 과작에 속한 시인으로 분류할 수 있다. 시의 가치 기준이 양에 있지는 않지만 어쨌든 남기고 간 시편은 많지는 않다. 이는 작품 수와는 관계없이 좋은 작품이면 한 편이라도 백기만의 말대로 "시는 묵墨으로 쓰는 것이 아니라 피

로 쓰는 것이다."(이상화 전집)는 견해에 비추어 보면 정당성을 인정할
수도 있다. 그러나 시인으로서 이 정도의 작품 수는 장점이 될 수는
없는 것이다.

상화는 시인으로서는 손색이 없었지만 시어 조탁에는 성공했다고
만은 할 수 없다.

「말세의 희탄」에서는 반복법으로 일관되어 있고, 첫 연과 둘째 연
이 자수字數에서 짝을 지으려는 뜻이 그대로 내포되어 있다.「單調」
에서도 "백양나무 숲의 살찐 그림자는"이라는 좋은 표현의 묘미에
도 불구하고 둘째 연 "나뭇잎마다에서/ 젖은 속살거림이/ 끊이지 않
을 때일러라"와 끝 연 "내 생각의/ 거미줄 끝마디에서도/ 작은 속살
거림은/ 줄곧 쉬지 않아라"의 경우 '-에서'나 '-에서도'는 불필요 내
지는 줄일 수 있을 것이다. 직유법의 미숙도 한몫한다. "흙은 아낙네
를 감은 천아융天鵝絨 허리띠같이도 따스워라"(「가을의 풍경」)「나의 침
실로」에서도 종결어미 처리가 옥에 티가 되고 있다. "돌아가려는도
다" 등의 '-도다'가 현대감각으로 처리된 "내 침실이 부활의 동굴임
을 네야 알련만…"(10연), "목숨의 꿈이 다르지 않으니/ -아름답고 오
랜 거기로"(11연)와는 조화되지 않는 표현이다.

외국문학에 관심을 쏟았던 그로서는 한편에서는 선진된 서구문
화, 또 다른 면에서는 전통에 접맥된 우리 언어에 대한 관습의 돌을
깨뜨리기가 쉽지 않았던 것 같다. 여기에 이르러서는 상화의 탁월성
도 인정해야 한다. 당시 우리말에 대한 이 정도의 표현 능력도 보통
사람으로서는 불가능했기 때문이다. 현재 우리 입장에서 볼 때의 욕
심이지 그 당시로서는 비범했던 게 사실이다. 그러나 작품의 세계는
시간과 공간을 초월한다는 보편성을 도외시할 수 없는 점도 인식할
필요가 있을 것이다.

상화 시에서 가장 결점이라 할 수 있는 것은 그의 사상과 분위기의

부조화에서 오는 어설픈 시들이다. 그가 「문단 측면관」(개벽 58호)에서 밝힌 문학관을 보면 인생의 삶[生命]은 충동의 연속이며 충동은 곧 생활 그 자체로서 그것을 기록해 가는 것이 시詩라고 말하고는 있지만 사상이 정서와 융합되지 않았을 때의 결과가 어떤 것인가를 극명하게 보여주고 있다. 필자는 1920년대 경향시(해방기 시 연구)에서 상화 시 중에서 경향시에 포함할 수 있는 시를 街相中 「구루마꾼」, 「엿장사」, 「거러지」 그리고 「招魂」을 꼽았다.

날마다 하는 남부끄런 이 짓을
너희들은 예사롭게 보느냐?고
웃통도 벗은 구루마꾼이
눈 붉혀 뜬 얼굴에 땀을 흘리며
아낙네의 아픔도 가리지 않고
네거리 위에서 소 흉내를 낸다

- 「구루마꾼」

네가 주는 것이 무엇인가?
어린애에게도 늙은이에게도
짐승보다는 신령하단 사람에게
단맛 뵈는 엿만이 아니다
단맛 너머 그 맛을 아는 맘
아무라도 가졌느니 잊지 말라고
큰 가새로 목탁치는 네가
주는 것이란 어찌 엿뿐이랴?

- 「엿장사」

아침과 저녁에만 보이는 거러지야!
이렇게도 잔악하게 된 세상을
다시 더 가엾게 여겨 무엇하랴 나오너라
하느님 아들들의 罪錄인 거러지야!
그들은 벼락 맞을 저들을 가엾게 여겨
한낮에도 움 속에 숨어 주는 네 맘을 모른다. 나오너라.

- 「거러지」

　세 편 모두 속이 환하게 보일 정도로 의도적임을 알 수 있다. 이것이 그의 詩의 가치를 인정하기에 인색하게 만들고 있다.
　첫 번 詩는 구루마를 끌고 있는 자신을 부끄럽게 생각한다는 자체가 모순이다. 그렇게 볼 수 있는 것은 유산계급의 사람들 편이어야 하고, 자신들은 그것이 떳떳하고 보람있는 일로 여겨져야 할 것이다. 이것이 벌써 상화의 뇌리에 걸맞지 않는 발상이며, 억지로 이념을 부각시키려고 노력한 어울리지 않는 몸짓이다. 또한 「엿장사」에서는 단맛의 엿뿐만 아니고 그 이상이 있다고 했는데, 그것이 구체화되어 표현되지 않았고, 세 번째 詩 역시 「거러지」라는 무산계급의 표본 같은 인물을 등장시키는 데만 급급한 인상이다.
　상화의 이 「街相」 속에 실려 있는 세 편은 그의 미숙한 사상의 발로에 지나지 않는다. 즉 구루마꾼의 모습을 겨우 소 흉내를 낸다고 비유한 것이나, 짐승보담은 신령하다는 사람 등은 詩的인 면에서는 너무나 저속한 표현이다. 이는 전혀 이상화답지 않은 작품이다. 그는 또한 「무산작가와 무산작품」(개벽 65호)의 속편으로 「세계의 三視野-무산작가와 무산작품」(개벽 68호)을 발표하면서 "이것을 소개로 보담도 다만 讀物턱으로 보기 바랍니다"라는 부제가 붙어있을 정도이니 상화의 무산계급에 대한 지식이나 사상은 하나의 의상에 지나지 않을 뿐, 그의 내면을 관통하지는 못하고 있다.

> 서럽다 건망증이 든 도회야!
> 어제부터 살기조차 다- 두었대도
> 몇백 년 전 네 몸이 생기던 옛 꿈이나마
> 마지막으로 한 번은 생각고나 말아라
> 서울아 반역이 낳은 도회야!

-「招魂」全文

「街相」과 함께 도무지 詩 자체가 되지 않고 있다. 시의 내용이 정서와 사상이라 할 때 전혀 융합이 되지 않는 결함을 보여주고 있다. 그러나 상화의 진수는 역시 저항시에서 찾을 수 있다.

필자는 1920년대 저항시(해방기 시 연구)에서 상화의 작품으로는 「緋音」, 「가장 비통한 祈慾」, 「暴風雨를 기다리는 마음」, 「바다의 노래」, 「舊稿二章中 朝鮮病」, 「이해를 보내는 노래」, 「빼앗긴 들에도 봄은 오는가」, 「비 갠 아침」 등을 포함시켰다.

우리 시단에서 저항시로서는 우수한 작품으로 평가하기에 인색하지 않은 상화의 「빼앗긴 들에도 봄은 오는가」라는 작품은 다른 많은 저항시와는 달리 시적 가치면에서도 손색이 없다는 데 이 시의 우수성이 있다. 이 시가 단순히 일제에 대한 저항정신만이면 크게 각광받을 이유는 감소될 것이다. 그러나 시가 지니는 아름다움이 있기 때문에 人口에 회자도 되고 자주 거론의 대상이 되는 것이다. 시가 어떤 것을 대상으로 무엇을 읊조리더라도 시의 세계로만 승화시킨다면 가치가 있다는 것을 이 시는 우리에게 시사해 주고 있다.

지금은 남의 땅- 빼앗긴 들에도 봄은 오는가!

나는 온 몸에 햇살을 받고
푸른 하늘 푸른 들이 맞붙은 곳으로
가르마 같은 논길을 따라 꿈속을 가듯 걸어만 간다.

입술을 다문 하늘아 들아
내 맘에는 나 혼자 온 것 같지를 않구나
네가 끌었느냐 누가 부르더냐 답답워라 말을 해 다오
- 중략 -
나는 온몸에 풋내를 띠고
푸른 웃음 푸른 설움이 어우러진 사이로
다리를 절며 하루를 걷는다. 아마도 봄 신령이 잡혔나보다

그러나 지금은 들을 빼앗겨 봄조차 빼앗기겠네

이 작품에 대하여 金基鎭은

　　모든 同人들과의 친분은 나보다도 懷月이 더 두터웠으니까, 唯物史觀的
文藝觀을 그들에게 프로파간다하는 것은 懷月이 하였다. 尙火와 懷月은,
懷月과 빙허- 懷月과 稻香보다도 더 친밀한 사이였다. 그래서 尙火는 실질
적으로는 사상적 방향전환을 일으키고서 그 후에 발표한 것이 「빼앗긴 들
에도 봄은 오는가」라는 시였다.

- 한국문단측면사(四), (사상계 1956. 11.)

이와 같이 詩作 시기까지 밝힌 것은 이 작품이 곧 경향시라는 것을

간접적으로 강조한 셈이다. 그러나 사상 전환을 했다고 해서 바로 그 후의 작품은 모두 한 범주 속에 포함시켜야 된다는 이론은 온당하지 않다. 그리고 그의 경향성을 노골적으로 표현한 작품들은 위에서 보았듯이 이미 시의 영역에서 벗어나 있으며, 또한 생경한 언어의 나열에 지나지 않고 있음을 살펴보았다.

金容稷 교수는 상화의 시에 대하여

> 尙火의 저항시, 특히 「빼앗긴 들에도 봄은 오는가」가 현실에 대한 인식을 토대로 한 작품이며, 그 속에 만만치 않은 적개심을 담고 있다는 사실에는 새삼스러운 말이 필요하지 않을 줄 안다. 동시에 그 詩作으로서의 格調에 대해서도 재론의 여지가 없다. 상화와 같은 견지에서 볼 때 尙火의 시는 현대 한국의 저항시가 지녀야 할 요건을 고루 그리고 아주 훌륭하게 갖추고 있다는 이야기가 가능해진다. 시인으로서의 그의 명성과 그의 작품이 해를 거듭해도 사그라들 줄 모르는 비밀은 바로 여기에 있는 셈이다.
>
> - 「日帝時代의 抗日詩歌」, 『日帝時代의 抗日文學』(新丘文化社)

라 하여 격찬을 아끼지 않고 있다. 또 李光勳 교수는 상화의 위의 시 첫머리 6행을 내세워 놓고

> 이 구절에서 우리가 이해하지 못할 단어도 문구도 없다. -중략- 그러나 그러한 평범한 언어들이 시적 리듬을 타면서 살아서 움직이며 감동의 진폭을 넓혀주고 있다. 그 행간에도 불타는 조국애가 있으며, 흙과 대자연에 대한 경건한 기도의 자세가 있고, 호미를 든 村婦에 대한 뜨거운 사랑이 스며 있다. 그리고 일제의 숨막힐 듯한 압제에 항거하는 피맺힌 절규가 奔流처럼 솟아나고 있다.
>
> - 「어느 혁명적 로맨티스트의 좌절」- 尙火의 문학사적 위치-《문학사상》, 1973.

아무튼 상화의 위의 시는 인용한 여러 학자들의 평가 이상의 가치를 지니고 있는 것만은 부인할 수가 없다. 그 외에도 상화가 파스큐라에 가맹했다는 사실 때문에 이 시를 경향파의 대표적 작품이니 하는 유파문제는 전술한 바 시작詩作 시기는 그렇더라도 시를 그렇게 싸잡아 몰아넣으려는 연구 태도는 결코 바람직하다고는 보지 않는다.

근래 우리 시단에는 시의 本調를 잊고 형식의 散文化를 도모하는 무리, 혹은 사상내용에 산문적 요소를 많이 혼합하는 무리가 있다. 예시하자면 散文을 行만 끊어 詩라는 것, 사상적 내지 prose한 言語類의 것을 詩로 쓰는 따위가 正히 그것이다. 소위 프로詩라는 것도 그것이다. 프로 例에서도 물론 李尙火式의 「빼앗긴 들에도」 云云의 良吟이 있으나, 기타 諸氏의 詩에는 자못 詩로서 의미를 잃은 작품이 많다.

- 梁柱東 〈文壇展望〉(朝鮮文壇 19號)

고 하여 例의 尙火詩를 프로詩에 포함시켰으나, 이는 프로詩가 아니기 때문에 良吟의 작품이 되었다고 보아야 할 것이다. 이념을 앞장세워 그것을 부각시키려 할 때는 이미 시정의 세계로는 승화시키기 어렵기 때문이다. 위의 시가 저항시로서도 성공할 수 있었던 것은 이념을 앞세워 관념적으로 처리하지 않고 정서적으로 방향을 잡아 詩作했기 때문일 것이며, 시어 선택이나 표현력의 힘도 작용한 것은 물론이다. 尹章根도

상화를 이해하는데 빼놓을 수 없는 것은 고향 땅에 대한 그 무한한 정감이다.

- 『이상화전집』 268쪽

고 했듯이 이 작품 역시 대구 영선못둑에서 명덕로타리와 그 주변 보리밭을 보고서 구상했다고 고인이 된 이윤수 시인이 전해 준 바가 있다.

'「가장 비통한 祈慾」-間島移民을 보고-'를 보면 현실의 비참함이 극에 달했음을 느낄 수 있다. 진흙을 밥으로, 차라리 주린 목숨 빼앗아가거라 등의 부르짖음은 처절한 절규이다. 직설법을 쓰고 있기 때문에 더 이상 이해 못 할 부분은 없다. 이와 같은 계열의 詩作에 대한 다른 견해를 표명한 글이 있지만 관심을 기울이지 않을 작정이다.

「폭풍우를 기다리는 마음」과 「極端」은 모두 自力에 의해서 해결하려는 의지가 없고, 다만 前者는 폭풍우가 쏟아지기를 빌고 있으며, 後者 역시 검(귀신)에게 돌맹이로 만들어 달라고 기원하는 것에서 일맥상통하고 있다. 詩語에서도 自足과 屈從이 두 편의 시 속에 다 같이 사용되고 있으며, 내용상에도 별다른 차이점을 발견할 수가 없다. 초기 낭만성을 除去해 버린 관념의 덩어리만 보이고 있다.

상화 시 전편을 통해서 아쉬움을 주는 것은 未來에 대한 희망이나 예견이 없다는 점을 지적해 두고 싶다.

정원호의 시 세계

시의 내용이 정서와 사상이라 했을 때 정 시인은 확연하지는 않지만, 대체로 사상 쪽으로 더 경사되는 듯한 느낌을 주는 것은 시의 정서가 감화적 요소로서 유기체의 전신적 감각(문덕수의 『한국의 현대시』)이라는 견해가 타당하다는 전제가 성립될 때 해당되는 말이다. 그렇더라도 그의 시에서 정서적 요소를 등한히 했다는 의미는 결코 아니다. 처음부터 현란한 수사와 독자들을 현혹시키는 얄팍한 기교를 포기했기 때문에 야기된 결과이리라.

그의 시 세계를 총체적으로 고찰하고자 하는 작품들은 殘雪 2편, 꿈 2편, 무지개 2편, 지리산 고사목 2편, 수평선 9편, 고사목의 추억 2편, 무인도 6편, 산수화 2편, 無題 3편, 가을 山岳 2편, 니르바나의 겨울 20편과 그 외에 67편 등 119편이 거론의 대상이다.

무엇보다도 시인이 추구하고 있는 세상을 부정적인 시각에서 바라본 것이 아니고, 긍정적이면서도 적극적인 측면에서 관조하고 있는 그의 정신세계가 우리의 주목에 값한다고 하겠다. 아울러 보편성 유지와 뚜렷한 개성이 돋보이는 것도 간과해서는 안 될 것으로 사료된다.

시 작업에만 전념하는 시인이 아니면서도 이만한 양의 시를 쓸 수 있었다는 것은 그만큼 인고의 세월을 이겨냈음을 의미하는 값진 것으로 평가되는 대목이다. 시 세계를 접근하는 방법과 조명하려는 각도에 따라 전개 과정은 다를지라도 궁극적인 결과에는 큰 영향을 끼치지 않을 것이라는 기대를 가지면서 그의 작품을 살펴보고자 한다.

그가 즐겨 사용하는 시어 가운데서 가장 자주 등장하는 것이 바로 겨울이다. 그것은 20편의 「니르바나의 겨울」에서도 확인시켜 주고 있다. 그가 말하는 '겨울'은 삭막, 암울, 절망, 죽음, 좌절이 아니라, 곧 다가올 봄 곧 생명을 잉태할 희망의 서광으로서의 계절임을 인식게 한다.

      사방
      쓸쓸한 그의 독백
      나부끼는 겨울 오후
      햇살은 그의 심장에 닿을 듯 말 듯

                          - 「겨울깃발」 끝부분

      겨울눈이
      이리도 기적같이 반가웁노

                          - 「겨울눈」 일부

      흙에 스며 살겠느니

                          - 「殘雪 1」 일부

      꽃씨를 땅속에서 만나다

                          - 「殘雪 2」 일부

겨울 오후나 겨울에서만 볼 수 있는 눈을 등장시켜 '지금은 겨울이나 봄이 멀지 않았음을' 다시 한번 상기시켜 주고 있다. 이에 대한 논의는 「니르바나의 겨울」에서 다시 언급하기로 하겠다.

밝고 고운 그리고 아름다운 세계를 갈구하는 그의 마음은 「아! 천상시인 천상병」에서 재현되고 있다.

> 아름다운 이 세상 소풍 끝내는 날
> 가서, 아름다웠더라고 말하리라…
>
> 그가 왔고 당연히 또 돌아갔을
> 저 아름다운 하늘
> 하늘에 비친 이 세상을
>
> — 「아! 천상시인 천상병」 일부

천상병 시인처럼 그는 이 세상을 아름답게 보는 눈을 가지고 있다. 그의 밝은 세계는 그냥 주어진 것이 아니고 여유와 비움의 미덕을 터득한 결과물인 것이다.

> 술 그리운 날
> 새꽃잎과 새목청의 새들과
> 봄 길을 걷는 여유!
>
> 텅 비는 마음!
>
> — 「어느 봄날의 휴식」 일부

마음을 비우는 것보다 더 값진 선물이 또 있을까. 그야말로 '무소유의 소유', 이것이야말로 인간이 도달할 수 있는 최상의 경지의 한 부분이 아니겠는가. 시인은 이 사실을 이미 눈치채고 실천하면서 살아가고 있다. 그것은 바로 「니르바나의 겨울」에서도 그대로 반영되고 있다. 이는 정 시인의 가장 중심에 자리 잡고 있는 정신이기도 하다.

톡톡 내 정서의 혼돈을 쪼아대던
산새 한 마리
사뿐 내려와
뒤뚱거리며
노을 하늘을 산책하고 있습니다.

- 「풍경」 끝부분

그의 혼돈의 세계는 자연으로 돌아오면 노을 하늘을 산책하는 여유로 변화한다. 혼탁한 도시생활에서 이런 「풍경」은 우리들 삶을 더 풍요롭게 해 주고 있다. 이렇게 여유를 가질 만큼 그의 정신세계는 풍요롭다는 증좌이기도 하다. 그는 거기에 안주하지 않고 새로움에 대한 기대감을 갖고 더 낳은 세계를 향해 나아가고 있다.

2월에는
가장 빛나는 빛
녹아내리는 눈물의 습기에
반짝이는 햇살이 있다.
이길 수 없는
꿈에의 유혹이 있다.

발아하는
꽃씨의 첫 권태가
있다.

- 「2월에는」 전문

그가 바라보는 세계는 멈추지 않는 생성의 미래가 있다. 2월(겨울)
이라도 거기에서는 생명을 잉태할 꿈틀거림이 있음을 주시할 줄 아
는 안목을 가진 시인이기도 하다. 이는 전편을 통해 일관성을 유지
하면서 나타나는 시 세계의 핵심이다. 꽃의 내면세계를 통찰하는 심
오한 이치를 탐색하는 시인의 눈 속에서는 또 다른 꽃의 자리를 만
드는 외형적 세계도 그의 시야에서는 아름답게 자리를 만든다.

꽃은
피고 시듦이 지천이라 해도
금방 산산이 흩어진다 해도
잎새 하나에
흙속의 산 같은
순수 한 조각 묻고 있어

보낸 자의 눈길 위에
뜨락 한자리 펼친다

- 「꽃은 스스로 뜨락을 갖는다」 2, 3연

그에게는 절망이나 좌절은 없다. 늘 열려 있는 희망의 세계가 기다
리기를 기대하기보다 스스로 만들어 가는 의지가 있을 뿐이다. 위의
시는 바로 이것을 확인시켜 주고 있다.

3
나무와
책과
재깍거리는 초침과
휴일의 바람 부는 여유와
나와
도서관 뜰 자목련을 스치는 밀어
무관하다는 느낌

5
먹고 마시는 외
먹고 마시기 위한 일 외
무얼 할 것인가
어색하게
너와 나 먼 별을 쳐다보았던
그때처럼

- 「산」 3, 5연

　무엇인가에 관심이 집중되면 다른 한쪽은 자연적으로 무관심의 영역에 들어서게 된다. 균형감각을 갖고 살아가야 할 이유에 해당된다. 그러나 여유를 갖게 되면 사물을 바라보는 눈과 마음도 균형을 유지할 수 있는 것이다. 정 시인은 여기에 착안해서 시도 쓰고 또 실제로 그렇게 살아가고 있는 것 같다. 그렇기 때문에 「담쟁이 넝쿨」에까지 시선을 멈추고, 그의 생태를 인간 삶의 영역까지 확대시킬 수도 있었던 것이다.

목표물을 완벽하게 둘러싸고서도
안을 조금치도 범하지 않는
너의 순수한 사랑

- 「담쟁이 넝쿨」 3연

이는 정 시인이 갖고 있는 가장 소중한 장점 중의 하나로 평가하고
싶다. 그의 삶 자체가 남의 영역을 조금도 침범하지 않고 살아가려
는 그의 의지의 표명이며, 사랑이기도 하다. 그런가 하면 동일 선상
에서 「봄의 자화상」은 시인 자신의 자화상으로 전이된다.

"봄이 꼭 계절의 이름이 아닐 수도 있음을/ 나만이 내가 아님을"
시인은 피상적인 이름의 의미를 그대로 받아들이지 않고 뒤집어 볼
만큼 사고思考의 폭이 넓음을 보여주는 예라 하겠다.

다시 돌아보는 태양은
나부끼는 바람들의 등뒤에서
그저 침묵을 배워가고 있었다.

- 「새해」 끝부분

새해에 솟아오르는 태양을 사람들은 바알 신神을 섬기던 옛 사람
들과는 달리 희망을 상징하는 대상물로 여기면서 기뻐하지만 정작
태양은 아무 말도 하지 않고 침묵으로 일관하고 있다. 그것을 보통
사람들은 눈치채지 못하지만 시인은 침묵을 배우고 있음을 읊고 있
다. 침묵이야말로 무한한 말들을 내포하고 있기 때문이기도 하다.
그는 또한 남들이 저물다고 생각하는 데서 한 발짝 더 나아가 "한 번
더 바라보는 산자락/ 저 골짜기 어둑어둑 사위는 오늘이여/ 그대 홀
로/ 지는 해의 설레임을 보는가"(「지는 해의 설레임」) 지는 해를 바라보

는 보통 사람들의 인식세계를 넘어서서 시인의 눈은 다음 새벽을 여
는 세계에까지 미치고 있다. 그런 경향은 「겨울산 숲」에서도 이어지
고 있다.

　　오히려
　　고요함의 또 다른 정취에
　　취해 있었다
　　무슨 일 있느냐
　　되려 묻는 듯 인기척에
　　다가올 듯
　　돌아가
　　서는

　　겨울산
　　나무들

- 「겨울산 숲」 2, 3연

　위의 시에서도 한결같이 고요함의 또 다른 정취에 취해 있는 모습
이 바로 그의 시 세계의 일면이기도 하다. 이를 확실하게 뒷받침해
주는 증거가 「낙엽의 내일」이다.

　　낙엽이 진다
　　뼈를 드러내는 나무들.
　　그 앙상한 위로
　　눈이 내려 얼겠지

그러나
나는 볼 수 있다
그들의 내일을
샛파란 싹의 꿈을

분명한 내일의 꿈
그것이 그들의 것이다
불명의 내일과 꿈
그것이 나의 것이듯

- 「낙엽의 내일」 전문

불분명한 내일의 꿈이 내 것일지라도 샛파란 싹의 꿈을 키우는 낙엽에서 나도 내일의 꿈을 실현시키겠다는 의지가 밑바닥에 깔려 있음을 감지할 수가 있다.

님이여
어둠이 그 배경이어도 당신의 꿈은
우울할 수 없습니다

- 「수평선 6」 끝부분

그의 일관된 미래 지향적 시적 세계는 우리들에게까지 즐거움을 주고 있다. 그만큼 밝고 맑은 시심의 표출에서 비롯되고 있다. 그의 연작시 「수평선」 9편의 시들은 각각 다른 시각에서 시작詩作한 고심의 흔적이 뚜렷한 작품들이다.

살기 위해 염분을 씻고

바다의 한가운데 선다.

- 「수평선 1」끝부분

님의 넋인가

끝없이 어깨춤 추는 바다를
갈매기들
턱, 턱
쉼표처럼 날라다녔다.

- 「수평선 2」끝부분

다만 푸르고 푸른 위로
아무것도 없는 그
바다가 넓었다.

- 「수평선 4」끝부분

사랑은
늘 그렇게 그대 뒷모습에
피어올랐다 지는
무형상

바람 속에도 없다.

- 「수평선 7」끝부분

그의 시에서는 거의 모두가 끝 연에서 결실을 맺고 있는 특성을 갖고 있다. 위에 인용된 시들을 보면 내용도 알차지만 표현에서도 형상화에 성공을 거두고 있다. 시어의 조탁과 선택에 각고의 노력을 경주한 결과일 것이다. 「수평선 8」은 위에서 기술한 논리를 확고하게 다져주고 있다.

시란

시 쓰기란

아무래도 내게 경제성 빵점이다

그 시간에 약 재고 책 좀 더 보고

하다못해 다시 일어나는 주가에나

신경 쓸 것이지

생각이 잘 떠오르나

생각대로 글이 되나

앞 뒤 말이 맞아주나

들꽃이 꽃 피움만큼도 못하겠다

차라리

비바람에 꺾이어지다가도

남으면 남은 가지에서 천연스레

꽃을 피우는 들꽃은

피워서 안 보여져도 그만

그 꽃과 더불어

한적한 들녘의 한때가

최선의 명예이니

- 「수평선 8」 전문

정말 실감나는 솔직한 토로가 아닌가. 시뿐만 아니고 글 쓰는 작업이 그만큼 어렵다는 것을 단적으로 지적한 시다. 사실은 이 시를 쓰는데도 또 많은 고민과 정력이 소모되었을 것이 아닌가. 이 한 편의 시에서 우리는 정 시인의 참 모습을 환히 본 듯한 느낌을 갖게 된다. 그러나 몇 줄의 시구에서 어찌 깊은 속내까지야 이해할 수 있겠는가. 무엇보다 그의 겸손과 욕심을 부리지 않는 시인의 모습이 너무 아름답지 않은가. 아무도 보지 않는 들녘에 핀 들꽃의 한때가 최선의 명예이듯이 아무도 관심을 가지고 보지 않더라도 자신도 들꽃처럼 활짝 피고 싶을 뿐인 것이다. 그는 「수평선 9」에서는 그답게 결국 즐거움으로 매듭짓고 있다.

　　바다에 가면
　　닿을 수 없는 먼 수평선
　　그 도도한 출렁임이 즐겁다

　　수평선의 변함없는 애정편지
　　파도에 실려와
　　넘실넘실 목에 찰 때
　　느끼는 절망이 즐겁다

　　바다에 가면
　　자유랄까
　　파안대소랄까
　　부서져 조각조각 자지러지는
　　물살이 즐겁다

- 「수평선 9」 전문

그 즐거움의 양상을 보면, 도도한 출렁임과 목에 찰 때 느끼는 절망과 조각조각 부서지는 물살이 즐겁다는 것이다. 그러니 수평선을 바라보며 바다에 가면 모두가 즐거움뿐이라는 말이 된다. 그가 「수평선」 연작시를 쓰게 되는 이유가 거기에 있음을 알 수 있다. 「고사목의 추억 1, 2」과 「무인도 1~6」에서도 이어지고 있다. 너무 방대해서 일일이 거론할 수가 없어서 다음으로 넘어가고자 한다.

얼핏 보면 그의 시 세계에서는 비껴가는 경향이 아닐까 하는 의구심이 있을 법한 시들도 있다. "그대 마음/ 겨울 흐린 날"(「설화」 끝 연) 그러나 그 시어 속에 내재된 그의 마음은 겨울 흐린 날처럼 암울하지 않다는 것이 시인의 견고한 신뢰성에 토대를 두고 있기 때문이다. "누구도 닫을 수 없는 문/ 그것이 하늘이다./ 두렵대는 듯"(「그리고 바람이 분다」 끝 연) 인간의 한계성을 그는 이미 터득하고, 그 상황을 넘으려고 애를 쓰지 않는 지혜도 있다.

특이하게도 시각적 감각이 요구되는 시작詩作의 한 예가 있다.

山
의
어느 한
작은 뿌리의 한
가지의
끝
잎사귀의 귀
로
들어오는
하늘
로
숨 쉬는

뿌리

의

山

- 「잎사귀의 귀」 전문

　이는 형식상의 특성으로서 시적 감흥이나 그 효용성에 대해서는
미지수다. 다만 격식을 탈피하려는 의도는 인정할 수 있을 것이다.
　그 외에도 자유에의 의지와 사회성이 가미된 시와 새로움을 추구
하려는 의도가 풍기는 시들도 있지만 할애하고 그의 노작勞作이라
할 수 있는 연작시 「니르바나의 겨울」을 논의해 보려 한다.

　니르바나nirvana는 열반涅槃이다. 열반의 세계에 무슨 겨울이 있겠
는가마는 시인은 상징성을 부여하고 있다. 겨울이 주는 이미지가 열
반의 경지에서 온전히 벗어나 있지 않다는 의미가 내재해 있는 셈이
다. 결국 니르바나의 겨울은 우리의 기존 가치관과 인식 세계를 뛰
어 넘은 별천지가 아닌 바로 현실 세계인 것이다. 그러나 「니르바나
의 겨울」이라는 제목 자체에서 받는 느낌은 예사롭지가 않다. 꼭 심
오한 진리가 숨어 있는 것처럼 다가오기 때문이다. 시인이 이런 점
을 노리더라도 탓할 계제階梯는 아니다. 사실 따지고 보면 그가 니르
바나를 끌어온 것은 상상을 초월한 기상천외奇想天外의 발상에서 기
인된 것이 아니고, 우리가 살고 있는 삶의 터전을 아름다운 세상이
라고 명명한 그의 세계관에 근거하고 있을 뿐이다. 그렇더라도 니르
바나의 겨울이라는 제목을 선택한 그 안목은 높게 평가 받아도 탓할
사람은 없을 것이다.

　고요만이 가득한 니르바나의 겨울

그 쓸쓸한 축복의 뜨락에

흰나비 같은 눈발

가라앉고 가라앉고

- 중략 -

마침내

시린 창가에 그림자를 드리우곤 하던

오랜 서정의 호롱불마저

사라져

백지가 되다

- 「니르바나의 겨울 1」 1연과 끝부분

　니르바나의 겨울은 쓸쓸하지만 축복의 뜨락이라 표현한 것은 그의 내면세계와 완전히 일체가 되고 있다. 그의 비움의 세계가 또한 끝 행에서 빛을 발휘하고 있다. 백지가 주는 이미지는 침묵과 더불어 없음의 미학이 아니고 무궁한 세계를 포용할 가능성을 열어 놓고 있기 때문이다. 그는 이 백지에 그의 시 세계를 전개해 나갈 것이다.

　부제副題가 붙여진 "석굴암에서", "과수원에서", "위대한 니이체", "달마와 나와", "막막한 길에서", "오늘", "겨울 산행" 등에서 형상화된 것들은 절망의 겨울이 아니고, 오히려 삶의 현장에서 또는 자신의 처지에서 긍정적으로 인도하는 동력이 되고 있다.

그렇게 가을이 가고 겨울이 가고

새봄이 오면

또 부풀

한 살배기 철없는 꿈

사과가 익었어

- 「니르바나의 겨울 3」 끝부분

　세상을 이렇게 바라보면서 산다는 것도 축복받은 사람들만이 누릴 수 있는 특권에 속한다고 하겠다. 정 시인의 작품이 씹을수록 진미가 나는 것은 그 시에 내재된 삶의 즐거움 때문이다. 늘 긍정적으로 사물을 바라보는 눈에 부정의 요소가 들어갈 틈이 생길 수가 없는 것이다.

넘실대는 파도를 춤추듯 유영하는
바다거북
바다거북의
무한한 자유와 꿈을 바라보는
마음은 같지 않을까
마음만은 같지 않을까.

- 「니르바나의 겨울 7」 끝부분

그것이 내가 너를 바라보게 하는 너의 힘이다
그것이 오래도록 바라보아도 고운
너의 유희다

- 「니르바나의 겨울 14」 끝 연

동대구역에서 빠진다는 것이
건천까지 가서 돌아왔다고 털털 말했을 땐
모두들 웃었어
속으로 그게 바로 난데 하면서

그런 사람 만난 날

오늘

기쁘다

- 「니르바나의 겨울 15」 끝 연

위의 시들 모두가 마음의 여유가 없이는 쓸 수 없는 영역이다. 그의 시 전편에 흐르고 있는 기쁨과 즐거움이 읽는 분들에게도 고스란히 전달되리라는 기대를 갖게 한다.

격정처럼 일어서서는 부딪치고

부서질지라도

조그만 무인도 하나 덮치지 않는

그리움의 바다여 파도여

- 「니르바나의 겨울 11」 끝부분

남을 배려하며 해치지 않는 미덕을 가진 바다와 그 파도를 그리워하고 있지만 정작 시인은 벌써 그렇게 살아가면서도 아직도 미진한 자신의 처지를 겸손으로 대치하는 것 같다. 실제로 경험하지 못한 사람들은 이러한 상황을 그리워할 줄도 모르기 때문이다.

「니르바나의 겨울」은 지금도 그리고 앞으로도 계속될 것이다. 그것은 바로 우리가 살고 있는 삶의 터전이기 때문이다. 정 시인은 지금까지의 성과도 높이 평가해야 하겠지만 앞으로도 그의 고민의 행진은 쉬지 않으리라는 것을 생각하면 즐거움보다는 걱정이 더 많으리라.

정원호의 시 세계를 정리해 보면

첫째는 긍정적 사고에서 비롯된 기쁨과 즐거움이 주조를 이루고 있다는 점.

둘째는 시의 영역의 폭이 넓다는 점. 이를 뒷받침해 주는 근거로는 바람, 산, 하늘, 새, 꽃, 바다, 구름, 달, 해, 그리고 동 식물들의 등장 빈도수가 많을 뿐 아니라, 도시와 상상의 세계까지 넘나들기 때문이다.

셋째는 비움의 미학으로 겸손과 무욕無慾으로 일관되어 있다는 점, 이는 높이 평가될 부분이다.

넷째 시적 표현에서 현란한 수사와 기교가 없다는 점. 이는 장점이 될 수도 있고, 보는 각도에 따라 단점으로 지적될 수도 있다.

다섯째 언어의 연금술사로서 시어의 조탁과 선택에 더 노력을 경주해야 들꽃이 아닌 관상용 꽃으로 각광을 받을 수 있을 것이다. 물론 이항에서 자유로울 수 있는 시인은 없다. 다만 끊임없이 노력할 일이다.

끝으로 「니르바나의 겨울」에서 보여준 시적 성과를 결코 소홀히 취급해서는 안 된다는 견해를 피력하고 싶다. 무엇보다 시를 쓰면서 산다는 것이 얼마나 즐거운 일인가를 되새겨주는 깨달음이 값진 것으로 다가오고 있다. 이만큼 방대한 양의 시를 상재할 수 있는 재능과 능력, 그리고 그 열정에 경의를 표하고 싶다.

아름다운 조화調和

- 木鄕 鄭成倫의 〈詩와 寫眞展〉을 보고

詩畵展에는 가끔 둘러볼 기회가 있었지만 詩와 寫眞展의 경우는 조금은 생소하다는 느낌을 갖고 있다. 더구나 시인이 사진작가로서도 활동하면서 자신의 詩에 자신의 寫眞을 곁들여 전시한다는 것은 필자로서는 처음 보는 경이로움도 가지게 된 것은 사실이다. 그런 의미에서도 木鄕의 이번 〈詩와 寫眞展〉은 특별하다고 하겠다. 따지고 보면 시와 사진은 다 같이 예술의 영역에 속하기 때문에 美를 추구하는 데 있어서는 同一線上에 놓여 있다고 해도 지나친 말은 아니다. 다만 詩가 언어를 통한 시인의 내적 체험과 상상력의 산물이라면 사진은 사진기라는 기구를 통한 순간 포착의 영상미와 함께 작가 정신이 내재해 있다는 점에서의 차이가 있을 뿐이다. 木鄕 자신도 〈PHOTO-POEM展에 즈음하여〉라는 글에서

밝음과 어둠은 곧 生成과 消滅, 나와 너, 幸과 不幸, 있고 없음의 필요불가분의 對稱的 요소이기에. 詩와 寫眞을 한 다발로 묶으면서 많은 것을 느끼고 배웠습니다. 시와 사진에는 저마다의 밝음과 어둠의 요소를 가지고

있으며, 또 가지고 있어야 하는, 그 절박한 까닭을 거듭 되새기게 되었습니다. 시는 절제된 언어로, 사진은 순간 포착의 영상으로 우리의 實存 현상을 도출하지만 그 현상이 우리의 가슴에 안겨주는 감성은 똑같은 아름다움의 대단원으로 승화시켜 주는 것이기에 사진과 시는 동질의 장르가 아닐까요?

라고 서술하고 있다. 사진과 시를 동질의 장르라고 보는 견해에는 일면성도 있지만 이 점에 대해서는 자신도 의문표로 끝맺은 데서 알 수 있듯이 확신을 갖고 한 말은 아니라는 점을 인지할 수 있다. 그러나 그의 견해의 일단들은 경청해도 좋은 점들도 있다.

80 고개를 바라보는 경지에 와 있으면서도 젊은이 못지않게 열정을 갖고 작품에 몰두할 수 있다는 점에서도 경탄케 하고 있다. 木鄉이라는 號처럼 그는 자연과 친화하려는 의지를 시와 사진에서 역력히 나타내고 있다.

> 시월이 넘어가는 길목
> 머귀나무 가중나무 잎새 서둘러 떠나버려
> 색깔 비워 둔 쓸쓸한 터 서리에
> 파란 기다림은 하나둘 내려 앉는다.
>
> 갈바람 흩어지는 낙엽 따라
> 기어코 파란 기다림은 있기에
> 떠나버린 시월, 빛발 부스러지는
> 선암사 골짜기 흰 눈 찾아들 때면
> 어김없이 찾아들 파란 기다림 하나
> 보고 싶어라, 기다리고 싶어라.
>
> ―「파란 기다림」 2, 3연

사진에는 가을의 빛깔만 보이지 파란 기다림은 숨겨져 있고 보이질 않는다. 이 시에서만 보더라도 사진보다는 시가 우위에 있음을 넉넉히 감지할 수가 있다. 연륜처럼 흘러간 세월의 끝자락에 서서도 희망을 저버리지 않고 파란 기다림을 기대하고 있는 시인의 생동한 모습을 읽게 한다. 기다림이라는 언어에 시각적 감각인 파란이라는 단어를 앞에 놓음으로 막연한 기다림보다는 확신에 찬 희망을 품고 있다는 것은 시인 정신의 청신함이 깃들어 있다. 이 계열에 속하는 시로서는 「메타세쿼이아」, 「파란 섬 하나」, 「겨울과 봄의 界面」, 「새봄에는」, 「날 끝」 등이 있다. 그의 시에서 다루는 특징 중의 하나는 '시간'이란 시어와 '빛'과 '어둠'이다.

> 꽃상여 같은 가을, 또
> 한 계절의 접경을 넘어
> 날 끝에 식은 해가 머뭇거린다.
>
> - 「憂愁의 시점」 일부

그의 작품에는 자연이 주축을 이루고 있다. 거기에서 인간의 삶을 엿보고 있다. 자연보다 더 정직하고 정확한 것이 없기 때문일 것이며, 그것은 그의 성격과도 통하고 있다는 게 이해의 접근에 도움이 될 것이다. 이 시 역시 흘러가는 시간의 흐름 곧 자연의 변화에 憂愁를 갖고 있다. 그것은 그의 연륜과도 무관하지 않는 시점인 것이다.

> 빅뱅Big Bang의 여울이어라
> 빛의 살을 따라
> 바람의 결을 따라
> 밝은 마음 일어

순하디 순한

밝음이 되어

이대로…

이대로…

끊임이 없이

시월의 여울로만

영영 있어다오.

- 「蓮」전문

　사진에서 보여주는 蓮꽃의 밝음과 어두움의 대칭적 요소를 시와
함께 잘 반영해 주는 예에 속한다고 하겠다.

땅 끝, 모래 곶(串)

냉혹한 바람의 무리에

영혼마저 수탈당한

갈대의 잔해

여울목 맴도는 물 위로

여윈 그림자 드리워

코발트색 물잠자리는

여린 봄 하나 착상시키고 있다.

창백한 백사장에

실바람을 팔고 있는

왜가리 한 마리도

빈 몸으로 떠나야 할

채비라도 하는지

- 「환승(換乘)지점」 전문

　자신을 왜가리에 얹어 놓고 다른 세계 곧 이생을 마감하고 다른 세계로 갈 환승換乘지점에 이르고 있음을 절감하고 있다. 젊은 세대에게는 사고思考의 범위 내에 존재하지 않을 심각한 문제를 시인은 담담하게 표현해 주고 있다. 무엇보다 우리의 생애 마감을 환승지점으로 명명한 시인의 참신한 시각이 돋보이는 대목이다.

　　　파도가 출렁이는 넓은 호수는 없어도 좋아요
　　　날 빛 부스러져 반짝이는
　　　조그만 실개천 따라
　　　송사리 떼 오가는 물 목
　　　실버들 드리워진 그늘 하나 있으면
　　　그늘 깔고 앉아
　　　보랏빛 우화(愚話)가 너울거리는
　　　먼 산 바라보며
　　　파아란 하늘에
　　　울려오는 종소리 같은
　　　나의 작은 꿈 한 포기 심어보는 것이요
　　　내가 여기 있음을 실감하는 꿈 말입니다.

- 「작은 꿈 한 포기」 첫 연

　시인은 갈 길 다 가도록까지는 꿈을 잃지 않는 실존을 의식하면서 살아가고자 한다. 이는 매우 중요한 의미를 갖는다. 꿈을 잃는다는 것은 호흡이 멈춘 것과 다름없다. 그러므로 정 시인은 아직도 갈 길이 많이 남아 있건 말건 그와는 상관없이 "나의 작은 꿈 한 포기 심어보는 것이요/ 내가 있음을 실감하는 꿈 말입니다."는 구절은 매우 값진 시인의 보배로 여겨진다.

> 그러나 가버린 시간은 영영 돌아올 수 없음을
> 또 하나의 시간도 빗뛰어 간다. 또 하나의 시간도
> 미쳐버린 바람처럼 펄럭펄럭
>
> - 「모순의 시간 I」 한 부분

그는 시간에 대한 시적 감각을 유별나게 많이 의식하고 있다. 이 역시 그의 연륜과 상통한다고 하겠다. 자신을 「폐선」에 비유한 것이나, "쌓여만 가는 세월의 테"(「石樓」)나, "땅거미의 계면, 벌써 어둠을 토해내고 있는데/ 시간은 달빛을 밟고 달아난다/ 시간은 별빛을 태우며 달아난다."(「無聲音」) "모두가 꽃잎처럼 떨어져 나간 세월"(「날끝」) "땅거미의 까만 속살에/ 재깍, 재깍 시간의 소리/ 지워지는데"(「소멸 3」) 등 시인의 삶과 연계되지 않을 수 없는 부분이기도 하다.

> 햇살은 서쪽하늘을 태우고
> 빛발 땅거미 되어 붉은 숨을 몰아쉬며
> 살찐 산허리를 의뭉스레 끌어안더니
> 벌겋게 식어가는 땅거미의 末梢
> 허둥지둥 떠나갈 채비를 챙긴다.
> 해변의 어둠도 슬금슬금 기어오른다
> 포구의 배들 하나둘 어둠 속으로 침몰한다.
> 드디어 까막 세상이 질펀하게 일어선다.
> 핏기 잃은 街燈 하나 한사코 어둠을 밀어낸다.

사람들 연방 바다하늘에 별을 따러 나선다.

삶의 시간들 포개어지는 사이 사이

파란 기억의 무리 하나씩 떨어지는 날 끝

하늘 빈 곳을 쓸쓸함으로 채우고 싶은

갯비린내 출렁이는 포구, 나 또한

마지막, 별을 따고 달을 훔친다.

-「에필로그」 전문

　그의 사상과 상상력은 지어낸 것이 아니고 그의 삶 자체에서 생성된 것이다. 그는 자연처럼 순박하고 꾸밈없는 마음, 거기에서 시가 나오고 사진이 찍혀지고 있을 뿐이다. 조금도 가식이 없고, 있는 그대로이다. 이번 木鄕 鄭成倫의 〈詩와 寫眞展〉은 시와 사진이 하나가 되어 우리 앞에 펼쳐 놓았다. 그에게는 사진과 시, 어느 하나도 놓칠 수 없이 함께 간직하고 싶은 욕망을 여러 사람 앞에 선보인 것이다. 사진에 대해서는 느낀 그대로 받아들일 수밖에 없는 일반 소시민과 다를 바 없으나, 그의 시를 대할 때면 詩가 곧 木鄕 자신을 보는 것 같아서 친밀감과 수긍되는 부분이 많은 것을 보면 아무래도 그에게는 사진보다 시에 더 무게가 쏠리는 것으로 판단한다면 편견일까.

　남은 생애가 얼마나 남아 있는지는 아무도 모르지만 木鄕의 순수성이 더 아름다운 시로 승화되기를 기원할 뿐이다. 삭막한 세상에 이러한 순수한 시와 시인을 대면하면서 산다는 것이 기쁠 뿐이다.

견고한 신앙의 시 세계

《대구기독문학》창간호에서 6호까지 발표된 시들은 모두 209편이며, 참여한 시인들은 27명이다. 시조시인은 2명이며, 작품 16편이다. 좀 늦기는 했지만 이들 작품에 대한 조명과 함께 논의를 하고 지나가는 것이 순리일 것으로 사료되어 거론해 보기로 한다.

먼저 지적하고 싶은 것은 기도나 찬양을 치밀한 여과를 거치지 않고 문자화하면 좋은 시가 되기 어렵다는 점이다. 일부이긴 하나 시적 감흥도 없고, 시의 형상화가 제대로 이루어지지 않은 상태에서 단순히 언어의 나열에 머문 듯한 느낌을 주는 작품들도 눈에 들어오기 때문이다. 물론 신앙심의 깊이와 넓이는 이해되지만 과연 그것이 시로서 대접받을 수 있을까 하는 의문을 품게 한다.

기독교 사상이 저변에 흐르게 하려는 의도에서 생경한 단어들을 그대로 노출시켜 시적 분위기를 손상시키는 경우도 있는 것 같다. 시 속에 용해되어 있는 시어들의 의미가 이미지화되어 시적 감흥을 줄 때 그 시는 제 구실을 하게 될 것이다. 그렇기 때문에 좋은 시가 되기 위해서는 더 많은 내적 고뇌와 치열한 자신과의 대결에서의 결과물이 되어야 할 것이다. 소재야 무엇이든지 상관없지만 기독교 사상이라는 제한된 범주를 벗어나려면 보편성 확보가 무엇보다 우선되어야 하고 그 위에 작품으로 승화될 때 우리의 기대를 충족시켜 줄 것이다.

자기만의 언어를 구사하여 당혹감을 주거나 애매모호하여 이해에 장애가 되는 작품들은 한 편도 없다는 것은 좋게 평가할 수 있는 요건을 갖추었다고 하겠다. 발표된 시들 중에는 기독교 사상이 노출된 작품들도 있고, 또 저변에 감추어져 있으면서도 신앙의 깊이를 눈치채게 하는 작품들도 있다. 그런가 하면 기독교 사상을 염두에 두지 않고, 작품에만 충실한 시들도 있다.

창간호부터 한 호도 빠지지 않고 계속 발표한 시인들은 조영자(18편), 조삼도(17편), 유가형(17편), 조혜자(16편), 윤석칠(15편), 김상윤(13편), 정해경(12편), 시조시인 이상진(13편) 등이며, 그 외에 많은 시인들과 작품들을 다 다룰 수는 없고, 필요에 따라 논의하되, 가능한 한 편의를 제공받기 위해서 가나다 순서를 채택하려 한다.

강문숙은 이미 인정받고 있는 시인이기에 길게 논의할 필요가 없겠지만, 그의 깊은 신앙심이 시 속에 젖어 감흥을 자아내고 있음에 주목해도 좋을 것이다. 주기철 목사가 옥중에서 순교 전 아내에게 마지막으로 남긴 말을 떠올리며 쓴 시 「숭늉 한 그릇」(5호)은 절제된 시어로 구성된 한 편의 좋은 시가 되고 있다.

> 살들이 몸을 떠나고
> 시간이 뼈를 여위게 할 때, 비로소
> 나는 밥 앞에서 침묵하는 법을 배웠다.
> - 중략 -

낭자한 피의 발자국도
장엄한 애국의 길도 아닌,
나를 울게 하는 그 한마디
'여보! 따스한 숭늉 한 그릇이 먹고 싶어'

아, 그 한 그릇의 밥
위대한 경전일 때가 있다.

　강 시인의 모습이 고스란히 반영되어 우리 앞에 나타나고 있다. 다음에 인용할 두 편의 시에서도 그의 면모를 읽을 수가 있다.

저 껍데기 소용없다. 누가 말해도
나는 그리하지 않겠다.
껍데기는 아득한 정자(精子)의 집.
푸르게 껴안고 있던 시간이 때가 되고,
미련이 왜 없었으랴만 제 몸 찢어 여는 그 순간
알맹이들은 멀리 세상을 향해 날아간다.
그러므로 껍데기들이여, 기억할 것은
담겨 있던 무게만큼 아픈 자리
투명한 햇살이 너를 통과할 때까지 비울 일이다.

- 「손등」 앞 연(3호)

　껍질을 벗은 나비처럼, 가벼워진 몸이 엘리베이터를 타고 위로 올라간다.
　몰랐다. 이 몸, 이 집, 이 세상. 비상등을 켜고 화살표 따라와선 잠시 주차하고 있었다는 걸.

이제 위로 솟구칠 그날이 멀지 않았다는 걸.

- 「지하 주차장에서」 끝 연(4호)

그대로 이해되기 때문에 독자들은 읽고 즐기면 되는 것이다. 그는 시를 알고 시작詩作하는 시인으로, 그가 다루는 시의 세계는 그만큼 폭이 넓음을 위의 시에서도 감지되고 있다. 그도 연륜이 두꺼워짐에 따라 세상을 바라보는 안목과 인생살이의 인식도 성숙해 감을 느끼게 한다.

권영세는 동심의 세계를 시로 빚어내는 탁월한 시인이기도 하지만 「시골 학교 숙사宿舍에서」 보이는 그의 순수한 시정신도 소홀하게 다루어서는 안 될 것이다. 무엇보다 서정이 넘치는 시는 읽는 이로 하여금 차분한 세계로 이끌어 가고 있다.

아이들 모두 돌아간 시골 학교 숙사에서
혼자 빗소리를 듣습니다
습지에 초병(哨兵)처럼 꼿꼿이 서서 비를 맞는
감나무 잎사귀 두드리는 가을 빗소리를 듣습니다
시멘트 블록 담장 너머 보이는
과수원의 빨간 사과 껍질에 떨어져 미끄러지는 빗방울들은
또다시 땅 위로 모여들어 이 저녁 함께 길을 떠나고
토담 너머 집집마다 이어진 골목길에도
쉴 새 없이 뒤따르는 빗소리를 듣습니다
아이들 발자국만 어지럽게 남은 운동장 가
혼자 선 아름드리 느티나무의 물드는 잎사귀 스쳐가는 비바람
이 저녁엔 시골 학교 숙사에 혼자 남아

귓속 깊숙이 가슴 깊숙이 빗물로 젖어드는

내 시골집 가을 같은 빗소리를 듣습니다

- 「시골 학교 숙사宿舍에서」(5호)

시가 구태여 어려운 시어로만 장식할 당위성이 있는가라고 웅변으로 항의하듯 그의 시는 누구나 이해가 될 만큼 우리들의 가슴에 와닿고 있다. 물론 시인들의 개성에 따라 다양한 시의 세계와 함께 시풍도 달라질 수 있다. 좋은 시는 어느 시대 어느 나라를 막론하고 읽히고 암송도 하고 감동도 받는 시일 것이다.

김기연은 2호에 2편과 6호에 한 편을 발표하고 있다. 그중에서 「가을 포도밭」의 모습을 떠올리게 하는 작품이 시각적 효과와 함께 우리에게 친밀하게 다가오고 있다.

이젠, 다 주었구나

황갈색 늑골
듬 성. 듬. 성
남은 늦포도

아름다운 주검으로 매달렸구나

핏빛 그리움 캄캄히 저무는구나

- 「가을 포도밭」(2호)

언어를 절제하는 재능과 시각적 이미지를 담는 솜씨가 예사롭지 않다. 더 나아가 「천지 창조, 어느 봄날에는」 -당신 지으신 이 땅에한 치 오차도 없이 푸석해진 등 긁적이며 아지랑이 돋습니다-라는부제가 붙어 있는 시인데, 이 시에서도 그의 시각적 표현이 조화를이루며, 그의 재능을 한껏 발휘하고 있다.

김복연은 1, 2, 3호에 6편의 시를 싣고 있는데, 「탱자나무」에서는믿는 곳이 있기 때문에 "나처럼 남겨지는 산과 들판/ 또 저물 녘이있다는 것을 알았다/ 하나도 무섭지 않았다"고 강변한다.

그때 뒤꼍엔 왜
시큼한 바람이 늘 고여 있었는지
그곳에서 번져나는 자줏빛
그늘은 또 어떻고
교회 장로가 술은 무슨…… 약이지
고단한 하루의 기도가 끝난 아버지
혼자 가끔 저물 녘 시간 필요했겠지
아무도 얼씬 못 하게 하는 어둑한 뒤꼍엔
모르는 척해도 다 알고 있는
포도주 잘 익어 가고 있었고
모처럼 아무도 없는 빈 집
부글부글 괴어오르는 검붉고 시큼한 아버지
둥둥 뜨는 아버지
당신 한 국자, 하늘 한 국자
보송거리는 솜털 낱낱이 바람에 흔들려
많이 어지럽던 그때
약이 필요하던 그때

- 「약」(3호)

재미있게 읽히는 작품이며, 해학과 익살 그리고 약간의 비판적 잣대와 힐난도 내포하고 있으면서도 시가 되고 있다는 것은 시인의 역량을 가늠케 하는 대목이기도 하다. 이만한 시를 쓸 수 있다는 것은 앞으로도 얼마든지 좋은 시를 우리 앞에 보여 주리라는 희망을 갖게 한다.

김상윤은 해맑은 어린이의 순진성이 시마다 번쩍이고 있다. 한마디로 맑고 정갈한 시가 그의 시 세계를 이루고 있다고 하겠다.

> 무지갯빛 한 뼘씩 앉은 대합실 유리창 너머,
> 네 심장 뛰는 소리, 불수레를 끌고 있다.
> 보이지 않는 큰 손, 그 뒤를 밀고 있다.
>
> - 「봄 플렛폼」 끝 연(2호)

봄이 되어 식물들이 자라나는 것도 '보이지 않는 큰 손, 그 뒤를 밀고 있다' 고 하나님의 섭리를 이렇게 표현하고 있다. 그가 발표한 13편의 시들은 동심의 세계로 인도하듯 맑은 마음을 가지게 한다. 이것이 바로 이 시인의 개성이라 하겠다.

김주 시인도 하나님의 무한한 사랑을 체험하면서 쓴 시들이 주를 이루고 있다.

> 아닐 거야.
> 제 맘껏 멋 부린 배들이
> 수평선 향해 천천히 가는 것을 보면
> 수평선 맨 끝에 살아 계신 것만 같은 하나님

아마, 그분을 닮은 빛깔일 거야

- 「바다」끝 연(창간호)

를 비롯하여 「우리 교회 사람들」, 「민들레」, 「파도」, 「무제」, 「순례
자」 등이 다 같은 계열에 속하는 작품들로서 신앙시로 규정해도 좋
을 것이다. 이 시인도 동심의 세계로 들어간 듯한 느낌을 주면서 깨
끗하고 아늑한 시적 분위기를 유지하고 있다.

김학섭 시인은 믿음의 시를 선보이고 있으며, 연륜에 걸맞는 시들
도 빛을 내고 있다.

"밭머리에 수수이삭/ 저리 조아리건만/ 고개만 뻣뻣이 세운/ 쭉정
이 내 인생"(「처서에」끝 연(3호)) 내 인생을 쭉정이라고 노래한 시인이
야말로 한평생 애를 태우며 살아온 삶의 여정을 달관한 경지에서의
토로가 아니겠는가.

아픈 데를 구멍으로 치면
내 몸은 온통 벌집일 게다.
흐린 날은 팔다리가 무거워
짐 실은 황소처럼 콧김마저 거칠다.

앉으며 '아야야', 누우며 '아야야'
마빡에 주름살이 실룩거린다.
젊을 때야 생각이나 했던가?
늘그막 버팀목은 병이란 것을.

- 「늘그막에」 1, 2연(5호)

이러한 상황은 체험하지 못한 사람들이야 어찌 상상이나 할 수 있겠는가. 자신의 처지를 실감나게 표현해 주고 있다.「굼벵이의 유언」(5호)도 동일한 궤에 속하는 시다. 이런 시는 늙어 보지 못한 젊은 이들에게나 또 늙었더라도 건강한 사람들에게는 실감으로 다가올 수가 없을 것이다. 시인의 상상력이 뛰어나다고는 하지만 체험의 저쪽까지는 미치기 어려운 것이 인생 삶의 궤적이 아니겠는가. 그의 시는 상상력의 산물이 아니고 산 체험 그 자체이기에 이해에 접근한 사람들에게는 절실한 동감으로 이어지게 될 것이다.

류영구는 인생의 풍부한 경험과 안으로의 치열한 투쟁을 거쳐서 여과된 알맹이들을 모아 시를 쓰고 있는 시인이다. 그것이「내시경」에서 그대로 반영되어 있다.

삶의 깊은 곳에
이상기류(異常氣流)가 감지되었다

조직 검사를 하여 삶이
구성원으로서 합당한가를 검사해야 한단다
한 주일 동안 조각을 분해하여
그리운 사람, 미워한 사람
속죄(贖罪)할 사람, 용서(容恕)할 사람
낱낱의 일상(日常)들을 점검해 보아야 한단다

비커 속에 주마등처럼 스치는
삶의 모습이 넣어지고
기억의 괄한 언어들이 숨을 헐떡인다

하늘도 땅도 누우런 빛을 내며 저물어 간다

모두가 떠나야 할 열차에 앉아 정말 숙연(肅然)히
마르쿠스 아우렐리우스의 명상록을 보다가
문득, 차창 밖 소슬한 낙엽 한 잎 떨어짐을 보았다

- 「내시경-병」(5호)

그는 죽음까지도 관조할 수 있는 여유를 가지고 삶을 영위하고 있다. 죽음이 자신과는 거리가 있는 듯 냉정하게 "문득, 차창 밖 소슬한 낙엽 한 잎 떨어짐을 보았다"고 담담하게 표현할 만큼 마음의 평정을 가지고 있을 뿐만 아니라 죽음을 객관적으로 바라볼 수 있는 경지에 와 있기도 하다.

박지영은 주목 받는 중견시인으로 알려져 있는데, 그것이 결코 과장된 말이 아니라는 것을 그의 작품이 대변하고 있다.

告日이 따로 없었다

접시물에 담가 둔 무순에서
꽃대 올라와 꽃망울 매단다
한 송이만 꽃 피라고
마음 모았는데
저도 속을 꽤나 끓였던지
몸 꺼멓게 썩어들어 가면서 꽃 피웠다

연보랏빛 열두어 송이

무꽃이 열어 둔 길을 따라가다 보니
吉日이 따로 없었다
짐수레 밀듯 지나가는 날들 사이
훅 불면 날아갈
바람 같은 꽃
피고 지는 사이가 吉日이었다

- 「吉日」 (2호)

첫 행과 마지막 행이 인과 관계를 형성하면서 전체가 조화를 이루고 있다. 무엇보다 별것 아닌 것 같으면서 詩가 되어 우리 앞에 서도록 한 시인의 재능이 돋보인다고 하겠다. 특히 시인의 시선이 머무는 곳이 평범을 넘어서고 있다.

배정향은 약사이면서 시인이 된 재원으로 이만한 시를 쓸 수 있다는 것은 그가 미국에서 수학하여 얻은 많은 지식과 체험들이 깊은 신앙심과 융합되어 이룩된 성과물일 것이다.

낙타를 보면 바늘귀가 연상되어요
낙타와 밧줄은 같은 어원이라고 당신은
히브리 사람처럼 말합니다
하지만 내 기억 속에는 항상
낙타와 바늘귀가 같이 묶여 있어요
- 중략 -
눈을 감으면
우리 모두 같은 어원의 낱말들이라고
낙타와 밧줄과

하늘의 씨앗과 아이들이 함께 이루는
둥근 피톨의 노래 들리지만

눈을 떠 보면
하늘과 사막이 서로 아프게 꼬여 묶인
이 밧줄
낙타와 털과 가죽이 닳아 가듯
한 올 한 올 벗어 버린 후
그때에 비로소
당신의 길을 가는
거기 바늘귀 속으로 들어가는 낙타가 보이네요

- 「길, 가지 못한」 일부(3호)

이는 마가복음 10장 17-31절에 나오는 예수와 재물 많은 사람과의 대화에서 25절에 "낙타가 바늘귀로 나가는 것이 부자가 하나님의 나라에 들어가는 것보다 쉬우니라"는 말에 근거하고 있다. 혹자는 아람말 gamta(밧줄)을 gamla(낙타), T와 L의 차이로 오역한 것이 아니냐라고 역설하기도 하지만, 밧줄이나 낙타나 바늘귀로 통과한다는 것은 다 불가능한 일이다.

한국이라면 바늘과 소가 대비되겠지만, 낙타는 이스라엘에서 찾을 수 있는 가장 큰 동물이며, 그렇기 때문에 가장 큰 동물과 가장 작은 구멍 사이의 생생한 대조는 결국 불가능함을 나타낸다. 그러나 27절에는 "사람으로는 할 수 없으되 하나님으로는 그렇지 아니하니 하나님으로서는 다 하실 수 있느니라"라는 구절이 나온다. 이 시에서도 성경에 맞추어 인간의 모든 것을 내려놓을 때 "거기 바늘귀 속으로 들어가는 낙타가 보이네요"로 끝맺고 있다. 그의 신앙심과 재치가 조화를 이루어 빚어낸 작품이라 하겠다.

  송종규는 역시 약사이면서 시를 쓰는 시인이기도 하다. 대구문학
상을 수상할 만큼 그의 시의 무게는 이미 중량을 보유하고 있는 셈
이다. 대체로 그의 시는 난해한 편에 속한다.

  - 전략 -
  햇빛과 수초, 닳아서 헐렁해진 오래된 세월에 대해서
  낮고 더운 목소리로 그는 말한다네
  역사책을 읽듯 그는 담담하지만, 당신은 모르지
  일순, 내가 얼마나 높이 올라가 반짝일 수 있는지
  - 중략-
  일순, 내가 얼마나 공중 높이 올라가 반짝이고 있는지
  당신은 모르지, 역사책을 읽듯 그는 담담하지만,

                                            - 「가시연」 일부(2호)

  환경부가 희귀 멸종 식물로 지정할 정도로 보기 힘든 식물인 가시
가 많은 아름다운 가시연을, 시인의 상상력을 동원하여 엮어낸 작품
이다. 우선 그의 표현에 주목할 필요가 있다. 첫 연에 "닳아서 헐렁
해진 오래된 세월에 대해서" 세월에 붙여진 닳아서 헐렁해진 오래된
것과 역사책, 그리고 첫 연 끝의 두 행과 끝 연의 두 행이 행을 바꾸
고, 높이 앞에 공중이 첨가된 것과 도치법을 활용하여 앞뒤를 바꾼
그의 의도가 단순하지 않다. 의미에서는 큰 차이가 없지만 읽는 이
들에게 변화를 주고 있다는 점이다. 송종규 시인이 이런 세밀한 데
까지 의식하고 있다는 것이 그의 장점으로 기록될 것이다.

유가형 시인은 6호까지 모두 17편을 발표하고 있는데, 소재 영역이 매우 광범하고 폭이 넓음을 시 제목을 통해서도 시사하는 바가 있다. 특히 「패싸움」 뒷부분이 인상 깊게 각인시켜 주고 있다.

내 속은 작은 파문 하나에도 물매암 소동 이는 작은 연못

소슬바람에도 몸 뒤집어 끌려 다니는 낙엽이다

그런 일이 언제 있었느냐는 듯

입가 헛웃음 얄팍하게 펴 바른다

- 「패싸움」 일부(6호)

인간의 내면세계와 현실과의 괴리를 시니컬하게 표현해 주고 있다. 그리고 시가 되어 우리 앞에 펼쳐진다. 노련미를 엿보게 한다.

윤석칠은 목사이면서 시를 좋아해서 시를 쓰는 시인이기도 하다. 바쁜 목회 생활 속에서 시를 쓴다는 것은 노역이겠지만 오히려 자신의 내면을 성찰할 수 있는 시간일 수도 있겠다. 그가 사랑하던 아내를 잃고 쓴 실감나는 「하얀 미소 II」를 그대로 인용하면서 이 항을 끝내려 한다. 다른 어떤 말도 덧붙일 틈이 없기 때문이다.

K병원 601호실

창 밖엔 겨울비가 내리고 있었다

유방암 말기

투병생활 3년

아내의 숨결은 거칠어지고 있었다

긴 침묵이 흐르고

가족들의 흐느낌

방울방울 떨어지는 노을빛 눈물

병실을 가득 채우고 있었다

'사랑하는 내 딸아 그 모습 그대로

내게로 오라'

주님의 음성 들었노라고

함박웃음 보이며 기뻐하던 아내,

이별의 아쉬움 파르르 떨고 있는 입술

부푼 가슴

먼 하늘이 보인다네,

둘이 만남의 35년 세월

잠깐 보이다 없어질

안개 인생이라 아니 하던가!

심장의 박동은 여운으로 남고

쉰넷 생의 막이 내려진

아내의 텅 빈 자리

어느새

나의 하늘을 함께 날고 있었다

투병을 끝낸 아내의 얼굴

입가엔 하얀 미소가 남아 있었다

창 밖엔 겨울비가 함께 울고 있었다

　윤성도는 산부인과 전문의사이면서 화가, 음악평론가, 시인 등 다
채로운 이력을 가진 다재다능한 재사이기도 하다. 일찍부터 시를 쓴
그는 시력이 수십 년에 이른다. 시력과 좋은 시의 생산과는 비례하
지 않지만 그는 좋은 시를 쓰는 시인이다.

나의 기도가

처음 말 배우는 어린 아이처럼

서투르게 하옵소서

나의 기도가

콩나물시루에 붓는 작은 물같이

소리 나지 않게 하옵소서

농부의 발자국 소리 듣고

보리 이삭이 자라 듯

나의 기도가

부지런한 농부의

발자국 소리 되게 하시옵소서

- 「기도」 (창간호)

그는 이렇게 겸손할 줄도 알고, 멋도 부리고 여유도 있다. 순박한 시인의 모습과 간구하는 내용이 너무나 소박하면서도 마음에 와 닿는 감동이 있다.

이정애는 대경기독문학회에 늦게 가입했지만 그의 시력과 경력은 우리의 기대를 앞서고 있다. 《한맥문학》으로 등단한 후, 대구여성문인협회 제8대 회장과 반짇고리문학 3대 회장도 역임한 것이 바로 그 것이다.

연꽃 다 지고 없는 진못

바람만 서성이고

꽁꽁 언 얼음 바닥엔

아쉽게도 휘어, 아픈 꽃대궁들

고개 떨어뜨리고 있다

노인 병원, 휠체어에 실린

침묵의 무게 내려 있는데

- 중략 -

진흙 속 연뿌리

무얼 하고 있을까

허기진 답습에

가쁜 숨소리

뚫어지는 숨구멍마다

하얀 속살 여무는 숨결

순교자의 흑백 사진 보듯

아직은, 겨울 속에서

거대한 꿈을 꾸고 있겠지

- 「겨울 진못 풍경」 일부(6호)

아픈 꽃대궁들과 노인 병원, 휠체어에 실린 침묵의 무게와 연관 시
킨 수법과 연뿌리의 구멍을 숨구멍으로 승화시켜 거대한 꿈을 꾸고
있겠지로 끝맺음한 그의 섬세한 시선과 감성, 그리고 희망을 잃지
않는 꿈과 조화를 이루면서 한 편의 시를 완성시키고 있다.

정해경은 시집 『수리봉의 갈꽃』에서 보여 준 서정이 넘치는 시편
들이 그대로 이어져 오고 있다. 연륜과 관계없이 그는 앳된 소녀처
럼 해맑은 미소로 사물을 긍정적인 눈으로 바라보며 감사하는 마음
이 저변에 강같이 흐르고 있는 깊은 신앙의 소유자이기도 하다.

한 줄기

강바람이 실어 간 해오라기의 울음은

아득히, 지평선을 헤매이다가

해거름

젖은 메아리로 돌아오고

기우는 햇살은 애를 태우다

산마루에 걸린다

- 중략 -

그대!

다시는 돌아오지 않을지라도

일어서는 바람은 잠자던 숲을 흔들고

수풀 속 마르지 않는 옹달샘 물에

그대 흘리고 간

맑은 그림자를 건지며

성긴 돌 틈에 파란 이끼를 키우리라

- 「젖은 메아리」 일부(4호)

이와 같이 치밀하고 자상하면서도 결코 실망하지 않고 파란 이끼를 키울 만큼 여유를 가질 수 있다는 것은 아마도 세월의 두께와 무관하지 않을까.

눈부신 가을 햇살 잠시

수액으로 곱게 물든 나뭇잎 다 떨어져 홀가분한

상수리나무 산까치 다시

날아들 수 있을까

여린 갈대 더욱 서걱이는 저물녘에

시린 알몸 감싸줄 잎새 하나 갈무리 못 한 부끄러움이
얼굴 붉힌다

아직 떨어뜨리지 못한 잎새 하나의
아픔이 흔들리는
이 썰렁한 동산

당신의 빛으로 가득 채우소서

- 「가을빛」 일부(5호)

군더더기 하나 없는 맑은 서정이 시 전체를 감싸고 있으면서도 희
망의 끈을 놓지 않는 그의 정신세계가 더 아름답고 깨끗하게 부각되
고 있다.

조삼도 시인은 호흡이 긴 시보다는 짧은 시를 선호하는 특징을 갖
고 있다. 시가 짧다는 것은 그만큼 시어의 조탁과 압축을 전제할 때
가능할 것이다. 모든 시인들이 다 그렇겠지만 조 시인은 실제로 한
편의 시를 쓰되 긴 시간을 필요로 하는 것 같다.

모란아 모란아

너를 보고 있으면 내 마음 하늘같이
무너진다
무너진다

- 「모란」 (6호)

이 짧은 시 속에는 김영랑의 「모란이 피기까지는」에서 보여 준 시인의 심상心象이 다 포함되어 있으면서도 말을 아낀 이면에는 더 많은 사연들을 내포하고 있다.

> 눈이 아름답거나 마음이 고운 사람이라면
> 열병 앓는 이런 봄날은
> 외로운 사람의 눈빛을 읽을 수 있을 게다
> 쓸쓸한 이웃의 가슴속
> 바람소리를 들을 수 있을 게다
>
> 플라타너스 같은 사람을
> 이 저녁 만나고 싶다
>
> — 「아름다운 예견豫見」 뒷부분(2호)

플라타너스 같은 사람은 어떤 사람일까. 슈만의 트로이메라이(꿈)에 나오는 가사와도 연상이 되고, 대기 오염과 감염시키는 병에 대한 저항성도 강한 이 나무는 여름에 큰 잎사귀들이 그늘을 제공해 주고 겨울에도 수피가 벗겨져 여러 색깔로 드러내 주는 늠름한 모습의 사람, 시행에 포함된 내용을 보면 더 폭넓은, 너그럽고 남에게 유익을 주는 사람일 수도 있을 게다.

조영자 시인은 그의 시집 『나는 작고 연약한 질그릇』이나 『여호와께 감사하라』와 같이 깊은 신앙의 뿌리에서 우러나온 말들을 시로 쓰고 있다.

> 낮과 밤이 교차하는

광활한 우주의 한 지점

미로 속으로 뚫려있는

나의 생각 바꾸면

어둠과 빛 사이는

한 뼘, 한 찰나에 불과한 것

광명은 불변하여

그곳에 자리하고 있는 것

- 「어둠과 빛 사이」 뒷부분(2호)

　광명은 하나님을 비유한 것으로 봐도 좋을 것이다. 죄악과 선행이 어둠과 빛으로 대치해 놓고 보더라도 이 둘 사이는 가변적이지만 광명은 불변하다는 것과 항상 그곳에 자리하고 있다고 강변하는 이 시는 시인의 내면을 관통하는 깊은 성찰과 안목, 그리고 뿌리 깊은 신앙의 결과이리라.

당신의 전부인

가루 한 움큼

기름 한 방울

마지막 생명인 그것을

다른 사람 위해 드렸더니

흉년이 다 가도록

통 안의 가루와 기름이

바닥나지 않았다지요!

- 「미중물」 앞 연(5호)

　이 시는 구약성경 열왕기 상 17장 8-16절에 엘리야와 사르밧 과부에 얽힌 내용으로 일반 독자들은 무엇에 근거했는지 도무지 알지 못할 부분이기도 하다. 그러나 기독문학에 관심을 갖고 있는 독자들은 바로 이해할 수 있는 대목이다. 이런 구절을 인용하면서 시작하고 있는 그의 글 솜씨가 상당한 경지에 이른 감을 가지게 한다. 더 좋은 시를 기대해도 무위로 돌아가지는 않으리라 생각한다.

조혜자는 몸이 불편함에도 불구하고 시작詩作에는 극성스러울 만큼 열정적이다. 몸이 약하기 때문에 더욱 신앙의 심연에서 울어 나오는 절규에 가까운 시를 쓸 수 있게 만들어진지도 모를 일이다. 실제로 역설적이긴 하지만 사람이란 역경에 다다를 때 더 신앙이 깊어지는 것을 보게 된다. 특히 4호에 게재된 「당신을 향한 연서」나 「감사의 꽃 한 송이」는 산문시로서 그의 절박한 심정의 단면을 잘 표현해 주고 있다. 그는 시를 쓰게 되면 할 말이 너무 많은 것 같다. 시가 길어지게 되는 이유이기도 하다. 한편 그에게는 시 쓰는 즐거움이 무엇보다 소중한 것으로 보이기도 한다. 매호마다 2~3편씩 16편을 발표하고 있다.

> 예정된 공연시간이 그리 길지 않습니다.
> 어느 누구에게도 대역 또한 없습니다.
> 돌아올 수 없는 강물처럼 강물처럼 흘러만 가는 세월인 것을…
> 오직 그날! 그날을 바라보면서…
>
> - 「인생무대에서…」 끝 연(창간호)

이것이 조혜자의 현재의 심정이기도 하다. 그는 병마에 시달리면서 그분만을 바라보며 위로받고 그것을 시로 엮어내어 자신을 추스르고 있다.

허수현은 본명이 허정자다. 대경기독문인회에 늦게 가입한 시인이다. 작품 속에 그의 신앙의 투철함이 다 용해되어 있음을 읽을 수 있다.

이맘때만 되면 어김없이
꽃과 벌과 나비와 향기를
보내는 이
당신은 누구세요.

살랑살랑 팔랑팔랑
춤추며 오고
산 너울에 두둥실
구름까지 합세해서
아지랑이 아롱아롱
함께 보내는 이
당신은 누구신지요.

맞이하는 마음
설레고 반갑고
곱고 예뻐서 생기가 납니다
고마운 당신은 뉘세요?

- 「당신은 누구세요」(6호)

천지창조와 우주만물의 운행을 주관하고 있는 이를 알면서도 그는 당신은 누구세요로 묻는 물음 속에 도리어 확신이 가득함을 강력히 시사하고 있다. 맑고 고운 시를 계속 쓰기를 권하고 싶다.

이상진은 시조시인이면서도 자유시 못지않게 시행을 자유자재로 변형시키면서 시작하고 있는 시력도 20년이 넘으며 경영학박사로 사회적 지위도 만만찮은 인물이기도 하다.

어둠을
휘 가르고

퍼지는
섬세한 음향

늘 푸른
시작점의

새 출발이
눈을 뜬다

싱싱한
사념의 굴레
활짝 열린 아침 창(窓).

- 「새벽 종소리」(창간호)

초장 중장을 두 행으로 된 두 연으로 배치해 놓고, 종장은 3행으로 처리하여 시각적으로는 전혀 시조라는 느낌을 주지 않고 있을 뿐만 아니라 시 자체로도 시조시인이 쓴 시니까 시조겠지 추정될 뿐 자유시와 구별이 안 될 만큼, 능숙하게 표현의 묘미를 살리고 있다. 다음 시조는 또 어떠한가.

치솟아

타는 노을

서산아래

다

사위어

어둠이 드리우면

관

솔

불

밝혀놓고

초롱히 밤하늘에 뜬

별을 헤며

사는

사랑

- 「행복」(2호)

　이게 어디 시조라고 말할 수 있겠는가. 사실 이 시조는 평시조 한 수를 이와 같이 시행을 배치할 수 있다는 것은 얼마나 언어의 조탁에 노력을 경주했겠는가를 짐작게 한다. 시상도 '행복'이지만 읽는 이로 하여금 행복에 젖게 하고 있다.

　《대구기독문학》에 발표된 시들은 모두 건전한 시정신에서 비롯되었다는 점이 여타 문학지에 실린 작품들과 차별된다고 하겠다. 더구나 사물을 바라보는 눈길도 긍정적이고 희망과 즐거움이 넘치고, 모자람은 하나님께 의지하려는 속내를 유감없이 드러내고 있다. 기도 시들도 무엇을 달라는 것보다 자신이 하나님께 가까이 갈 수 있도록 인도해 달라는 내용이 더 많다. 1호에서 6호까지를 한꺼번에 다룬다는 것은 무리가 따르고, 각 시인에 대해서 상론을 못한 이유도 되지만, 실제로 몇몇 시인들의 작품만 짚고 넘어가기에는 다른 시인들에게 격려가 되지 못한 데 기인되고 있음도 밝혀 두고자 한다.

개성이 부각된 시 세계

어느 시대에도 기존의 상황에 안주하지 않고 새로운 세계를 구축하려는 시도는 있었으나 보편성을 확보하지 못하여 더 이상 확대 생산되지 못한 예들을 익히 알고 있다. 지금 일부 젊은 시인들을 중심으로 미래파라 해서 언어 영역의 확대, 탈 장르의 시도 등 실험적인 시가 발표되고 있는데 이는 참신성과 새로운 영역을 개척하려는 노력은 인정할 수 있지만 과연 그러한 시들이 생명력을 갖고 지속적으로 발전할 수 있는가가 문제일 것이다. 무엇보다 공감대가 형성되면서 확대되어야 성공할 수 있지만, 이는 아무도 보장할 확신은 없는 것이다. 한때 무의미시(nonsense poetry)라 해서 김춘수 시인이 시도했지만 그 역시 성공할 수 없었던 것은 보편성에 닿아 있지 않았기 때문일 것이다.

《대구기독문학》 7호에는 13명의 시인이 쓴 25편의 시와 시조 2수가 수록되어 있는데, 나름대로의 시 세계와 자기만이 갖고 있는 재능을 발휘하고 있는 작품들이 고개를 들고 있다. 그러나 시인 자신들만의 잔치가 되어서는 공감을 줄 수 없다는 점을 염두에 두는 것도 무익하지 않을 것 같다.

　그러면 편의를 따라 게재된 순서대로 작품을 살펴보되 신앙시들
은 따로 한 묶음으로 엮어 논의해 보고자 한다.

　강문숙의 「독도에서는 갈매기도 한국어로 운다」 이 작품은 제목
에서부터 독도가 한국 영토임을 강력하게 시사하고 있다. 그것은 단
순한 주장이 아니고, 시적으로 승화시켜 독자들에게 깊은 인상을 남
기고 있다. 또한 시각적 표현으로 갈매기의 날갯짓을 "ㅅ ㅅ ㅅ커다
란 날개 저으며 저희들끼리 대오를 이룬다"에서 보면 ㅅ ㅅ ㅅ의 모
습이 갈매기의 날갯짓과 동일하다는 것이다. 한글 ㅅ글자에서 갈매
기를 따온 시인의 예리한 시선이 돋보이는 부분이기도 하다.

> 새들이 죽을 때 제 고향으로 머릴 두는 것처럼
> 그리운 것들을 향해 제 그늘을 내어 주는 해송처럼
> 저녁이 오고
>
> 독도는 바람의 결이 빚어낸 바위의 모진 角을
> 지긋이 한반도 쪽으로 기울이다가, 분연히
> 다시금 홀로 일어서는 것이다.

　"바위의 모진 角을"에서 角을 한글 각으로 쓰지 않고 유독 시 전편
에서 이 부분만 한자로 쓴 것은 바위의 각이 한자 모양 角과 닮았다
는 시각적 효과의 극대화에 초점을 맞춘 시인의 의도와 조화된다고
하겠다. 우리 언어에서만 가능한 장점을 잘 활용한 결과이리라.

　류영규의 「안약을 넣다가」는 눈물과 땀의 의미를 분간하면서 마

지막 연

> 눈을 껌뻑이며 거리를 본다
> 창밖에선 매미소리가 분노처럼 짖어댄다
> 내 눈 밑에 흐르는 것은 무엇일까

로 의문을 제기하지만 그것은 곧 현실의 아픔의 눈물일 것이다.
「거리풍경 1」은 거리의 온갖 풍경에서

> 도화지 위에 그려진 일그러진 전우의 얼굴
> 별이 하나둘 떨어진다
> 오늘 밤 나는 무엇을 보고 있다가
> 저 깊은 나락의 늪에 새 한 마리 날고 있음에.

그가 본 거리 풍경은 인생에서 기쁨과 감사의 모습은 전혀 볼 수 없는 깊은 나락의 숲으로 표현되어 있다. 여기까지 상상하면서도 날고 있는 새 한 마리는 바로 시인 자신일 것이다. 시인은 그런 거리 풍경에 함몰되지 않고 객관적으로 바라볼 수 있는 여유를 갖고 있다. 류 시인의 모습이 부각된 작품이라 하겠다.

배정향의 「손」은 힘써 일한 도구로서의 단순한 손이 아니고 비록 겉은 거칠지라도 그 속에 숨겨진 내면의 깊이에 의미를 부여하고 있다. "진흙 속에서 부지런한 여자의 손은" 어느덧 생강뿌리가 되어 있었다고 할 만큼 노력의 진가에 무게를 두고 있다. 그뿐만 아니고 한 편의 시로서 완성도를 이루고 있다.

송종규의 「그리운 청라언덕」, 요사이 대구의 근대골목 관광 명소로 지정되기도 한 청라언덕, 이은상 시, 박태준 작곡의 "사우思友=동무생각"의 노래비도 세워진 제일교회와 동산병원. 선교사의 붉은 벽돌집이 있는 그 언덕을 송종규 시인은 한 편의 시로서 칭송하고 있다.

이 시는 시인의 고결성도 보이고, 높은 곳을 향한 의지가 시적으로 조화를 이루고 있다. 「가시연」에서 보여준 "일순 내가 얼마나 공중 높이 떠올라 반짝일 수 있는지/ 당신은 모르지" 심도 있게 그려내는 시인의 심상을 공감토록 이끌어가는 시인의 재치가 엿보이기도 한다. 특히 마지막 구절 "내 가슴속 사립문이 왜 자주 삐걱거리며 열리는지/ 당신은 모르지"에 이르면 그의 시적 표현 기술에 감탄이 되기도 한다. 「엘리베이터」에서는 높은 곳을 향하여 열려 있는 마음은 바로 송 시인의 중심에 자리 잡고 있다. 세상의 모든 잡다한 것이 사라지고 나서야 천상과 지하를 오르내릴 수 있는 엘리베이터를 탈 수 있는 것이다. 그의 시에는 군더더기가 없고, 간결하면서도 행간에 흐르는 시적 감성과 사상이 잘 융합되어 있다.

유가형의 「근심」은 근심이란 제목에 걸맞게 면밀하면서도 상상력에서 계산된 시적 언어가 제 자리에서 빛을 내고 있다. "마음 집은 벽까지 헐고 비스듬히 누워 버리네/ 순간 황소 눈은 순하게 마르고 작아져 없는 듯 숨어 버리네 두려움은 언제 다시 살아나 머리의 흙을 털고 두리번거릴지…" 우리네 근심은 순간에는 사라져 버릴지라도 그야말로 언제 또다시 되살아날지 그것은 생의 순환원리에 속한다고 하겠다. 이를 시인은 시적으로 승화시키는 데 노력한 결과물로 우리 앞에 다가서고 있다.

윤석칠의 시는 현실세계를 시화하면서 난해한 어휘나 섬세한 묘사는 활용하지 않고 대체로 직설적인 표현에 능숙해 있기 때문에 이해에 어려움은 전혀 없는 것이 특색이라 할 수 있다. "숨 쉬는 날까지/ 하나님의 작품은/ AS가 없다." 그것이 인생이란 답이다. 간결하게 단정적으로 결론을 내린 시인의 사상이 선명하게 부각되고 있다.

이정애의 「새벽길」은 명상의 시라 할 수 있겠다.

이 세상 어디엔가
마르지 않을 샘이 있어
내 목마름 적실 때

흔들리며 살았던 일상도
뜨거운 눈물과 만나게 된다

찢어지고 녹아져서
새벽별처럼 빛나고 싶어질 때
새벽은 먼저 와서
새와 나무를 풀어 놓고
해맑은 당신의 길을 열어주고 있다.

새벽과 맞닿아 새로운 삶의 활력소를 얻게 되는 모습을 시로 담아 우리에게 펼쳐 보이고 있다. 이때 "해맑은 당신의 길"은 일반적으로는 신의 길이라 하겠지만 여기서 당신은 하나님을 지칭하고 있다. 하루 생활 중에서 새벽에 기도하는 신앙인들은 하나님이 열어 놓은 바른 길을 걸어 갈 수 있는 것이다.

정해경의 「유년의 강」에서 드러나듯이

들찔레처럼 희고 투명한 강
붕어, 피라미 떼 함께 강을 건너고
투망질하던 아이들 봄빛에 그을린 웃음소리
산울림으로 돌아와 먼 들녘으로 퍼지고
움 돋는 새순들의 노래가 종다리로 날아가는

전설처럼 지금은
휘어진 산 그리메 속으로 흔적을 감추고
마른 가슴에 박힌 돌부리의 아픈 상처
깊이 동여매고
강둑에 널브러진 수초들의 슬픈 가락이
바람결에 흐느낀다

　정해경 시인은 연륜과 상관없이 늘 해맑은 소녀의 가슴을 지니고
살아가는 모습을 시에서도 그대로 반영하고 있다. 오염된 세상에서
이와 같은 맑은 눈으로 자연을 바라보는 그 시선에서 우리도 잠시나
마 그 세계로 인도되는 기쁨을 가질 수 있게 한다.
　「등대」도 같은 맥락에서 볼 수 있는 작품이다.

목멘 파도
머언 발치에서 철썩이다 빈 가슴으로 돌아가는
수평선 너머
시린 별빛과 교감하는
네 고독이

갯바람에 바래인 채 하얗게
타고 있었다

　그 고독은 검붉게 타는 것이 아니고 "하얗게 타고 있었다"에서 보듯이 견딜 수 있는 그리고 즐길 수 있는 고독이라고 할 수 있겠다. 맑고 깨끗한 한 편의 서정시를 얻기 위해 노력하는 그의 시적 작업에 격려의 말을 보태고 싶다.

　조삼도의 「감꽃」에서는 혼탁한 세파와는 거리를 둔 채 맑은 마음과 순수한 동심을 고스란히 그대로 간직하고 있다. 조 시인에게는 시가 바로 자신의 분신이라 하겠다. 그는 실제로 그렇게 살고 있다. 「반월당」은 지역의 특성을 감칠맛 나게 시로 엮어 읽는 이로 하여금 즐거움을 가지게 한다. 정제된 평범한 시어들이 친근감을 더해 주고 있다.

　조혜자의 「빛나는 보석」은

날이면 날마다 만나게 되는 내 이웃들에게
내게 있는 따뜻한 사랑의 말과 향기를 전하면서
빛나는 보석 같은 삶을 살고 싶어요

　빛나는 보석 같은 삶을 살고 싶어 하는 시인의 갈망이 배어나는 시로서 일단은 누구나 이해되는 점에서 친밀감을 주고 있다. 「언제나 한결같이」도

아낌없이 정답게 나누면서 살고 싶어요

단 한 번뿐인 이 세상을 살아가는 동안에

언제나 한결같이…

청순하게 나누면서 살아가려는 시인의 의지가 짙게 묻어나고 있다.

다음에 다룰 시들은 신앙시들인데, 자칫 신앙시들은 정서에서 보다는 신앙의 깊이에 함몰되어 시적 분위기를 흐리게 하는 예들도 볼 수 있는데, 여기에 실린 작품들은 위험수위에서 벗어나 시가 되고 있다는 데 안도감을 주고 있다.

김상윤의 「이마」는 엄마의 손으로부터 하나님의 손으로 옮겨가고 있는 신앙심이 돋보이고 있다. 시인의 착한 마음씨가 시로 탄생된 좋은 본보기가 되고 있다. 「선인장의 방」은 마음의 방문을 열어 놓고, 모든 것을 수용하면서 살려는 의지의 표명이 선명하다.

가시나무 떨기에 불타오르는 말씀처럼

그곳 사람들의 가슴 지펴 주는 선인장은

결코 마음의 방문을 걸어 잠그지 않는다

시인의 순결한 성품이 깨끗한 한 편의 작품으로 빚어진 결과이리라.

배정향의 「예수의 무덤은 어디에」는 불신자들은 이해에 어려움이 있겠지만 신자들에게는 쉽게 다가오는 시이기도 하다.

세상 밖에서는 허물어진 흙의 늑골 속을

많은 고고학자들이 다녀갔네

그때 돌문은 하얗게 닫혀 있었고
그들이 파헤친 건
죽은 기억의 미토콘드리아뿐
세상 어디에도 예수의 무덤은 없었네

무엇보다 시가 되고 있다는 점이다. 배 시인의 역량을 가늠케 하고 있다.

조영자의 「소멸되지 않는 한 나라」 1, 2연의 유려한 시적 표현이 매력적이기도 하다. 3연에서는

보이지 않는 한 나라 있으니
소멸되지 않는 영토와 주권
킹덤 오브 바슬레아

마지막 행에서의 외국어 표현이 이색적이면서도 결코 낯설지 않게 여겨지는 것은 전체 시가 갖고 있는 분위기 때문일 것이다. 바슬레아는 헬라(그리스)어로 왕국 또는 왕권을 의미하고 있다. 어쨌든 한 편의 시로 우리 앞에 있다는 사실에 주목할 필요가 있다. 「예루살렘 딸들아」는 1연과 2연에 성경구절이 그대로 인용되고 있는 시로서 그 특이성을 갖고 있다.

허수현의 「회개」는 완전한 신앙시로서 기도문이 되고 있다. 마지막 연을 보면

소고와 풍금으로 노래하는

아름다운 여인처럼

반석 위에 세운 초원의 툇마루에서

"그날이 가까웠노라" 그 말씀 가지고

수다 떠는 여인 되게 해 주소서

라고 기도하고 있다. 그러나 일반적인 기도와는 달리 시 작품으로 형상화 되었다는 점이다.

「무언의 증언들」도 시인의 중심 사상이 반영된 깊은 신앙이 뒤받쳐 주고 있다. 3, 4연을 인용해 보기로 한다.

활짝 하늘 문 열어

축복의 잔이

벚꽃 나비 되어 훨훨

내려앉은

4월 새순들의 잔치가

화려하게 장식을 하고

만물의 대속물로

고난당한 그날을

무언으로 증명하고 있다.

십자가에 못 박혀 돌아가신 그날을 무언으로 증명하는 4월의 새순들의 잔치가 시적 변용을 거쳐 말쑥하게 단장하고 있다.

이상진의 「몽골 테르찌에서」는 아침과 낮, 밤의 풍경과 그곳에서 받은 감명을 시조로 표현해 주고 있다. 많은 말로 표현한 기행문보다 이 세 편의 평시조가 더 절실하게 우리에게 다가오는 것은 시인의 역량과 맞닿아 있다고 하겠다. 「코스모스」는 시각적인 측면에서는 시조라고 단정지울 수 없을 만큼 변화를 모색한 노력의 성과가 완연하다. 평시조의 초장을 한 행으로, 중장을 두 행으로, 종장을 3행으로 처리했고, 둘째 연에서는 초장을 두 행, 중장을 3행, 종장을 한 행으로 구성하여 일반 자유시의 형식의 담을 허물어 버린 시조라고 할 수 있겠다. 그러면서 한 편의 서정시로서 홀로 설 수 있다는 것은 시인의 재능에 속한다고 하겠다.

이상의 여러 분들의 시를 간략하게 일별해 본 결과는 개성이 부각되는 시 세계를 간직하고 있어 우리에게 마음의 위안을 주고 있다는 점이다. 특히 신앙시들은 시인 자신들의 신앙의 바탕에서 승화된 작품들이기에 읽는 이로 하여금 숙연함마저 주고 있다.

언어를 비틀고 뒤집거나 또는 나름대로의 철학의 세계를 구축하면서 실험적인 시를 쓰는 것은 어쩌면 쉬운 영역에 속한다고도 할 수 있다. 사실 좋은 서정시 한 편을 얻기가 훨씬 어렵다는 것은 그들 자신들이 더 잘 알고 있을 것이다. 그러나 《대구기독문학》에 게재된 시들은 좋은 시를 쓰려고 노력한 흔적이 역력하기 때문에 독자들의 인구에 회자될 시들의 출현을 기대해도 좋을 것으로 평가해도 무리가 없을 것으로 결론짓고 싶다.

2부
소설 小說

최명희 소설『혼불』연구
- 삽화와 문화정보를 중심으로

Ⅰ. 서언

　최명희가 쓴 소설『혼불』[1]은 1권이 발표될 때부터 많은 주목을 받아왔고, 아울러 찬사가 끊이지 않았다는 것은 이미 범상한 경지가 아님을 입증해 주고 있다. 10권까지 발간된 후에는 작품에 완전히 매료된 연구자[2]와 또한 높게 평가하려는 많은 연구자[3]도 있는 반면 작품의 결함을 지적하면서 대수롭지 않다는 견해를 피력한 연구자[4]도 있다. 이 경우 많은 사람들이『혼불』에 보내는 찬사에 포위되어 하고 싶은 말을 못 한다면 그것은 지식인의 모독이지만 긍정적인 입장에 한 발을 딛고서도 작품으로서의 가치 면에서는 문제를 제기하는 연구자도 더러 있다는 것은 학자의 양심에 기인하는 것 같다.[5]

---

1) 최명희,『혼불』, 한길사, 1997년
2) 장일구,『혼불읽기 문화읽기』, 한길사, 1999년
3)『혼불』양 표지 날개에 실어 놓은 글들이 그렇다.
4) 구체적 예문은 Ⅱ항에서 밝히겠다.
5) 김윤식「헤겔의 시선에서 본『혼불』」(현대문학이론연구 제12집, 신아출판사, 1999년)의 경우는 약간 우회적이긴 하나 정곡을 찌르고 있으며, 황국영『혼불』

작가의 의도가 여과 없이 그대로 독자에게 전달되지 않을 때는 더 많은 괴리 현상이 야기될 수도 있는 것이다. 아무튼 여러 학자들의 견해에 공통분모가 있다면 그것은 방대한 삽화와 문화 정보를 어떻게 평가하느냐가 문제의 핵심이라는 점이다. 이에 대한 상론詳論을 기피하고서는 『혼불』을 제대로 연구했다고 인정할 수 없다. 그러므로 본고에서는 이에 대한 연구가 제대로 규명되어야 이 작품의 올바른 평가에 접근할 수 있다는 전제하에서 비롯되고 있으며, 이것이야 말로 『혼불』에 대한 이해와 가치 평가에 기여하리라는 것이 본고의 목적이기도 하다. 물론 주제의 모호함이나 생동감이 약화된 인물이나 한결같은 등장인물들의 신분에 맞지 않는 유식함, 작가의 현학적인 지식의 나열 등도 평가 항목의 대상이 될 수 있다.

학문에 정도가 없듯이 보편성과 객관성을 공유하여 논리를 전개시킨다는 것은 지난한 일이다. 다만 공감대 형성에 초점을 맞춘다는 의도가 강하게 도전을 주고 있을 뿐이다.

처음부터 이 작품의 총체적 평가는 다각도의 연구를 거친 다음의 과제라 사료되어 삽화와 문화 정보에 국한하여 분석을 시도했음을 밝혀 두고자 한다.

II. 기존 평가에 대한 검토

장세진이 『혼불』을 유니크한 변종대하소설[6]이라 명명한 것도 삽

의 서술방식 시론』(상게서)에서는 구체적 사례를 들어 지적해 주고 있으며, 그 외에도 백지연 『핏줄의 서사, 혼 찾기의 지난함』(《창작과 비평》 96호, 1997년), 정호웅 『박물지(博物誌)의 형식』(《황해문학》, 1997년) 등을 들 수 있다.

6) 장세진, 「역사공간과 여성성」, 『한국 대하역사소설 연구』, 도서출판훈민, 1998년

화와 서사 외적인 문화정보에 근거한 것으로 생각된다. 아울러 배경 묘사의 시적 서정성이라든가 꼼꼼하게 복원된 내간사를 근거로 간주했을 수도 있을 것이다. 수많은 삽화와 문화 정보가 이 소설의 흐름을 일시적으로 차단하기도 하고 또한 긴장감을 해소시켜 독자들에게 짜증을 유발시킨다는 견해와 이를 역으로 긍정적인 면에서 옹호하는 편을 다 함께 고찰해 보는 것이 본고의 논리 전개에 도움이 되리라는 의도가 이 항을 설정한 이유다.

> 만일 『혼불』이 박물지적 형식이 소설 속의 다른 요소들, 특히 줄거리와 서사적 진행으로서의 역사성 및 성격이 지닌 갈등 등으로 억압하는 것이라면 어떻게 될까요. 본말의 전도라고나 할까. 박물지적 형식이 가져온 득실을 점검하는 과정이 불가피할 것입니다. 박물지적 지식이 설사 장면마다의 형상화를 생생히 함에 성공했더라도 서사 구조 전체와 유기적 관련도 없는 이러한 부분적 완결성의 방식이란 대체 무엇을 의미하는 것일까. 만일 이런 창작방식이 정밀히 분석된다면 날개가 커서 날지 못하는 조류의 비유로 이 사정이 정리될지 모를 일이지요. 박물지적 형식의 의의와 그 논점이 이 부근에 있었을 터입니다.[7]

김윤식 교수는 동아일보에 당선된 부분 곧 한길사판 10권 중 1~3권을 중심으로 얻어낸 성과이지만 정곡을 찌르고 있으며, 만약 10권 전체를 주목했다면 더 세밀하고 정확한 평가에 도달할 수도 있었겠지만 원론에서는 벗어나지 않고 있음을 감지할 수 있다.

그런데 이 『혼불』에서는 위에서와 같은 삼원구조가 복잡하게 얽히면서

---

7) 김윤식, 상게서, 32~33쪽

작품 속에 우리민족의 관혼상제며 각종 민속놀이 및 관제·직제·사주명리학·복식·예절·향약·삼팔주·불사·종교·흡월정·농악·두레·바느질·수놓는 일·화전가·간찰 등을 통해서 소설적인 서사를 계속한 것이다. 반면에 많은 논자들은 이런 창작 태도를 외면하거나 비판적으로 언급하고 있음을 본다. 따라서 이런 문제는 최명희 작가와 『혼불』을 제대로 이해하지 못한 사안이 되므로, 여기에서 다소라도 검토해 두는 일이 필요할 것 같다.[8]

고 말하고 이정숙, 김경원, 장세진 등의 이론을 반박하고 장일구의 긍정적 평가에 동조하고 있다.

독자들은 『혼불』을 읽을 때는 쫓기는 마음으로 고속버스 휴게소 식당에서 인스탄스식 햄버거를 먹듯 대하지 말아야 한다. 산해진미의 전통한식을 아늑한 안방에서 차분한 마음으로 차근차근 썹어서 제대로 맛보고 소화하는 독서법을 익혀야 할 것이다. 위에서 논급한 태반의 논자들과 일반 독자들은 자칫 페스트푸드 식당에서 서양음식 삼키듯 건성으로 내쳐 읽은 오독 탓으로 『혼불』의 진면목을 파악하지 못하는 우를 범했다고 여겨진다.[9]

그리고 다음과 같이 결론을 내리고 있다.

『혼불』은 최명희의 대표작이면서 우리 민족의 정신이요, 빛이다. 이 작품이야말로 탈식민주의를 구현한 실체이면서 한국적인 창작방법을 이상적으로 실현해 보인 민족문학의 전범이다. 작가 최명희는 이 작품과 함께 한국문단의 빛나는 위치에 의연하게 자리하고 있다.[10]

---

8) 이명재,「『혼불』의 소설미학적 특질」,『현대문학이론연구』, 88쪽
9) 이명재, 상게서, 91쪽
10) 이명재, 상게서, 94쪽

민족문학의 전범이라면 앞으로 한국의 소설은 『혼불』처럼 창작해야 한다는 논리가 성립된다. 과연 객관성과 보편성을 확보한 이론인가. 아니면 어디까지나 과찬의 수준인가는 두고 볼 일이나 과녁에서 멀리 빗나간 화살인 것 같다. 이 부분에서는 과찬이 도리어 누累가 된다는 점을 염두에 둘 필요가 있음을 지적해 두고 싶다.

전개에서 시간배열 순서의 문제나 자료제시의 경우 그 탐색이 지나쳐 소설의 흐름을 끊어놓기 일쑤이다. 작가의 교훈적 설교와 시혜적 자세도 맥 끊어놓기에 한몫한다.[11]

고 지적한 이정숙의 견해도 문화정보에 대한 담론 등이 긴장감의 중단과 읽어내기 어려움[12]으로 연결됨을 지적하고 있다.

소설 구성상의 결함이 곧바로 '새로운 지평'이나 독특한 우리식의 서사 구성이 될 수는 없지 않을까. 사실 『혼불』에 대한 고평이 집중되는 곳은 풍속묘사에 대해서이다. 실제로 『혼불』 안에는 관혼상제에 관한 유교적 법도를 비롯, 신분적 차별에 따른 생활풍속 및 명절, 복식, 향약, 부녀자의 예절 같은 관습의 이모저모가 아주 상세하게 소개되어 있다. 그러나 아쉽게도 그것은 형상화를 통해 작품 내적인 융화를 이루기보다는 풍속사의 한 대목을 날것 그대로 옮겨놓은 듯 풍속을 제시하는 데 그치고 있다. 즉 풍속이 등장인물의 생활을 통해 묘사되지 않아 작품 안에 녹아들지 못하고 생경한 느낌을 준다.[13]

---

11) 이정숙, 「『혼불』해원의 신탁행위-수용 미학적 측면에서」, 『한국현대소설연구』, 깊은샘, 1999년, 368쪽
12) 이정숙, 상게서, 353쪽
13) 김경원, 「근원에 대한 그리움으로 타는 작업」, 《실천문학》 여름 호, 1997년, 416쪽

김경원은 여러 측면에서 『혼불』의 문제점을 제시해 주고 있다. 비록 연구에 바탕을 두지는 않았지만 공감을 주는 대목들에 주목할 필요가 있을 것 같다.

『혼불』에 대한 심도 있는 천착을 한 연구자를 들라면 단연 장일구가 맨 먼저 꼽힐 것이다. 그는 석사논문에서부터 『혼불읽기 문화읽기』라는 저서에 이르기까지 그의 『혼불』에 대한 심취는 가히 신앙에 가깝다고 하겠다. 그 결과 그는 『혼불』에 관한 많은 논문들을 발표하는 성과도 거두고 있다.

> 결국 『혼불』에 반발하는 이야기 외적요소의 삽입 또한 이런 맥락에서 이해해야 할 것이다. 문화의 면모들을 '날것' 그대로 삽입했다고들 하지만 충분히 숙성하지 않은 문화담론을 그대로 제시한 부분을 찾아볼 수는 없다. 설사 그런 부분이 있다 하더라도 독자들은 이를 통해 그 어디에서도 쉽게 얻을 수 없는 문화 정보를 손쉽게 얻어 공부하게 되는 것이니만큼, 이를 불필요한 군더더기라고 함부로 단정할 수 없다. 오히려 소설이 문화담론의 보고(寶庫) 역할 또한 도맡아야 한다는 점을 새삼 돌이켜 보게 된다. 한 작품이 그런 역할을 쉽게 수행할 수도 없는 노릇이지만 이를 맡아 기꺼이 수행할 때, 그 작품은 단순한 소설 이상의 가치를 스스로 고양하게 되는 것이다. 백지연은 그런 담론들이 소설의 예술성을 해친다고 보는데, 필자는 이들이 고도로 승화된 후 작품에 깊이 스며들어 '구현' 되어 있어서 오히려 소설 미학의 차원을 고양시켰다고 생각한다. - 중략 -
>
> 결과적으로 『혼불』의 가치를 제대로 평가하기 위해서는 '독자의 해석'이라는 인자를 고려해야 할 것인데, 서구의 경우 수용 미학이 생겨난 저변을 고려해 보아도, 독자의 능동적 독서 행위를 자극하는 작품이 미학적 가치가 높다고 평가하는 맥락을 되새겨 봄으로써, 모두가 저간의 오해에서 벗어나야 할 것이다.[14]

결국 장일구는 문화 정보의 담론 등이 작품의 전체 구도나 어느 면에서 보더라도 작품 속에 용해되지 못한 채 생경하거나 읽기에도 걸림돌이 된다는 견해는 오해라고 단정 짓고 있다. 그의 저서 전체가 『혼불』에 매료되어 있어서 오히려 객관성에서 벗어나 있지는 않을까 하는 우려를 자아내게 한다.

> 그러나 『혼불』은 너무 재미가 없는 '대하예술소설'이다. 이때의 재미가 말초적이거나 감각적인 흥미 따위를 의미하는 것이 아님은 물론이다. 이른바 읽히는 힘으로서의 재미인데, 개인적 경험담이 허용된다면 필자는 지금까지 『혼불』처럼 재미가 없는 대하소설을 읽어보지 못했다.[15]

읽히는 힘의 상실이 곧 번번이 비집고 들어오는 문화 정보의 담론 때문임은 말할 나위도 없다. 그런 것들이 재미를 앗아간다고 본 셈이다.

> 언어의 세련된 수사가 이루어내는 순도 높은 상징의 세계는 『혼불』의 문학성을 지탱하는 핵심적 미학이다. 그럼에도 불구하고 서사적 호흡을 이완하면서 독특한 시적 분위기를 형성하는 언어 공력의 세계가 긍정적인 결과만을 이끄는 것은 아니다. 묘사와 기록의 욕망은 인물들이 대화를 나누는 도중이나 주인공의 뇌리를 스치는 단상의 틈새를 수시로 비집고 들어온다. 등장인물의 호흡이나 시간의 흐름과 유리되는 기록과 사료의 건조한 나열이 군데군데 드러난다. 사대부 여성의 스란치마를 묘사하는 데 각종 헝겊의 종류와 치마의 색과 무늬를 일일이 나열해야 하는, 항아리 하나를 그려

---

14) 장일구, 『혼불읽기 문화읽기』, 한길사, 1999년, 281~282쪽
15) 장세진, 「역사공간과 여성성」, 『표현』 하반기, 1998년, 400쪽

내는 데도 항아리의 재료인 나무가 어떻게 길러지고 다듬어지는가의 역사를 함께 짚어야 하는, 꽃놀이조차 할 수 없게 된 우울한 심정을 전달하기 위해 화전가의 문헌 자체를 고스란히 인용해야 직성이 풀리는, 집요하달 수밖에 없는 사실 복원의 욕망을 어떻게 읽어내야 하는가. 수치심을 견딜 수 없어 자진하려는 양반 처녀의 모습을 묘사하는데 부덕과 예덕의 지엄함이 하나하나 항목화되어 기록되어야 할 이유는 무엇인가. 이렇듯 박물학적 탐구의 시선이라 할 만한 꼼꼼하고 치밀한 묘사의 욕망은 급기야『혼불』의 서사를 훼손하게 되는 이율배반적인 결과를 만들어낸다.16)

타당성을 인정받을 수 있을 만큼 구체적인 곳까지 예를 들면서 문화 정보의 담론이 이 소설의 큰 결함임을 지적해 주고 있다.

반면에『혼불』의 본줄기와 곁가지는 서로 무관한 듯하지만 민족, 마을, 가문, 개인의 층위에서 각기 나누어 가진 일관된 이치를 깨닫도록 한다. 본줄기와 곁가지는 서로 장애를 일으키지 않고 상호 밀접하게 맞물리면서 개체적 진실성을 보장한다. 무한정 확장이 가능하기 때문에 우주 삼라만상에 깃들어 있는 모든 것에까지 관심의 배려가 확장될 소지가 있다. 판소리와 채만식의 그것이 갈등의 소지를 지니고 있는 것과는 다르게 최명희의『혼불』의 그것은 화합과 조화를 꾀하고 있는 것이 차이점이다.17)

똑같은 문제를 두고 이렇게 상반된 견해를 피력한 것은 관점의 차이겠지만 어느 쪽이 더 객관성과 공감을 확보했는가가 판단의 관건이 될 것이다.

---

16) 백지연, 「핏줄의 서사, 혼 찾기의 지난함-혼불론-」,《창작과 비평》, 여름 호, 1997년, 179쪽
17) 김헌선, 「『혼불』, 우주적 상상력의 총화」,《문학사상》1997년 12월 호, 80~81쪽

또한 짊어진 생의 무게, 한과 고통의 저마다의 한으로 집념으로 요동치
는 그들의 내면에 대한 천착은 박물지의 형식에 눌려 깊이 이루어지지 못
하고, 그들 사이에 성립하는 관계 자체가 서사의 중심이 아니기 때문에 그
관계는 파편적인 데 머문다.

『혼불』의 박물지적 형식은 특이하지만 이처럼 소설 내 다른 요소들을 억
압하는 것이기도 하니 높게 평가하기는 곤란하다는 것이 내 판단이다.[18]

많은 문화 정보들에서 도출해 낸 집약된 용어가 박물지의 형식으
로 규정하고 있는 점에서는 수긍이 된다. 그러나 100여 종의 정보를
박물이라는 용어를 동원하기에는 그 범위가 넓지 않다는 점도 고려
할 필요가 있을 것 같다.

마지막으로 나라, 지역, 성씨와 가문 및 인물에 얽힌 많은 민담 및 설화들
의 삽화적 개입을 지적할 수 있다. - 중략 - 여기서는 이 같은 이야기들의 수
집과 기록에 작가가 기울인 노력이 남다른 것이며, 단지 서사의 보완의 차
원에서만 그치는 것은 전혀 아니었음을 강조할 필요가 있겠다. 이것은 바
로 앞의 항목과 마찬가지로 『혼불』의 독자적인 가치를 이룬다. 이들의 존
재로 말미암아 『혼불』은 다양한 정보와 취미 및 관심의 대상이 어우러진
복합적인 소설이 될 수 있었으며, 이 같은 요소로 말미암아 읽은 이들은 느
린 서사적 진행을 보상 받을 수 있는 것이다.[19]

결국은 삽화나 많은 정보가 이 소설에서 긍정적일 뿐만 아니라 도
리어 그것 때문에 높게 평가할 수 있다는 입장임을 천명한 것이다.

---

18) 정호웅, 「박물지(博物誌)의 형식」, 《황해문학》, 1997년 봄 호, 375쪽
19) 방민호, 「극채색의 서사로 완성시킨 소설미학의 새로운 지평」, 《리브로》,
1997년 봄 호, 26쪽

전통적인 소설 문장이라 할 묘사문이 이 소설의 주류를 이루고 있기는 하지만, 그 문장의 흐름은 수시로 주류에서 일탈하여 전통적인 소설미학의 관점에서 보면 비소설적이라 할 여러 유형의 문장들이 수시로 얼굴을 내민다. 가령 향약이나 내훈에 관한 진술에 있어서의 서술문, 민담이나 야사 등의 진술에 있어서의 해학적인 구어, 그리고 견훤, 유자광 등 역사적인 사실에 관한 진술에 있어서의 객관적 서술 등등 근래에 탈장르라는 용어가 대두하고 있거니와, 이 작품이야말로 대담한 탈장르에 입각해 있다고 하겠다.[20]

다소 객관적 입장을 견지하려는 의도가 보이긴 하나 전편에서 나타난 그의 논지는 이 작품을 높게 평가하려는 쪽에 서 있음을 알 수 있다. 마지막으로 황국명의 「『혼불』의 서술방식 시론」[21]을 소개하고자 한다.

다른 한편 이 작품은 혹은 민속지로서의 일관성을 드러낸다. 과연 『혼불』에는 관혼상제의 의식, 절차, 법도, 전통적인 세시풍속과 의식주 생활, 관제, 직제, 풍물, 놀이, 소리(노래), 신화, 전설 등이 풍부하게 복원되어 있다. 이미 지적되고 있는 것처럼 『혼불』을 두고, 생활사와 풍속사, 의례와 속신의 백과사전이요 민속박물관이라 할 만하다. 물론 민속정보를 제공하고 문화를 전승하는 담론으로서의 가치도 인정될 수 있다. 그 결과, 풍부한 문화정보가 때로는 인물의 성격이나 행동과 무관한 사물의 상태 묘사에 치중됨은 문제가 아닐 수 없다.[22]

---

20) 천이두, 「한의 여러 모습들」, 『현대문학이론연구』, 126쪽
21) 『현대문학이론연구』 제12집, 현대문학이론학회, 1999년
22) 앞의 책, 160쪽

고 지적하고 이어 주註 후4에서는

> 다양한 의례와 관습이 인물을 압도하고 있어 풍속이 작품의 중심을 이루
> 고 모든 것이 문화 정보에 종속된다고 할 수도 있다. 작중인물의 심리분석
> 을 과도하게 드러내는 것도 이 때문일 것이다. 작중인물이 현실세계에 맞
> 서 자신을 만들어 갈 수 있다면 이처럼 자신의 내면을 드러낼 필요가 없을
> 것이다.23)

결국 많은 문화 정보가 작품을 돋보이게 하기보다는 걸림돌이 되
고 있음을 그의 논문에서는 상론을 근거하여 규명해 주고 있다. 이
상 평자들의 글에서 삽화와 문화 정보에 국한된 견해와 평가를 가감
없이 소개했다. 그것은 앞으로 전개될 본론에서 자연스럽게 도출될
논지이기 때문이다.

Ⅲ. 삽화의 종류와 역할

이 작품에는 많은 삽화가 그 양만큼 독자들에게 깊은 인상을 심어
주고 있다. 그러면 삽화의 범위를 어디까지 설정할 것인가? 관점의
차이는 있겠으나, 전설, 민담, 속신에 속한 것일지라도 서사적인 요
소가 가미된 이야기는 모두 여기에 포함시켰다.

삽화가 본류의 서사 전개에 있어 내용의 심화나 흥미를 상승시켜
줄 수 있는 상황일 때는 작품을 윤택하게 해 주지만 그렇지 못할 경
우에는 도리어 손상을 끼칠 수 있다는 점에 유의할 필요가 있는 것

---

23) 앞의 책, 160쪽

이다. 삽화는 어디까지나 삽화지 소설의 본류가 아니고 지류이기 때문에 가능한 한 사용에는 세심한 배려가 요구된다. 1권에는 한 개의 삽화도 없다. 이는 작가가 심혈을 기울여 소설 자체에 충실하려는 의지의 발로로 여겨진다. 그것은 또한 뒤편 참고 도표를 보면 알 수 있듯이 처음보다는 그 후에 쓴 부분에서 많은 삽화가 보인다는 것과는 약간 대조를 이루고 있다는 점에서도 주목에 값한다고 하겠다.

이 소설에서는 대화 중에 들어 있는 사소한 것을 제외하면 약 23종에 약 200여 쪽이 삽화로 채워져 있다. 곧 10권 중에 한 권 정도가 삽화인 셈이다. 물론 삽화의 내용과 양적인 측면에서도 지적이 가능하겠지만 이러한 삽화가 작품 속에서 어떻게 기여하고 있는가가 더 문제가 될 줄 안다.

까마귀 삼 형제 이야기, 비오리네 주막에 얽힌 이야기, 서자 출신 유자광의 일대기, 효불효교孝不孝橋, 원효대사와 사명당 이야기, 홍부전 일부, 강화유수 강해수 이야기, 늙은 기생 이야기, 서동요에 얽힌 이야기, 김 도령 장가가는 이야기, 등완백과 포세신 이야기, 금지된 어떤 사람의 묘터 이야기, 이씨 문중의 어느 공公의 이야기 한 토막, 어느 중원의 고승 이야기, 어떤 장군 혼사 이야기, 혼인 이야기 한 토막, 조광조 이야기, 견훤 이야기, 개구리에 얽힌 이야기, 호성암虎成庵 연기설화, 박씨 집성촌 이야기, 상머리에 앉은 아낙의 이야기, 복숭아꽃에 얽힌 이야기 등이 이 소설의 삽화들이다.

청암부인의 입을 통해서 어렸을 때 들은 이야기라서 아물아물하다만으로 시작된 아들 이기채에게 들려주는 까마귀 삼형제 이야기는 전생과 이생을 연관시키면서 자기의 죄 업보는 반드시 자기에게로 돌아온다는 이치를 그 바탕에 깔고 있다. 이미 대화로서 이런 이치를 말한 다음에 또 우화적인 예를 든 것은 세밀하고 구체적인 다짐은 되겠지만 소설 진행상에 큰 도움이 되었다고 단정하기는 힘들다.

반면에 3권에 들어 있는 비오리네 주막에 얽힌 이야기는 이 소설의 무대와 연관되고, 지역적 특성과도 일치하며 이 소설과 직접 연관되기 때문에 무려 31쪽에 걸쳐서 진행되지만 조금도 지루한 느낌을 주지 않는다.

4권의 102쪽에 공배네가 한마디 거드는 대목이 흥부전의 일부인데 5쪽에 걸쳐 어려운 구절까지 외워 이야기하는 장면은 삽화로서의 역할도 문제이지만 신분에 걸맞지 않게 너무 총명하고 유식하다. 한마디 더 보탠다면 이 소설에서 등장하는 인물들은 한결같이 유식하게 묘사되고 있다는 점이다.

이어 120쪽에 오면 유자광柳子光의 이야기가 입담 좋은 임 서방의 입을 통해서 126쪽까지 이어지다가 139쪽부터 다시 147쪽까지 계속되고 또 149쪽에서 157쪽까지 연결되는데 모두 25쪽을 할애하여 유자광의 일대기가 그야말로 삽화의 역할을 하고 있다. 상놈들의 모임에서 밤중에 멍석에 둘러 앉아 서자 출신 유자광의 출세 이야기는 자연스럽다고 하겠다. 문제는 임 서방을 등장시켜 작가의 지적 수준까지 이르게 하고 있다는 점이다. 임 서방의 실력으로 그 어려운 직위명이나 연대, 시호諡號까지 외울 수는 없는 노릇이기 때문이다. 여기에 이르면 사실성(reality)의 문제가 제기되고, 그에 대한 논의도 있어야 할 것이다.

이 이야기 중간에 또 효불효교孝不孝橋「순창한韓다리」와 홀애비다리「歸信寺入口」이야기가 5쪽에 걸쳐 삽입되고 있다. 전국 곳곳마다 산재한 전설들이고 늘 들어도 감명 깊은 내용이라 별 무리는 없어 보이지만 신선미가 없는 것이 흠이다.

210쪽에는 원효대사와 사명당의 일화 한 토막이 소개된다. 이 역시 상것에 속한 공배가 유식한 사람을 부끄럽게 할 만큼 지적 수준이 높은 인물로 묘사되고 있다. 변동천하라는 제목에 따라 자연스러운 흐름보다는 작위적인 결과물임을 지울 수가 없다. 305쪽에는 병자호란 때 강화 유수 정이품 강해수姜海壽의 이야기가 이헌의를 통해 전개되는데 이 삽화는 양반 이헌의의 신분과 그의 양식으로는 가능한 이야기로 소설의 흐름에 기여하고 있다고 하겠다.

5권에는 오유끼가 가야금을 가르쳐 주던 늙은 기생한테서 들었던 이야기가 삽입되는데 이는 오유끼의 현재 상황과 밀착되어 무리 없이 처리되고 있다. 그러나 서동요에 얽힌 설화는 이 자리에 굳이 들어가기에는 부자연스럽다는 것이다. 강호, 강모, 강태 종형제끼리 담소하면서 말한 내용으로 되어 있는데, '8. 인연의 늪'의 시작이 바로 서동요에 대한 설화로 장식한 이 부분은 아무래도 삽화로서의 기능과 역할을 감당했다고는 보이지 않는다.

204쪽에서 214쪽까지는 김 도령 장가가는 이야기가 임 서방을 통해서 펼쳐지는데 이는 서사의 본류와는 무관하다. 다만 흥미를 유발시키기 위한 수단으로 이용한 삽화라 긍정적으로 받아들여도 될 것 같다.

서예가 등완백鄧完白과 포세신包世臣의 에피소드는 강실이와 강모와의 인연에 접맥시키고 있는데 이는 차원이 다르기 때문에 격에 맞지 않다고 보아야 할 것이다. 303쪽에서 315쪽까지 무려 13쪽에 걸쳐 금지면金池面의 묘터에 얽힌 이야기는 이 소설의 본류인 투장偸葬과 관련이 있으므로 약간 긴 느낌은 있지만 부정적으로 작용하지는 않는다.

6권에는 간단한 삽화 두 개가 있는데, 비문碑文에 새겨진 어느 공公의 이야기와 어느 중원의 고승高僧이야기로서 분량도 1쪽과 1쪽 반 정도로 우화가 아닌 사실에 근거하고 있기 때문에 삽화로서의 역할을 수행했다고 보인다.

7권에도 2편의 삽화가 나오는데, 어느 장군의 혼사 이야기와 그와 연관된 혼인 이야기다. 설화로서 그 자체는 차치하고라도 여기에 이런 이야기가 삽입되어야 하는가는 의문으로 남는다.

8권에는 3개의 삽화가 있다. 조광조에 대한 이야기가 6쪽을 차지하고 있는데, 이는 역사의 한 단면으로 문화 정보에 포함시켜도 무방하겠지만 야사적인 면이 우세하기 때문에 삽화에 포함시켰다. 작가의 사상이 글 속에 용해되지 않고 생경하고 극명하게 노출되는 것은 소설 기법상에도 바람직하지 못한 법이다. 여기에서의 삽화의 역할은 관련성을 확보하기 때문에 무리는 없다. 그러나 그 내용은 너무나 익히 아는 주초지왕走肖之王의 이야기라 신선한 맛은 없다.

두 번째 삽화는 애매한 면이 있는데, 역사 선생을 통하여 전주(완산)의 내력을 설명한 부분은 분명 역사의 기술이라 하겠지만 그 뒤의 견훤의 이야기는 역사에 바탕을 두기는 했으나, 이야기식으로 전개되기 때문에 삽화로 인정할 수밖에 없다고·보아 여기에 분류해 두었다. 20쪽에 해당하는 이 삽화가 꼭 이 자리에서 이렇게 길게 끌고 갈 필요가 있을 만한 당위성이 있었는가가 문제로 남는다.[24]

8권은 전체가 역사와 그 배경을 서술하고 있으므로 소설이 감당하기 어려울 만큼 무겁기만 하다. 이 부분은 소설이라 하기보다는 역사책이라고 하는 것이 격에 맞을 것이다. 그리고 241쪽에서 250쪽까지는 안 서방이 어린 이기채에게 들려준 나무꾼과 개구리에 관한 우화인데, 이것을 어머니 청암 부인에게 어른이 된 지금 다시 들려주는 것으로 되어 있다. 이 역시 딱딱한 역사 이야기를 읽다가 잠시 머리를 식혀 주는 역할을 할는지는 모르나 적합하다고 보기는 어렵다.

9권에는 공주公州의 남매탑이나 삼국유사에 실려 있는 불사佛寺와

---

24) 73~183쪽까지 100여 쪽 넘게 백제에 대한 작가의 향수와 나름대로의 사관을 피력하고 있다.

관련된 연기설화와 동궤에 있는 호성암虎成庵의 연기설화가 나온다. "옛날 옛적 어느 시절에"로 시작되는 이 삽화는 무려 14쪽에 이르고 있는데, 그 자체로서는 나무랄 곳이 없으나 내용이 너무 흔한 연기설화인지라 진부하다.

10권에는 박씨 집성촌 이야기가 9쪽이나 전개되는데 이는 소설 진행과 맞물려 별도의 삽화라는 느낌이 들지 않는다. 그리고 256쪽에서 274쪽까지 19쪽을 할애하여 상머리에 앉은 아낙의 이야기를 들려주는데 이는 그 시대성과 연관된 내용이라 전체 흐름에 조화가 되는 대목이라 하겠다. 끝으로 견훤의 탄생과 관련된 야래자夜來者설화는 대화 속에서 간단하게 자기 이론의 근거를 마련하기 위한 방편으로 사용되었기 때문에 작품 속에 용해되어 그 역할을 다했다고 하겠다.

이와 같은 삽화를 두고 긍정적으로 높게 평가하려는 분들도 있고, 도리어 서사의 흐름을 막고, 긴장감을 약화시키기 때문에 부정적으로 보는 견해도 있음을 전 항에서 고찰한 바 있다. 그러니까 관점에 따라 평가가 달라질 수 있는 부분을 해소할 수 있는 방법은 객관성 유지와 공감대 확보를 위한 과학적 근거가 요구되는데 문학 이론이라는 것이 과학적 수치로 판단되는 것이 아니기 때문에 더욱 어려워지게 된다. 그러나 아무리 두둔한다 하더라도 삽화가 빈번하게 삽입되는 것은 바람직한 수법이 아닌 것만은 속일 수 없는 사실이다. 이 삽화 때문에 이 소설의 평가에 결정적인 손상을 끼친다고는 보지 않는다. 삽화는 그 자체로서도 이야기이기 때문에 흥미를 감소시키는 역할은 하지 않는다. 삽화의 내용이 옛날 옛적의 이야기와 야사들이 대부분이라 현장감과 신선한 느낌을 제공하지는 못하고 있다는 점은 흠으로 남는다.

Ⅳ. 문화 정보의 다양성과 역할

정보에는 유용한 것과 쓸모없는 것이 있다. 우리네 과거의 문화 정보에도 예외는 아니다. 전통은 계승해야 하고 인습은 타파해야 한다는 이론이 성립된다면 분명 이 작품의 문화 정보 중에는 사장되었거나 계승할 필요가 없는 것들도 있다는 점을 먼저 지적해 두고 싶다. 작가 편에서는 오히려 잊혀 가는 것들에 대한 향수와 미련 때문에 관심을 더 집중했을지라도 오늘을 살아가며 또 미래를 건설해 간다는 입장에서 보면 정보의 유용성 문제가 더 설득력을 지닌다고 하겠다. 『혼불』에는 106종과 약 670쪽[25])에 달하는 방대한 양의 문화 정보가 들어 있다. 그야말로 박물지를 연상할 만큼 다양한 정보가 독자를 압도하고 있다.

그러면 어떤 정보가 어느 자리에서 그 역할을 담당하고 있는지를 구체적으로 살펴보기로 하자.

1권에는 사주四柱보, 잔치음식 요리 정경, 전통혼례 절차 설명, 이 중에서 혼례 절차를 9쪽에 걸쳐 상세히 설명한 부분은 관점에 따라 견해가 다를 수 있겠지만 혼례 설명 책이 아닌 소설에서 용납될 수 있는가하는 의문을 제기할 수 있을 것 같다. 대竹에 얽힌 시조 2수, 전안례奠雁禮, 신부의 속치마(대슘치마), 갬치 먹인 연줄, 우귀于歸=于禮, 東國歲時記, 海東竹枝, 열양세시기 등에서 인용한 성점星占 설명, 제사 때 종손의 지위 설명, 염습에 따른 용어들이 나열되고, 애국금자탑愛國金字塔 부제, "銃後의 半島獻金三百萬圓" 그 내용의 일부를 그대로 인용, 교장 선생님에게 보낸 의례문과 〈皇國臣民의 誓〉 원문 게재, 악기 광고문 전문과 東京音樂學校 소개와 학과 입학 자격 원

---

25) 『혼불』의 쪽수는 권당 평균 320쪽이지만 실제로 목차를 제외하면 평균 쪽수
　　가 310쪽이 된다. 670쪽이면 두 권하고도 50쪽이 남는다.

문 등은 누구에게 무엇에 필요하기에 이렇게 상세히 원문 그대로 인용하고 있는지 그리고 사실성寫實性을 내 세울 계제도 아닌 상황에서 이루어지고 있다는데 더 큰 문제가 있는 셈이다.

매안방 관수 공사 직제 설명, 주칠朱漆한 삼층장과 의걸이장의 묘사, 자수刺繡 설명, 특히 신랑 다루는 장면이 7쪽에 걸쳐 설명되는 부분도 납득하기 힘들게 한다. 노리개, 비녀 등 여인의 장신구 설명, 게다가 유서 전문 6쪽은 무엇을 노린 계책인가. 내용이 어려운 것이 아니라 도대체 왜 이렇게 장황하게 끌어가야만 하는가에 대한 해답을 얻을 수가 없다.

李仁老의 '송적팔경도宋迪八景圖' 중 '소상야우瀟湘夜雨'의 칠언절구 시詩와 해석, 저고리 모양새(깃과 섶 등), 여기에서도 긍정적 측면과 부정적 측면의 견해가 나올 수 있는 부분이다. 긍정적 측면에서는 바느질에 대한 깊이 있고 세밀한 설명은 가히 경이롭다는 찬탄이고, 부정적 측면에서는 소설에서 이와 같은 설명이 용납된다는 말인가 하는 비판이다.

흡월정(吸月精: 달의 기운을 몸 속으로 빨아들이는 일, 그렇게 하면 아들을 낳을 수 있다고 함), 기량식의 아내가 지아비를 잃고 통곡한 식처곡부殖妻哭夫의 행실을 이야기하면서 오복五服 설명, 반상차별의 극단의 예, 日滿自足政策과 一坪園藝, 陸軍特別志願兵令 등의 문화 정보가 수록되어 있다. 정보 종류에 비하면 할애된 면수는 64쪽 정도라 무리는 없는 것처럼 보이지만 필요 이상의 요설이 되고 있다는 점은 앞에서 지적한 그대로다. 그래도 1권은 많은 정보들이 독자에 따라 장점으로 작용할 수도 있고, 그것이 또한 단점일 수도 있다는 양면성을 띤 묘한 위치에 있다고 평가할 수도 있을 것이다.

그러나 2권에 오면 사정이 달라진다. 베틀가, 편지 전문 4통, 六甲 설명과 六甲解冤經, 당골네의 不淨經과 천수경, 殺星의 열 두가지

살煞과 三災와 八難 설명, 四柱卦 원문 삽입, 명혼冥婚 등에서는 첫째 서사의 맥을 끊어 긴장감과 박진감을 상실케 하고, 둘째는 소설을 읽는지 해설집을 읽는지 헷갈리게 하고, 셋째는 독자로 하여금 짜증을 유발시키는 요인이 되고 있다는 점이다. 아무리 장편소설이지만 정도가 지나쳤다는 평가를 면하기는 어렵게 하는 대목들이다.

3권은 농가월령가 11월령이 전문 그대로 인용되면서 시작되고 있다. 이런 정보는 고교 정도의 수준이면 익히 알 수 있는 내용으로 전혀 새로움이 없는 진부한 정도다. 괴똥에미전의 일절, 무당 당골네의 길 닦음소리, 청암 부인의 수시收屍 모습 설명은 소설을 읽는 게 아니고, 장의 절차에 대한 해설을 읽고 있는 것으로 착각을 일으키게 하고 있다.

소나무 관목棺木과 백복령白茯笭에 대한 설명, 상복喪服 중 五服에 대한 설명도 옛날의 복잡한 장의 절차로 되돌아가자는 것인지, 관혼상제의 간소화를 권장하는 오늘의 생활과도 너무 멀리 있는 것 같다. 특히 이런 정보의 효용성에 이르게 되면 더 이상 할 말이 없어진다. 상여 앞에서 외치는 선소리꾼의 소리 내용과 성씨와 본관의 설명은 제외하고, 매안의 지리와 역사적 배경, 東洋拓植株式會社 계약서 인용에 이르면 소설인지 역사와 지리책을 읽고 있는지 분간하기 어렵다. 이런 것들을 접어 두고 읽으면 더 명확하고 재미있게 읽을 수 있다는 것은 무엇을 의미하는가. 없어도 무방한 부분이 들어 있다는 것으로 확인된다. 그러니 심각한 문제가 아닐 수 없다는 것이다.

4권에는 3분의 1이 문화 정보로 채워져 있다. 소나무 설명이 8쪽, 노비奴婢설명이 18쪽, 이 부분은 전문 서적을 읽는 느낌이 들 정도다. 색色의 설명, 홍화색 내는 방법 곧 염색법 설명, 베개 종류, 나인과 노비 설명, 민요 2곡, 머슴 설명, 자연과 나무에 관한 설명이 10쪽이나 이어진다. 삼우제에 대해서도 상론하고 있으며, 월명사의 〈도솔가〉 소개, 祝文, 輓詞와 만장소개, 平土祭에 관한 설명이 36쪽을 차지하고 있다. 정말 소설이 이래도 되는가. 탈장르를 운위하지만 이런 차원은 아니다. 雪寒風竹의 서화 한 폭, 남전사우藍田祠宇 사당의 내력, 요순 임금의 간편한 장례 얘기, 완두콩의 콩깍지와 알맹이 설명, 규방가사 조표자가弔瓢子歌가 인용되고 있다.

5권에도 향약과 매안 향약에 관한 고찰이라 제목을 붙여도 좋을 만큼 14쪽을 할애하여 원문을 곁들여 상론하고 있다. 여기에 이르면 아무도 소설이라고 할 사람은 없을 것이다. 또한 배경으로서 달이 아니고, 달에 대한 설명이 8쪽이나 기술되고 있다. 巫經 한 소절, 청암 부인 결혼시의 혼서지婚書紙 원문과 해석 등이 6쪽을 차지하고 있는 것이 5권의 문화 정보들이다. 다른 권에 비해서는 적은 편이나 자연 묘사와 봉천 시가지 특히 서탑거리 배경 설명, 강모와 강태가 金聖直의 집 근처를 지나는 장면의 묘사와 설명, 투장偸葬과 덕석말이 등의 설명을 합치면 적지 않은 양이 된다. 아무튼 장황한 요설체와 하나라도 놓치지 않으려는 작가의 특성이 각 권마다 진하게 묻어 있음을 감지할 수 있다.

6권에는 먼저 사돈서査頓書 왕복 전문 6쪽과 권문해權文海의 제문 2쪽 반이 실려있는데 이런 것은 필연성의 결과도 아닌데 길어지게 된 것은 그저 아쉬울 따름이다. 또한 양자를 삼고자 하는 정장呈狀과 비문에 새겨진 관직명 나열 등 자질구레한 것까지 다 더듬고 있는 데 이르면 생략법의 묘미는 안중에 없을 뿐만 아니라 절제의 기법은 아예 포기하고 있다고 하겠다. 더구나 율곡栗谷의 격몽요결擊蒙要訣의 구용九容과 구사九思는 효원의 아버지 허담이 딸에게 일러준 것이라고는 하나, 독자를 교육시키기 위한 의도에 기인된 것으로 비쳐지고 있다.

삼신三神을 비롯한 여러 종류의 신神들 소개, 비오리의 홍타령, 여사서女四書와 여인과 관계된 책들 소개, 입춘문立春文, 국문 천자노래 등 현학이랄까 지적 오만의 발로라 할까. 지나친 표현에 의아할 뿐이다. 농가월령가 일부 게재, 제사상 차림 모습, 게다가 증보 산림경제增補 山林經濟의 장제품조醬製品條의 첫머리를 운위하는 데 이르면 앞에서의 언급이 얼마나 타당한가를 알 수 있게 한다.

7권에도 버선 짓는 법, 옷에 풀 먹이는 법, 明 나라 하의려賀醫閭 선생이 딸들에게 12조목으로 가르친 내용 전문 및 흰죽 쑤는 법과 죽 종류 설명이 6쪽이나 길어지고 있다. 중복되는 말이지만 이렇게까지 해야 할 당위성을 발견할 수 없다는 것이 바로 이 소설에서 드러나는 허점이다. 김매면서 부르는 노랫가락, 고누와 조경도 놀이 설명, 점괘 소개, 상자 설명, 노리개 소개, 이덕무의 수신서『士小節』일부 소개, 매안의 향약 일부 再 紹介, 시경 대아편大雅篇에서 연비어약鳶飛魚躍 해석 등 지식의 총동원령의 발동이다. 차라리 가공架空의 진실에 충실했더라면 더 좋은 평가를 받을 수 있었을 것이다.

8권에는 더욱 심하게 처음부터 남원의 역사적 내력을 16쪽이나 기술하고 있다. 지리지地理誌와 향토사를 방불케 하고 있다. 그리고는 온통 백자사로 덮여 있다. 견훤에 대한 삽화에 이어 '18. 이름이 바뀌어도' 41쪽이나 차지하는 이 한 장章이 모두 백제의 역사를 기술하고 있다. 백제에 대한 작가의식이 투영되었고, 거기에는 백제 멸망에 대한 아쉬움과 미련 등 향수가 강하게 풍겨나고 있다. 자칫 지역주의를 조장하려는 듯한 위기감도 보이고 있다. 이어 '19. 저항과 투항' 장에서도 29쪽을 역사서술에 할애하고 있는데, 역사 선생 심진학의 이름을 빌어 삼국유사의 일부분을 수정하고자 하는 의도가 다분히 내포되어 있고, 그것도 오로지 백제에만 편중되어 있다는 점에서 어쩌면 또 하나의 편견일 수 있겠다. 이러한 논리는 근거를 바탕으로 논의되고 검정하는 논문에서는 바람직하지만 소설에서의 시도는 부적합할 뿐만 아니라 설사 사실이 그렇더라도 인정받기는 어려울 것이다.

185쪽에서 205쪽까지는 간도 땅의 이야기로 역사 교과서로 착각할 정도다. 228쪽에서 229쪽까지에는 쥐 이름을 한자漢子로 35개를 사리반 댁이 외우고 있는데, 그것도 "칠언절구 오언율시 외우듯이 글자 수에 음율을 곁들이어 읊조리는 것이 재미있기도 하고, 아닌 게 아니라 쥐의 이름이 그렇게 많다는 것에 놀라기도 해서였다."는데 이르면 리얼리티 문제는 아예 접어 두어야 조금은 이해될 것이다. 관직 명칭과 택호, 나무 화병에 관한 설명, 윷점도 17쪽이나 서술하고 있어서 도대체 무엇을 읽고 있는지 헷갈리게 하고 있다. 졸곡卒哭에 맞추어 편지로 조상弔喪을 해 온 편지에 이어, 305쪽에서 326쪽까지는 화전가(花煎歌)로 채워져 있다. 결국 8권은 서사 진행은 정체停滯된 채 삽화와 역사 및 예스러운 정보들로 장식되고 있다.

9권은 더욱 당혹하게 한다. 불교 사원 입구의 사천왕四天王에 대한 설명이 65쪽에서 214쪽까지 약 150쪽에 이르고 있다. 150쪽이면 이것만으로도 한 권의 소설이 될 수 있는 분량이다. 꼭 분량만이 문제가 될 수 있는 것은 아니지만 이 소설에서의 역할이 더 문제가 될 줄 안다. 사천왕 설명의 핵심이 이 소설과 무슨 연관이 있는가? 내용의 심화도 아니고, 그렇다고 흥미를 유발시킨 것도 아니라면 불교에 대한 작가의 현학인가. 이 부분은 아무리 따져 보아도 격에 맞지 않는 의상인 것 같다. 이는 『혼불』의 작품 가치를 격하시키는 요인 중의 하나로 지적될 것이다.

『혼불』에 관한 한 집요하게 천착하면서 극찬을 아끼지 않았던 장일구조차도 배경의 중요성 못지 않게 『혼불』구성의 공간성을 드러내는 것, 단적으로 말하자면 이야기의 단절감을 야기하는 요소가 바른 민속 정보 설명이나 전적의 삽입, 문서의 인용 등 이른바 서사 외적 담론의 빈발이다. 사천왕상과 관련하여 세계관의 철리를 언급한 대목이나 심진학 선생의 언변을 통해 역사 의식을 드러내 기술한 대목이 크게 눈에 띈다. 이 대목들은 여느 이야기 지류들에 비해 규모가 크고 밀도 있다. 바로 이러한 서사 외적 담론 때문에 『혼불』을 소설에만 국한시켜 보기 힘들다. 실제로 이런 대목들이 『혼불』의 소설적 미감을 크게 떨어뜨릴 수 있을지도 모른다.[26]

고 하면서 주註에서는 '이 부분에 대해서는 상론의 여지가 있다.' 고까지 했겠는가. 9권 절반은 사천왕에 대한 기술로 채워져 있을 정도니 소설로서의 긴장감이나 독자를 이끌어 갈 매력은 상실하고 만 셈이다. 그러나 이 부분에 대해서 긍정적이고 찬사 쪽에 경사된 논의도 있다.

고창의 선운사의 사천왕에 매료돼 사천왕 묘사에만 원고지 천 장 이상을 넘겼을 정도이다. 그럼에도 불구하고 독자들이 『혼불』에 매료되는 것은 그 이상의 것이 있기 때문이다. 그것이 바로 최명희의 고결한 작가정신이고, 인간 최명희의 매력, 잘나고 당당한 사람들에 비해서 소외되고 외면당해 왔다는 모든 사람들에게 새로운 힘을 주는 매력인 것이다.[27]

한 가지 사실에 대해서 이렇게 극과 극을 달리는 이론이 존재한다는 것은 문학이론이 다양하고 또 주관성도 존립할 수 있다는 방증이

---

26) 장일구, 「『혼불』서사 구성의 역학」, 『현대문학이론연구』 제12집, 1999년, 121쪽
27) 이덕화, 「『혼불』의 작가의식과 그 외 단편소설」, 상게서, 315쪽

기도 하다. 그러나 공감을 얻지 못하는 주관성은 결과적으로 오해로 남게 된다.

이외에도 9권에는 두어 가지 문화 정보가 있지만 여기에 짓눌려 거론할 여력이 없어 넘어가기로 한다.

10권에도 그의 요설은 멈추지 않는다. 빌립이라는 목사가 쓴 글 2쪽, 심진학 선생을 통한 일본의 잔인상 폭로가 10쪽, 문제는 발해의 역사를 143쪽에서 163쪽까지 무려 21쪽이나 기술하고 있다는 점이다. 차라리 역사책을 집필하는 게 소설보다 더 우위를 점하지 않을까 하는 생각도 들게 하는 대목이다. 서탑교회 종루가 보이고, 교회 문 앞을 지나는 조선 여자 한 사람이 종종 걸음을 치는 것으로부터 JESUS(기독교)에 대한 얘기가 186쪽에서 199쪽까지 14쪽이나 펼쳐지지만 상식 이상도 아닌 종교적 설명은 진부한 느낌마저 주고 있다. 10권에는 이외에도 고시조 2수, 복숭아꽃에 대한 기술도 있지만 모두가 필요한 자리에서 빛을 내고 있다고는 말할 수가 없다.

소설에서 삽화나 문화 정보들이 한 작품 속에서 이렇게 많이 그리고 빈번하게 서술된 예는 아마 없을 것 같다. 과거에 예가 없고 독특하기 때문에 소설이 유명하고 탁월하다는 논리는 성립되지 않는다. 도리어 잡다한 담론들은 소설의 미감을 감소시키는 요인이 되고, 가치 평가에도 영향을 주게 됨은 췌언이 필요치 않을 것이다. 이덕화의 다음 말은 다시 한번 지금까지의 분석한 결과에 대해서 돌이켜 보게 된다.

대부분의 문학 연구자들이나 비평가들은 부정적인 데 비해, 일반 독자들은 거의 대부분이 재미있다고 답변했다. 연구자들은 '본령의 서사문학이 아니라는 점에서 부정적이었고, 일반 독자들은 옛 당신네들의 과거를 회상하게 한다는 것으로' 버리고 눈여겨보지 않는 지나간 것, 아무도 거들떠보지 않은 하찮은 것에 눈 돌리게 하는 힘, 이런 것으로 『혼불』을 재미있어 한다. - 중략 - 이것은 숭고한 작가정신을 통해서 나타나는 『혼불』의 진가이다.[28]

『혼불』 평가에 대한 양극화 현상을 지적해 주고 있는 대목인데 그렇다면 어느 쪽이 타당하다는 말인가. 이 논리대로라면 2항에서 긍정적인 평가를 한 학자들이나 비평가들은 인용된 글을 쓴 본인을 포함해서 일반 독자로 분류해야 한단 말인가. 이것은 또한 이 소설이 보편성을 획득하지 못하고 있음을 대변해 주는 견해이기도 하다.

개인적으로 『혼불』 번역을 추진하는 모임에 참석하여 의견을 나눈 적이 있었는데, 그때 『혼불』에서 정보 기술 대목들은 제하고 나머지 부분들만 번역하자는 의견이 제기되기도 했다.[29]

는 점도 많은 사람들의 의견이 정보 기술 대목의 문제점을 인정한 것으로 간주된다.

지금까지 논의되고 분석해 본 문화 정보에 대한 이 소설에서의 위치나 역할은 작가의 의도만큼 성과를 거두고 있다고는 말할 수 없다. 도리어 서사 진행에 장애 요인이 되고 있다. 자명한 것은 이런 정보들을 빼 버리고 읽을 때 훨씬 박진감과 재미가 있다는 점에서도 확인되고 있다. 작가는 소설의 본류보다도 지류 쪽에 더 심혈을 기울었고, 또 많은 시간을 할애했음을 이 분석을 통해서도 감지할 수 있었다.

---

28) 이덕화, 앞의 책, 311~312쪽
29) 장일구, 앞의 책, 137쪽

V. 결 어

지금까지 삽화와 문화 정보에 대하여 분석을 시도해 보았으나 과학적 수치로서 잴 수 없는 문학의 특수성 때문에 자尺로 잰 듯한 명쾌한 분석 결과는 기대하기 어렵더라도 대체적인 윤곽과 해답은 얻을 수 있었다고 본다. 소설의 총체적인 평가는 여러 각도에서 검토가 가능하겠지만 이 글의 의도는 어디까지나 삽화와 문화 정보에 국한되어 있는바 그 분석의 결과를 종합하면 다음과 같다.

첫째, 관점의 잣대가 명확해야 되겠는데 이 소설에서의 삽화와 문화 정보만을 잴 수 있는 측도는 아직 마련되어 있지도 않고, 설사 그런 측도가 있다 하더라도 객관성의 시비를 불식시키기는 어려울 것이다. 그렇다면 역시 주지하고 있는 이론에 근거할 수밖에 없겠는바 한마디로 삽화와 문화 정보가 너무 많다는 점이다. 10권 중 3권 이상을 차지한다는 것에서는 이론異論의 여지가 있을 수 없다. 그러니까 서사 진행 과정상에 문제가 야기될 수밖에 없고, 그것은 바로 긴장감의 단절을 초래하게 되는 것이다.

둘째는 삽화의 내용과 역할의 문제인데, 내용상으로는 신선함이 결여되어 있고, 진부하거나 현장감과 생동감이 없는 것들이 많다는 점, 또 작품 속에서 필연성을 획득하지 못하고 있다는 점이다. 그러나 삽화는 그 자체가 서사이기 때문에 흥미를 감소시키거나 단절된 것은 아니다. 그러므로 삽화만 가지고는 이 작품의 평가에 영향을 주어서는 안 된다는 것이 분석한 결과이다. 다만 빈번한 삽화의 등장이 못내 아쉬움을 주고 있다.

셋째, 문화 정보라 하지만 계승할 것과 사라져 버리더라도 아까울 것 없는 것들이 혼재해 있다. 더구나 전적에서 인용한 부분들은 작품 속에서는 수용하기 어렵다는 점이다. 그리고 역사는 예술이 아니다. 역사가 소설에서 빛을 내려면 자연스럽게 작품 속에 용해되어 재창조의 과정을 거쳐야 한다. 그런데 이 소설에서는 역사의 기술이 인용 내지는 작가의식이 노출되어 의도적이라는 것을 단번에 눈치 채게 하고 있어 작품 속에서 도리어 흠집을 내고 있다는 점이다.

넷째는 문화 정보들을 빼 버리고 읽었을 때 박진감과 긴장감 그리고 재미가 더 있다는 것은 문화 정보가 작품에서 역할을 담당할 수 없다는 근거가 된다. 그러므로 이 소설에서는 이것이 작품 평가에 크게 손상을 주게 된다는 결론이다.

견고하게 성장한 「요나의 나무」

　이수남이 쓴 소설 「요나의 나무」(《계성문학》 2004년 지령 20호 기념호)는 구약성서 '요나' 서를 작품화한 것으로 원문에 충실하면서도 싱싱하게 잘 가꾸어 놓은 나무와 같이 견고하다는 점에 우선 호감을 갖게 한다. 물론 성서는 허구가 아닌 하나님의 깊은 뜻이 담겨 있는 말씀이지만 문학적인 측면에서 보면 훌륭한 작품에 속한다고 볼 수도 있다. 대체로 성서를 근간으로 하여 각색한 작품들은 작가의 창작의욕이 충일하여 많은 곁가지를 풍성하게 가꾸어 가는 경향이 많은 데 비해서 이수남의 작품은 철저하게 원문에 근거하면서도 작품으로서의 품위를 유지하고 있어 작가의 역량이 돋보이는 부분이라고 평가하고 싶다.

　그러면 성서를 근간으로 하여 작품화한 예들을 잠시 살펴보고 지나가기로 하자.

　천지창조, 아담과 이브, 에덴동산, 노아의 홍수, 노아와 그의 세 아들, 바벨탑, 가인과 아벨, 아브람과 멜기세덱, 롯과 그의 딸들, 소돔과 고모라, 소금기둥, 아브람과 사래(바로왕과 사래), 아브람과 이스마

엘, 아브라함과 이삭, 모압과 벤암미, 여호와 이레에서와 야곱, 야곱과 그의 아들 12지파, 요셉의 꿈, 세겜과 디나, 르우벤과 서모 빌하, 유다와 그의 며느리 다말, 엑소더스, 모세의 탄생과 성장, 유월절, 모세의 기적, 십계, 만나와 메추라기, 애굽에 내린 10가지 재앙, 모세와 아론과 홀, 금송아지, 구름기둥과 불기둥, 근친상간을 다룬 작품들, 아내의 간통, 므리바물, 불뱀(놋뱀), 발람의 나귀, 살인자와 도피성, 가나안 정탐, 40년간 광야 생활, 요단 강물이 갈라짐, 여리고와 나합, 아간의 욕심, 아이성 공략, 여호수아의 승리, 에훗의 승리, 드보라와 바락의 승리, 기드온의 승리, 입다의 승리, 삼손과 들릴라, 레위인의 첩, 이스라엘과 베냐민의 전쟁, 룻의 이야기, 사무엘의 탄생과 역사, 사울왕, 다윗왕, 다윗과 골리앗, 사울왕과 다윗, 다윗과 밧세바, 다윗과 압살롬, 세바의 반란, 솔로몬의 재판, 솔로몬과 스바여왕, 솔로몬 보석, 솔로몬과 여인들, 여로보암의 반란, 르호보암과 여로보암, 아합과 이세벨, 엘리야와 엘리사, 갈멜산상의 대결, 벤하닷과 아합, 엘리야의 승천, 엘리사의 기적, 예후의 숙청작업, 히스기야왕, 에스더, 욥의 이야기, 에스겔, 다니엘, 풀무불 속의 네 사람, 요나, 호세아, 왕중왕, 예수의 탄생과 그 주변 이야기들(수없이 많음), 예수의 생애, 예수와 12제자, 예수의 십자가와 부활, 세례요한과 살로메, 베드로, 쿠바디스, 기적, 가나의 혼인잔치, 스데반, 바울, 사도 요한…

위의 예보다도 실제로 작품화한 이야기들은 너무 많아서 매거키 어려울 정도다.

「요나의 나무」 첫 부분은 다음과 같이 시작된다.

"욥바항 선착장에는 화물선 유다호가 곧 있을 출항을 앞두고 화물을 싣는 인부들과 여객들의 고함소리와 웃음소리들로 뒤섞여 있었다."

성경에는 배 이름이 나오지 않지만 유다호라 명명함으로써 작가의 상상력을 견지하고 있다. 나아가

> "나사렛 가까운 가드 헤벨 출신 드민은 아홉 살 난 그의 아들 히모스와 함께 유다호의 뜨거운 햇빛이 내리붓고 있는 갑판 위에서…"

에 이르면 해박한 성경지식과 그의 작가적 재능을 입증이나 하듯 여유 있는 필치를 보여 주고 있다. 물론 위의 부분은 성경에는 없기 때문에 더욱 그렇다는 것이다. 그리고 이 작품에서는

> "이십만이 넘는 니느웨는 외곽으로 걸으면 사흘 정도 걸릴 수 있을 만큼 넓은 도시였다."

성경에는 인구 십이만여 명이라고 기록되어 있는데 작가는 위의 인용문처럼 이십만이라고 한 것은 인쇄상의 오류라 여겨진다. 이ㄴ와 십+이 바뀌었기 때문이다. 그리고 십이만여 명이 사는 성읍을 한 바퀴 걷는데 삼일길이라 한 것은 조금은 과장이라 생각되기도 하지만 니느웨 성읍의 외곽 길이는 약 96km라고 하니까 이 부분은 이해가 되기도 한다.

> "그 무렵 유대인들에겐 배타주의와 편협한 민족주의와 극단적인 종교상의 보수주의가 가득 차 있었다."

위의 인용문은 글자 하나 바뀌지 않고 다른 문장에서 중복된 것은 표현상의 문제점으로 지적될 수 있다.

요나는 큰 성읍 니느웨로 가서 그것을 쳐서 외치라고 했지만 그게

싫어서 니느웨로 가지 않고 욥바항구로 내려가 다시스로 가는 배를 타게 되는데 하나님께서 대풍을 바다 위에 내리니 폭풍이 대작하여 배가 거의 깨어지게 될 무렵

"신의 저주를 받은 자가 이 배에 있다. 이제 그가 누구인지 우리가 찾아내자. 그리하여 그를 신에게 제물로 드리자. 그렇게 하는 것이 우리가 살아남을 수 있는 방법이다. 그자를 찾아내자."

큰 소리로 한 사공이 말했다. 욥바 사람이었다.

"어떻게 하면 될까?"

선장이 물었다

"그것은 제비를 뽑기로 하자. 그래서 이 재앙이 누구 때문인가를 가려내자." - 중략 - 곧 그 사공은 제비 뽑을 돌이 들어 있는 용기를 가져왔다. 그 용기 속에는 오색으로 물든 돌들이 들어있었다. - 중략 - 마침내 용기 안의 붉은 돌을 집어낸 것은 요나였다.

성경에는 제비 뽑는 장면들이 많이 나오지만 그 실제 방법을 기술한 곳은 보이지 않는다. 제비[抽籤]는 종잇조각이나 나무쪽(대쪽)을 많이 만들어 어떤 기호 또는 문구를 써 놓고, 그중의 하나를 뽑아 길흉, 승패, 당락 순서 등을 결정하는 행위인데 제비의 히브리어는 '고탈'로 돌 또는 '돌이 많은 땅'의 뜻을 지닌다고 한다. 여기서 이 수남 작가가 제비 뽑는 방법을 나름대로 고안해 낸 그 기발한 아이디어가 신선함과 흥미를 더해 주고 있다. 이어서 요나가 하나님의 뜻을 배반한 사실들을 고백하게 되자 요나는 바다로 던져지게 된다. 그러자 바다가 조용해졌다. 이 소설이 이렇게 끝난다면 아무런 덧붙일 말이 없겠지만 요나가 다시 살아나 성읍의 광장 한 모퉁이에서 담대히 큰 소리로 외치고 있는 장면이 소개된다. 성경에서는

"여호께서 이미 큰 물고기를 예비하사 요나를 삼키게 하셨으므로 요나가 삼일삼야를 물고기 배에 있으니라"(요나 1:17)

고 구체적인 말씀과 함께

"여호와께서 그 물고기에게 명하시매 요나를 육지에 토하니라"(요나 2:10)

고 명시하고 있지만 소설에서는 이 부분을 노래로 처리하고 있다.

성경은 하나님의 말씀이라 그대로 믿고 수용해야 하지만 소설에서는 요나의 이야기는 인신공희 설화로서 다루어질 수 있는 예에 속한다.

인신공희 설화는 세계 도처에 분포되어 있어 이것만으로도 한 편의 논문이 될 수 있을 만큼 그 양이 방대하기 때문에 여기서는 약간만 언급하고 성경에 나타나는 인신공희만을 상론하고자 한다.

서구에서는 대표적인 예가 페르세우스perseus 설화이며, 인도에서는 專童子, 法妙童子說話, 일본에서는 小夜姬 說話가 있으며, 한국에서는 『삼국유사』에 나오는 居陀知 說話, 그 외에 전승되어 오는 두꺼비와 지네(지네장터설화, 蜈蚣場說話), 심청전의 심청(孝女知恩說話) 등이 있다. 이런 것들은 이미 보편화되어 있으므로 접어 두기로 한다. 성경에서는 바다에 던지는 예는 '요나'에서만 볼 수 있고, 대부분은 인신을 신에게 제공하되 불사르거나 죽여 그 피를 바치는 것으로 나타나고 있다.

아브라함이 그가 100세에 얻은 아들 '이삭'을 제물로 바치려고 손을 내밀어 칼을 잡고 그 아들을 잡으려 할 때에 여호와의 사자가 하늘에서부터 아브라함을 불러 말하기를 그 아이에게 네 손을 대지 말

라. 네가 네 아들 독자라도 내게 아끼지 아니하였으니 내가 이제야 네가 하나님을 경외하는 줄을 아노라 하고 하나님께서 이미 예비한 수양으로 제물을 대신하는 내용이 '창세기' 22장에 기록되어 있다. 위의 경우는 '이삭'을 제물로 바치려는 강한 의지는 있었으나 미수에 그친 반면 하나님께 서원하고 사람을 제물로 드린 경우는 다음과 같다.

이스라엘 사사土師 '입다'가

> "여호와께 서원하여 가로되 주께서 과연 암몬 자손을 내 손에 붙이시면 내가 암몬 자손에게서 평안히 돌아올 때에 누구든지 내 집 문에서 나와서 나를 영접하는 그는 여호와께 돌릴 것이니 내가 그를 번제(燔祭)로 드리겠나이다."(사사기 12:30-31)

> "'입다'가 '미스바'에 돌아와 자기 집에 이를 때에 그 딸이 소고(小鼓) 잡고 춤추며 나와서 영접하니 이는 그의 무남독녀라"(사사기 12:34)

그리하여 딸의 소원을 들어주고 2개월 후에 그 딸을 하나님께 번제로 바친다는 내용이다. 그 외에는 우상들에게 제물로 바칠 때에는 주로 자녀를 불살라 제사 드렸다는 기록들이 군데군데 보이고 있다.

1) '가나안' 사람들은 자녀를 불살라 그 신들에게 드림(신명기 12:31)

2) 또 여호와의 전 두 마당에 하늘의 일월 성신을 위하여 단들을 쌓고 또 그 아들을 불 가운데로 지나게 하여(열왕기 하 21:5-6)

3) '아하스' 왕이 이스라엘 열왕의 길로 행하여 '바알'들의 우상을 부어 만들고 또 '힌놈'의 아들 골짜기에서 분향하고 여호와께서 이스라엘 자손 앞에서 이방 사람의 가중한 일을 본받아 그 자녀를 불사르고(역대 하 28:2-3)

4) '힌놈'의 아들 골짜기에 도뱃 사당祠堂을 건축하고 그 자녀를 불에 살랐나니(에레미야 7:31)

5) 또 네가 나를 위하여 낳은 네 자녀를 가져 그들에게 드려 제물을 삼아 불살랐느니라. 나의 자녀들을 죽여 우상에게 붙여 불 가운데로 지나가게 하였느니라.(에스겔 16:20-21)

6) 또 가증한 우상을 위하여 네 자녀의 피를 그 우상에게 드렸은즉(에스겔 16:36)

7) 그들이 자녀를 죽여 그 우상에게 드린 당일에 내 성소에 들어와서 더럽혔으되 그들이 내 성전 가운데서 그렇게 행하였으며(에스겔 23:39)

위의 경우들을 보면 제물의 대상은 성인이 아닌 자녀들이라는 점에서 일치되고 있다. 이는 때 묻지 않는 순수한 것을 신에게 바친다는 정성이 담겨 있다고 보면 될 것이다.

'요나'는 다시 살아나 하나님께서 지시하신 대로 '니느웨' 사람들에게

> "너희 범죄한 니느웨 성민이여, 지금 곧 음행의 피 흘림과 거짓 신을 섬기는 죄에서 돌이켜 회개치 아니하면 사십 일이 지나 이 성과 함께 무너져 멸망하리라. 너희 범죄한 니느웨 성민이여."

라고 외쳤다. 그 결과 왕을 비롯한 모든 백성이 3일간이나 금식하며 회개하므로 멸망의 재앙을 면할 수 있었다. 그리고 이 소설의 말미에 이르면 '요나'가 이 성읍이 어떻게 되는가를 보려고 '골리네' (성경에는 이 이름이 없다.) 산정에 움막을 치고 "올리브 나무 가지를 타고 오르다 시들어 말라 버린 이상한 박 넝쿨만 바람에 흔들리고 있었다."는 묘사와 표현에서는 작가의 상상력과 재치가 확연히 드러나

고 있다. 또한 마지막

"골리네 산정에 있는 올리브 나무는 그 후 아름드리 거목이 되면서 사람들에게 요나의 나무로 불려지기 시작했다. 사람들이 세월이 가면서 요나를 잊기 시작했다. 그러나 요나의 나무는 박 넝쿨 시드는 것에 화를 내던 요나를 잊지 못하고 있다."

고 끝맺음한 구성에서도 나무랄 곳 없을 정도로 시적 감흥까지 곁들이고 있다. 물론 올리브 나무에 박 넝쿨이 무성하다가 시들어 버린 이 부분은 성경에서는 올리브 나무나 요나의 나무로 명명한 것은 없지만 작가는 이와 같이 소설화에 성공을 거두고 있다.

이 작품은 무엇보다도 '요나의 나무'라는 제목에서부터 우리의 눈길을 끌고, 나아가 배 이름을 '유다호'로 명명한 것이나

"나사렛 가까운 가드 헤벨 출신 드민은 아홉 살 난 그의 아들 히모스와 함께 유다호의 뜨거운 햇빛이 내려붓고 있는 갑판 위에서 호수같이 잔잔한 지중해 그 먼 바다를 바라보고 있었다."

등은 작가의 독창성의 결과물이며, 전체를 이끌어 가는 기법은 높이 평가받아야 할 대목이다. 무엇보다 작가 정신의 중심에 하나님의 엄위하신 섭리를 믿고 있다는 점이다. 부단의 노력으로 성경의 재미있는 부분들을 살펴서 작품화한다면 작품의 영역은 그만큼 확대될 것이며 그의 작가적 재능도 더 한층 빛을 얻게 될 것이다.

부단의 도전 정신

　일반적으로 지방에서 작품 활동을 하는 작가들에게는 발표할 지면이 충분치 못해서 의기소침할 때도 있기 마련이다. 그럼에도 불구하고 대구 소설가협회 회원들의 열정과 중단없는 의욕의 발로로 『대구소설』 10집까지 발간하는 데 기여한 공로와 새로운 세계에 도전하려는 작가정신을 높이 평가하는 데 인색할 필요는 없을 것 같다. 더구나 열악한 제반 여건 속에서도 좌절하거나 뒤로 물러서지 않고 꾸준히 노력한 결과에 대해서는 아낌없는 찬사를 보내고 싶다. 『대구소설』은 그 양적인 측면에서도 우리의 주목에 값하지만 그 다양성에서도 기대를 충족시켜 주고 있다. 그 다양성이란 사건뿐만 아니고, 소설에 접근하는 치열한 작가 정신과 태도에서 그렇다. 하기야 시대의 산물인 문학이 시대를 외면하거나 과거에 집착할 수만은 없지 않은가. 새로운 세계에 도전하면서 변화를 추구하려는 정신이 『대구소설』을 지탱해 주는 버팀목이 되고 있다는 것은 무한한 세계를 열어갈 가능성을 보여주는 대목이기도 하다.

박희섭의 「추적자들」은 자기 내면의 의식세계를 재치 있게 그려 내었고, 우호성의 「스님이 된 집사」는 실제 인물을 등장시켜 소설로 승화시켜 웃음과 재미를 선물로 주고 있으며, 윤장근의 「대율리 통신」은 서간체 소설이면서도 많은 감동을 주는 작품이기도 하다. 그리고 자기 직업과 연관된 체험의 세계를 소설화한 작품들도 있다. 체험이야말로 가장 확실한 리얼리티를 보장해 주기도 한다. 권희경의 「불독과 스피치」, 김경원의 「내 마음의 사막」, 우호성의 「스님이 된 집사」, 이순우의 「누굴 탓하랴」, 윤장근의 「대율리 통신」 등이 그렇다. 이는 상황을 형상화하는 소설가의 예지를 도외시했다는 것이 아니고, 『대구소설』 10집에 게재된 작품들의 특징의 한 예로 제시했을 뿐이다.

작가들의 많은 소설들을 모은 소설집에서 자주 지적되는 예이긴 하나 『대구소설』 10집에서도 끊임없는 자기와의 치열한 싸움의 결실과 각고의 흔적이 보이는 작품들도 있지만, 소설을 너무 쉽게 생각하고 성의도 없이 시간에 쫓겨 책임을 모면하려는 의도로 쓰여진 듯한 인상을 주는 작품들도 눈에 띈다는 것은 결코 바람직한 태도는 아닌 것이다. 자기가 책임져야 한다는 점을 감안한다면 작품마다 최선을 다하는 노력이 필요함을 확인시켜 주는 부분이기도 하다. 그런 작품은 거론할 빌미를 제공해 주지 못하기 때문에 제외될 수밖에 없다.

문형렬의 「삼수갑산」은 매우 인상적이다. 선임하사와 하 병장 사이에서 빚어지는 단순한 이야기지만 흥미도 주고, 통속성에서도 벗어나 있다는 점이다. 박이채의 「원죄」는 수준급에 속한다고 하겠다. 구성이 치밀하고 끝마무리도 아주 매끈하게 처리되고 있다. 이런 류의 작품들이 빠지기 쉬운 얄팍한 꾀와는 차별이 된다. 행간에 숨어 있는 섬세하고 묘한 감정까지도 느끼게 한다. 더구나 검사와 상구와의 관계설정이 독자들을 끌어가면서 상식선에 머물러 있지 않다는 점이 돋보인다.

이옥순의 「본향」 역시 시대성(납골당) 문제를 재치 있게 처리해 주고 있으며, 박은삼의 「저녁노을」도 가난 극복을 목표로 살아가는 어머니와 인경의 모습이 인상 깊게 남는다. 박하식의 「귀천」은 실감나게 전개해 나가는 이야기 솜씨가 소설가다운 면을 유감없이 각인시켜 주고 있으며, 송일호의 「재수없는 날」은 그가 지금까지 보여준 통속성에서 벗어나 시니컬하면서도 현실적인 면을 부각시킨 모습에서 호감을 주고 있다. 우호성의 「스님이 된 집사」는 작가다운 면모를 잘 반영해 주고 있다. 그는 이런 류의 창작에는 독보적인 경지를 확보했다고 하겠다. 그야말로 타의 추종을 불허하는 그만이 가진 영역이기도 하다. 이수남의 「기적소리 따위에 대한 명상」은 소설가로서의 능력을 발휘해 준 셈이다. 이순우의 「누굴 탓하랴」는 실화에 근거한 실감 나는 현장교육의 고발 같다. 그러면서도 출세한 제자들의 일그러진 정신 상태에서는 연민의 정을 갖게 해 주는 작품이다. 이연주의 「동물을 사랑하는 모임」은 이색적인 소재를 작품화하고 있는데 흥미를 갖게 해 줄지는 모르나 보편성을 획득하기는 어렵지 않겠는가. 윤장근의 「대율리 통신」은 차분하면서도 잔잔한 감동을 주는 작품이다. 작가의 역량을 가늠케 하는 수작이라 여겨진다.

하루아침에 대문호가 탄생하지는 않는다. 끊임없는 각고의 수련과 자신과의 피나는 싸움에서 승리해야만 작품을 계속 쓸 수 있을 것이다. 그러다 보면 자신도 의식하지 못한 사이에 좋은 작품도 나올 수 있을 것이다. 이색적인 소재가 좋은 작품이 된다는 보장은 없다. 무엇보다도 보편성 확보가 관건이 될 것이다.

진지한 탐색과 성실한 자세

《대구문학》 63호(2005년 여름 호)에 게재된 소설, 윤장근의 「이카로스의 날개」와 오철환의 「迷夢」은 우리의 주목을 끌 만한 작품으로 여겨진다. 내용은 다르지만 몇 가지 점에서 공통점도 엿볼 수 있다. 이 두 작품은 작가가 제목을 찾는데 많은 고심을 한 흔적이 나타나고 있다. 작품 전체를 한마디로 요약할 수 있는 제목 달기가 결코 쉬운 일이 아닌데 그리스 신화의 한쪽에 그것도 소제목에도 들어 있지도 않는 '이카로스'를 찾았다는 것만으로도 예사롭지가 않다. 오철환 역시 절묘하게 이끌어 가는 작품 내용에 걸맞는 '迷夢' 이란 어휘를 골라서 제목으로 붙인 예지를 우선 칭찬하고 싶다.

또한 사회 고발적인 요소를 다분히 내포하고 있다는 점이다. 복권이 사행심을 부추겨 허망된 꿈을 키워 결국 파멸로 이끌어 가는 것이나, 생활의 여유는 있으나 대학 입학을 앞둔 아들 때문에 남편과 떨어져 살면서 인간의 정욕적인 욕망을 채우려는 헛된 꿈이 역시 죽음으로 막을 내린다는 점이다. 물론 이 작품에서는 이것이 원인 제공은 아닐지라도 종국에는 그렇게 귀결된다는 이유 때문이다. 우리네 교육문제가 어느 정도로 심각한 지경에 와 있는가를 단적으로 보여주고 있다.

다음은 두 작품 모두 주인공이 죽음으로 끝맺고 있다는 점이다. 나아가 전문적인 지식이 요구되는 부분에서는 작가가 실제로 습득한 결과물이 뒷받침이 되고 있다. 단순히 앉아서 상상력에만 의존하여 글을 쓸 수 있는 시대는 아니다. 리얼리티를 유지하기 위해서도 작가는 연구해야만 한다는 것을 보여주고 있다. 윤장근의 「이카로스의 날개」는 사회 현장의 삶의 한 단면을 잘 반영해 주었고, 오철환의 「迷夢」은 긍정적인 면에서 수긍이 되고 논의의 대상으로 그 가치를 지니고 있다고 판단된다.

그러면 윤장근의 「이카로스의 날개」부터 살펴보기로 하자.

'이카로스'는 문학을 전문적으로 다루는 사람들에게는 익숙할지 몰라도 일반 독자들에게는 다소 생소한 느낌을 지울 수가 없을 것이므로 약간의 설명을 곁들인다면, '이카로스'는 그리스 신화에 나오는 인물로서 그의 아버지는 손재주가 탁월한 '다이다로스'다. 아버지와 함께 크레타 섬에 가게 된다. 미노스 왕을 위해서 좋은 건물까지 지어 주었으나 노여움을 사게 되어 깊숙한 탑 속에 감금을 당하고 만다.

父子는 탈출을 기도했지만 왕이 너무나 엄중하게 지키고 있었기 때문에 그 기회를 얻을 수가 없었다. 결국 다이다로스는 날개를 몸에 달고 나는 방법을 고안하게 되었다. 아버지는 무사히 날아 시칠리아 섬에 도착했으나 이카로스는 아버지가 너무 낮게도 너무 높게도 날지 말라는 주의를 잊고 너무 높이 날아 올라 갔기 때문에 날개를 몸에 붙인 납蠟이 태양에 녹아 바다에 떨어져 죽었다는 이야기다.

옥탑방에 살면서 5만 원이 전 재산인데 이것으로 마지막 복권을 사라고 건네주는 딸 선희의 모습이 그려지면서 작품은 시작된다. 로또 복권을 사는 사람들 중에 부자富者들은 아예 없다. 그야말로 인생역전을 꿈꾸는 가난한 사람들의 전유물처럼 보이기도 한다. 수천만 원을 투자했지만 허탕을 치는 이들에게는 차라리 그 돈으로 분수에 맞게 성실하게 살아갔더라면 언젠가는 밝을 날도 있을텐데, 사행심을 조장하는 국가가 원망스럽기도 했을 법한 고발의 내용도 담고 있다.

> "팔백십사만 오천육십분의 일이라는군요. 골프에서 홀인원할 확률은 일만 분의 일, 자동차 사고로 사망할 확률은 삼만 분의 일, 불나서 타 죽을 확률은 사십만 분의 일, 벼락 맞을 확률은 오십만 분의 일, 어디서 추락해 죽을 확률은 구십만 분의 일, 비행기 타고 가다가 사고나서 죽을 확률은 구백만 분의 일이라고 하대요. 일등 될 확률은 비행기 사고로 죽을 확률과 비슷하다는 거지요."

일등이 된다는 꿈은 얼마나 망상인가를 보여주는 대목이다. 그럼에도 불구하고 이 작품에 등장된 아버지와 딸은 이 로또 복권에 목숨을 걸고 있다. 딸 선희의 직장 사장과의 관계 설정이나 아빠가 공무원으로서 일하다가 보증 잘못 서서 월급도 차압당해야 하는 판국에 아내와 정략적 이혼 등의 이야기는 필연성을 담보하기 위한 테크닉이다. 딸의 퇴직금 5천만 원으로 주식에 투자하여 건진 2천만 원이 조금 모자라는 돈으로 겨우 옥탑방 월세로 옮겨 살면서도 복권에 매달려 실패에 실패를 거듭한다. 끝내 딸 선희는 마지막 재산 5만 원을 복권에 걸었지만 실패하자 죽음을 택하게 된다. 아버지 이부식은 이카로스의 신세가 되면서 만취에서 깨어나

"따라가야 해 선희를, 선희를,"

그는 이렇게 웅얼거리며 다시 눈을 감았다.

로 끝을 맺는다. 그러나 여기서 선희의 죽음 처리가 너무 가볍게 다루진 듯한 느낌은 아쉬움으로 남는다. 비록 선희의 입장이라도 내면적인 고민과 치열한 정신적 갈등이 좀 더 심도 있게 그려졌으면 독자들에게 더 깊은 인상을 심어 주었으리라. 이 마지막 부분에서 '이카로스'의 신화를 접목시킨 작가의 의도는 장점으로 평가해도 좋을 것 같다. 우리 주변에서 볼 수 있는 삶의 한 단면을 작품화한 작가의 성실한 자세를 가늠케 한다. 문제는 세상을 관조하는 작가의 올바르고 정확한 판단인데 이 작품은 바로 정직한 작가정신의 표출이라는 점에서도 우리를 즐겁게 해 주고 있다.

오철환의 「迷夢」은 그의 소설집 『아무것도 아닌 이야기』에서도 맨 앞에 게재한 것으로 미루어 보면 작가 자신도 애착을 많이 갖고 있는 작품으로 간주된다.

근친상간은 금기되어야 함에도 불구하고 오랜 역사를 지닌 채 간혹 나타나고 있는 현상이기도 하다. 종족 유지를 위해서라는 명분을 내세워 자행한 예도 있다. 성경에는 이와 같은 이야기가 가감없이 그대로 적나라하게 기술된 부분을 읽을 수 있다. 창세기 19장 30-38절에 보면 종족 유지를 위해 두 딸이 아버지 '롯'에게 술을 먹여 본인은 모르는 사이에 아버지와 딸이 결합하여 큰 딸은 '모압', 작은 딸은 '암몬' 족속을 이루게 된다.

이와는 달리 육체적 욕망 때문에 저지르는 악행도 있다. 사무엘 하 13장 1-19절에는 다윗의 아들 '암논'이 그의 이복 누이 '다말'을 사랑하다가 심화心火로 인하여 결국 그의 누이를 범하게 된다. 이 부분에 대한 대표적인 예가 그리스 신화에 등장하는 '오이디푸스' 왕의 이야기다. 정신분석학에서 자주 인용되는 오이디푸스콤플렉스가 그 예다.

　이 작품에서는 어머니와 아들간의 섹스는 무르익은 중년부인인 어머니의 욕구충족에서 비롯되고 있다. 이 어머니는 학식과 지혜 등 나무랄 곳 없는 주도면밀성을 지니고 있었다. 나름대로는 아들을 잘 키우기 위해 최선을 다하는 모습을 보여 주는데

　　"마음이 왠지 싱숭생숭하여 집중이 되지 않고 기말 브레인 테스트 수치
　　가 예상에 미치지 못했던 어느 날, 어머니는 내 방에 들어와 바지를 내리고
　　자위행위까지 시켜주었다. 사춘기 때 정액이 꽉 차면 빨리 빼 주어야 집중
　　이 잘 된다고 했다."

　이 어머니의 당돌함과 성性에 대한 보수적인 정신에서는 멀어져 있음을 알 수 있다. 독자들은 여기서부터 약간의 충격을 받기 시작한다. 어머니는 사이버섹스도 가끔 즐기는 듯 했지만 아들에게는 중독성이 강하다는 이유로 채택하여 주지 않았는가 하면 어머니는, 섹스란 게 별것 아니라며, 나를 파트너로 삼아 당신 몸소 섹스를 시연해 보이기도 했으며 시종일관 단순한 학습도구, 그 이상은 아닌 양 했다고 하지만, 그의 뇌리와 육체는 이미 도덕성을 상실한 채 매주 월요일과 목요일에 정기적으로 행사를 갖도록 시간표까지 짜게 된다. 아들도 처음에는 미안함과 부끄러움으로 고민했지만 어머니의 헌신적인 사랑 속에 포함시키고, 아버지의 영역을 침범했지만 그것도 아버지가 지키지 못한 것으로 간주하고 자기 합리화로 도덕적 수치심을 극복하고 있다. 작가는 브레인 테스트에 대한 해박한 지식과 컴퓨터와 실험쥐들의 이야기까지 전개할 만큼 진지한 태도를 견지

하고 있다. 이 역시 작품 쓰기 위한 노력의 일환으로 여겨진다. 전체의 3분의 1 이상을 할애하고 있지만 장황하다는 느낌 없이 읽을 수 있는 것도 작가의 역량에 기인된다고 하겠다.

아버지는 A은행 미국지점에 근무하면서 필요한 돈을 끊임없이 보내주는 수호신이기도 했다. 부부가 떨어져 살면 항상 위험 부담이 따른다는 것은 동서고금을 통해서도 입증되고 있는 사실이다. 부부는 함께 살 때 그 의미가 있는 것이지 돌아서면 남인 것이다. 고린도 전서 7장 5절에도 "서로 분방하지 말라. 다만 기도할 틈을 얻기 위하여 합의상 얼마 동안은 하되 다시 합하라."라고 했다.

> "침대에 누워 이런저런 상념에 잠겨있는 동안 어머니가 샤워를 마치고 수건을 두른 채 욕실에서 나왔다. 사십 대의 몸매라고 할 수 없을 정도로 뇌쇄적이다. 뜨거운 내 눈길을 느낀 듯 어머니는 욕망의 불길을 추슬러 주었다. 꾸준히 그리고 서서히, 몸과 마음을 가지런히 하고 너무나 진지하게 진행했으므로 행사의 기쁨은 그만큼 더 컸다."

에 이르면 절정에 다다르게 된다. 그리고 작가는

> "세상에서 가장 이상적인 사랑이 아가페와 에로스를 아우르는 오이디푸스콤플렉스나 일렉트라콤플렉스라면 지나친 역설일까?"

라고 의문을 제기한다. 사회 윤리적인 측면에서 이러한 관계를 지속하면서도 잘 살아갈 수 있다면 사회는 혼돈으로 빠지고 말 것이다. 여기서 작가는 통속적인 교통사고나 안전 사고사로 처리하지 않고 장기 매매업자에게 납치되어 희생당하는 절묘한 수순으로 끝맺음하고 있다.

아무튼 이 작품은 지나친 교육열, 어머니의 무조건적인 사랑이 확대되는 것의 경계, 부부 간의 문제 제기, 장래에 도래할 컴퓨터의 손익계산, 장기 매매업자들의 무분별한 생명 경시 사상, 브레인 풀 등이 길게 서술되어 있지만 요설체가 되지 않고 있음도 이 작품이 갖고 있는 우월성이라 하겠다. 그러나 이러한 작품일수록 보편성 확보가 관건이 된다. 특수성만 가지고서는 명작으로 남기 힘들기 때문이다. 그럼에도 불구하고 이 작품은 독자들에게 충격과 그럴 수도 있겠다는 가능성을 심어주고 있다.

《대구문학》에서 이만한 작품을 읽을 수 있었다는 것이 기쁨을 더해 주고 있다. 지방에서도 얼마든지 좋은 작품을 발표할 수 있다는 가능성을 보여주고 있는 예라 하겠다. 무엇보다 작가의 진지한 탐색 정신과 성실한 자세가 작품 속에서 묻어난다는 사실일 것이다. 취약한 대구 소설계에서 묵묵히 그리고 꾸준히 작품을 쓰는 작가들이 있다는 것은 앞날을 밝게 해 줄 뿐만 아니라 다른 작가들에게도 도전할 수 있는 계기를 마련해 주리라 확신한다.

열정과 장인 정신

　과거 어느 때보다도 복잡 다양한 세계에서 살아가고 있는 것이 우리의 세대다. 이 말은 이야기의 소재가 그만큼 많아졌다는 것을 의미한다. 더구나 통속성(대중성)과 순수성(예술성)의 한계도 무너질 만큼, 思考의 폭과 이해의 범위도 더 없이 확장되기를 요구하고 있다. 비록 지역적 경제적 열세를 면하지 못하고 있는 대구 경북지역의 소설계이지만 작가들의 창작욕과 열정은 꺾이지 않고 있다. 무엇보다 한 작품에 쏟는 열정과 장인정신으로 다듬어 가는 노력은 작품의 무게를 더해 주는 요인이 되기도 한다.

　《대경기독문학》창간호(2005년 12월)에 게재된 제갈민의 「내 가난한 추억」은 잠시 우리의 눈길을 머물게 한다. 지금 우리 사회 일각에서 전개되는 현실의 한 단면을 사실적으로 표현해 주고 있는 작품이다.

　실제로 중국의 조선족 아가씨들이 한국에 대한 환상을 갖고 시집 오지만 적응이 잘 되지 않는 경우가 더 많고, 때로는 속아서 장애인과 결혼하는 경우도 있음을 목도하고 있다. 이 소설에서도 가감 없이 이런 상황들을 설정해 놓고 있다. 게다가 자기가 사랑했던 남자는 자기 여동생과 결혼해 버렸고, 아버지마저 한국에서 교통사고로 사망하게 된다. 이 소설은 아버지의 사고로부터 시작하여 과거와 현실을 넘나들면서 보상금 문제로 번져가고 있다. 그 과정에서 각양의 인간성이 뚜렷하게 부각된 점과 사건들을 절제해 가는 수법이 예사롭지 않다. 복잡했던 보상금 문제를 접어 두고 이야기를 다른 방향으로 전개하는 듯 했지만, 마지막 부분에서

> "꽃들이 같은 꽃이듯 다 같을 수밖에 없는데 조선족이라 해서 고생시켜도 된다는 법이 어디 있는가. 조선족이라고 해서 상처를 주어도 된다는 법이 어디 있는가. 이건 아니야. 이럴 수 없어. 그러나 차창 밖으로 스쳐 지나가는 사람들처럼 떠나 보내야 하는 사람들은 떠나 보내야 한다고 그녀는 생각한다. 아버지, 휘수, 시어머니, 남편, 그리고 그, 그녀는 한번만 더 믿고 싶어진다. 어딘가에 존재할 희망을. 그래서 눈물을 흘리면서도 중얼거리는 것이다. 내 가난한 추억은 이제 끝이야."

끝부분 "내 가난한 추억은 이제 끝이야" 이 말 한마디로써 중국에 간다는 복선과 보상금 문제가 한꺼번에 해결을 보게 된다.

이 또한 작가의 치밀한 계산과 기교의 산물이다. 추리소설에서 마지막 반전을 시도한 것보다 더 신선한 느낌을 주고 있다. 이렇게 다듬게 된 것은 바로 작가의 장인 정신의 소치일 것이다. 독자들의 이해를 돕기 위해서 번호를 사용했지만 行 구분만으로도 장면을 바꿀 수 있을 것이다.

《女性文學》(2005년 11월 제16집)에는 이민정의 유일한 소설 「모란시장의 전설」이 맨 앞부분에 실려 있는데, 이 또한 관심을 갖게 한다. 특이한 작품은 아니지만, 각박한 세태에 그래도 착한 심성의 소유자

는 상상을 초월하는 福祿이 찾아온다는 보편적 도덕률의 한 전형을 보여 주고 있다. 우리 주변에는 이 소설보다 더 진한 감동을 주는 미담도 많이 보도도 되고 또 듣기도 하는데, 대개 이름도 없이 빛도 없이 자선하는 경우가 많고, 혹 이름을 밝히는 경우라도 전혀 저항감 없이 눈시울을 붉게 만들고 있다.

선행을 하다가 도리어 낭패를 당하는 경우들 때문에 선뜻 보자기를 맡으려는 사람 찾기가 쉽지 않지만 역시 착한 심성은 어쩔 수 없이 그 짐을 맡게 되고 그 결과 돈 보자기임이 드러나는데, 이 과정에서 독자들로 하여금 궁금증을 유발시키며 작가의 의도대로 끌어가는 대목도 눈여겨볼 만하다. 황량한 세태와 맞물려 청량제 역할을 한다면 이 소설은 그 역할을 다했다고 볼 수 있을 것이다. 무엇보다 차분히 이야기를 무리 없이 전개해 가는 것이나, 압축하는 재능과 사물을 관찰하는 초점이 건전하면서도 뚜렷하다는 점이다. 이런 쪽으로 천착해 간다면 더 좋은 작품을 독자들에게 선물로 주리라 여겨진다.

위에 소개된 《대경기독문학》 창간호에는 대구 소설계의 중진 작가 이수남의 「未明」도 다른 여타의 소설과 함께 선을 뵈고 있다. 특이한 소재도 아니고 한국 전쟁 중에 겪었던 많은 비극적인 이야기들 중에 하나일 수밖에 없는 이야기를 순진한 소년의 눈으로 '순자'라는 아주 평범한 누나를 생각하는 갸륵한 마음씨와 순자의 불우한 인생을 신앙으로 극복해 가는 과정을 담담한 필치로 전개해 가는 작가의 역량이 돋보이는 작품이다. 특히 종지기 구 집사의 인물 묘사와 심리 묘사 등이 사실적으로 잘 처리되었고, 세천 교회 종탑과 종 그리고 종지기 구 집사 집의 모습이 눈에 보일 듯이 묘사된 점도 간과해서는 안 될 대목이다. 그러나 전쟁이란 이름으로 구 집사와 윤 서방의 죽음이 너무 간단하게 서술된 것이 아쉽기도 하다. 그럼에도 불구하고 순자가 여 전도사가 되어 어려운 가운데서도 세천 교회에 풍금을 헌납하는 장면에 이르면 우리들도 무엇인가 봉사하도록 유도하는 듯한 느낌마저 들게 한다. 세천 교회와 고향의 추억이 깊숙이 각인된 나의 눈에 비친 지금의 고향 교회의 모습 등이 시적으로 표현되어 목가적인 인상을 남겨 주고 있다. 문장이 너무 유려하여 호흡이 가쁜 점을 지적할 수도 있겠으나, 이만한 이야기를 소화하여 독자들에게 잔잔한 감동을 줄 수 있다는 것이 더 소중한 가치라 평하고 싶다.

이외에도 많은 작품들이 발표되었지만 그분들에 대한 격려는 다음 순서로 미루고자 한다. 시간에 쫓긴다든가 의무감 때문에 작품에 접근하려는 태도는 결코 바람직한 행위는 아니다. 작품에 대한 열정과 혼을 불어넣는 匠人의 정신이 요구되는 것은 비단 지금의 작가에게만 해당되는 것이겠는가.

성장 가능성의 산물

무한한 시공과 인간의 내면세계까지 넘나들면서 자유롭게 표현하며 고민과 희열을 향유할 수 있는 특권을 가진 분들이 작가들이다. 우리 주변에는 수많은 이야기들로 가득 차 있다. 이것들을 어떻게 작품화하느냐 하는 것은 전적으로 작가의 몫이기도 하다. 단순한 농경사회보다 디지털화된 오늘이 더 많은 사건들과 얽힌 이야기들이 풍부한 것은 당연한 결과라 하겠다. 이럴 때일수록 작가의 정신세계가 중요한 과제로 대두하게 된다. 아무리 지가地價를 높이며, 세인의 주목을 받는 소설 작품이라 할지라도 현실을 뛰어 넘을 수 없다는 말을 《대구문학》 71호에 게재된 두 분의 소설 작품이 확인시켜 주고 있다.

송일호의 「학생은 면했나」와 오철환의 「유의 사항」은 호기심을 자극하여 읽도록 유도한 재치 있는 제목 선정과 치밀한 작품 구성, 단단한 문장력으로 이야기를 전개해 가는 솜씨는 어떤 소재라도 소설화할 수 있는 작가의 잠재된 성장 가능성과 역량의 산물이라 하겠다.

송일호의 작품 경향은 자기만이 갖고 있는 특이성 때문에 개성이 뚜렷한 작가로 평가받고 있지만 깊은 애정문제를 다루기보다는 이 번의 작품처럼 시야를 넓혀 새로운 세계를 모색해 보는 것이 작가의 잠재력을 확장시키는 데 더 도움이 되리라 진단해 본다. 이 작품은 제목부터도 그다운 모습과 부합하고 있는 듯하다. 그의 작품에는 거창한 문제 제기를 위한 논리나 철학적 사고도 요구하지 않고, 부담 없이 읽으면서 재미를 더해 주는 데 주력하고 있는 것 같다. 그렇다고 작가의 사상이 손상되었다는 말은 결코 아니다. 복잡다단한 삶에서는 이런 소설이 오히려 청량제가 될 수도 있을 것이다.

한때는 윤 노인의 꼴머슴이었던 자기 집 앞 3층집 영감댁 아들과 교수님인 자기 아들을 대비시키면서 이야기는 계속 진행된다. 돈 복이 있는 사람은 안 사려고 하는데도 억지로 남을 도와주는 셈 치고 사면, 그것이 큰 부富를 안겨주는 예를 우리 주변에서도 볼 수 있지만 이 소설에서도 아무도 살 사람이 없었던 황무지와 다를 바 없는 하천부지 벌판을 꼴머슴에게 빌다시피 간청을 해서 헐값에 팔아 한 해 아들 등록금을 떼울 수 있었던 일, 이것이 꼴머슴 집안을 벼락부자로 만드는 계기가 된다. 하천부지에 서 있던 버드나무는 나무젓가락용으로 팔려 나갔고, 자갈과 모래도 비싼 값으로 팔 수 있었고, 게다가 아파트 건축업자에게 20억인가 30억인가에 팔렸다는 소식에 윤 노인은 억장이 무너진다. 돈 가진 사람을 경멸하면서도 그쪽으로 무게 중심이 이동되고 있는 자신을 보게 된다. "많은 재물보다는 명예를 택할 것이요.(잠언 22:1)"라는 말은 윤 노인에게는 사치스럽기만 하다. 하기야 아직도 교회 장로는 돈을 받는 줄로 아는가 하면 교회에 찾아와서 주지목사님은 어디 계시느냐고 묻는 현실을 감안한다면 윤 노인의 이런 모습은 충분히 이해할 수 있게 한다.

이 작품의 마지막 장면의 대화가 인상적이며, 일품이라 하겠다. 윤

노인은 지방문紙榜文에 쓰여질 '學生府君神位'에서

"그라마 그라마 학생은 면했나?"

아들은 또 피식 웃으며

"아이고 아버님도 제가 학생 면한 지가 30년이 넘었는데 별것을 다 묻습니다."

"그래? 그라마 됐다!"

윤 노인은 갑자기 생기가 돌았다. 아들의 얼굴을 뜯어보며 무릎을 탁 쳤다. 꼴머슴 아들은 학생 면한 지가 얼마 되지 않았다. 꼴머슴 아들보다 훨씬 먼저 학생을 면한 것을 보니 내 아들이 더 높은 것이 틀림없다.

"하하하하…"

드디어 윤 노인 입에서 큰 웃음이 쏟아져 나왔다.

송일호는 이 작품에서도 현란한 수사를 동원하지 않고, 담담한 필치를 유지하고 있다. 미세한 감정 처리와 상황 묘사들에서 보여 준 언어 구사력이 결국 이 작품을 지탱하고 있는 셈이다. 앞에서도 언급했지만 송일호는 이런 작품 경향으로 천착해 간다면 그의 잠재된 능력이 한껏 힘을 얻을 것으로 기대해도 좋을 것 같다.

오철환의 「유의 사항」은 결말 부분을 앞에 두는 구성 기법을 적용하여 이 작품의 시간적 서술 진행에 변화를 주고 있다. 이 기법을 적용하여 성공한 예는 너무 많아 매거키 어렵거니와 이 작품에서는 이러한 구성을 하지 않았다면 순차적 시간성 때문에 긴장감을 감소시키는 결과를 초래하고 말았을 것이다. 정확한 시간을 제시하면서 사건이 진행되고 있는 작품의 경우 자칫하면 독자들에게 지루하다는 느낌을 줄 수도 있지만, 이 작품은 박진감을 주면서 다음을 기다리게 하고 있다. 이는 작가의 능력에 기인한 것으로 간주된다.

우리 주변에서 흔히 볼 수 있는 일반적이고 상식적인 이야기가 아니고, 고시생의 특수한 상황이 줄거리를 확보하고 있다. 그것이 그 사람에게만 해당되는 것이고, 우리들과는 무관하다면 보편성 유지에서 멀어지게 되겠지만, 그렇지 않다는 데 의의가 있는 것이다.

고시생이 주민등록증을 소지하지 않았다는 것 때문에 응시도 못 하는 장면의 경우, 점심시간에 다녀와서 제시하겠다는 말에서 응시가 가능하리라는 예측을 뒤집고 끝내 응시를 못 하는 비극이 발단이 된다. 치매환자나 건망증세가 없는 분들에게도 지하철 선반 위에 물품을 얹어 놓고 내리는 분들이나 택시에 돈 가방을 두고 내리는 분들, 세수하면서 풀어 놓은 시계를 그냥 두고 가는 분들, 손에 쥐고 다니는 휴대폰도 잊어버리는 분들을 상상하면 이 작품의 주인공의 행태도 충분히 이해가 되는 것이다.

한편 자기의 잘못을 시인하고 자기에게 전적으로 책임이 있음을 통감하는 자세를 갖기보다 남에게 전가하려는 인간의 심리상태와 그 행위 등을 지적해 주는 면도 간과해서는 안 될 것이다. 확대 적용시킨다면 매사에 우리들은 나 자신의 오류에서 야기되는 사건들을 자기성찰 없이 남의 탓으로 돌리려는 정신 자세를 지적하고 있다고 해도 과언이 아닐 것이다. 분명히 사전에 유의 사항을 적시해 두었지만 그것을 대수롭지 않게 여기는 시민 의식은 개조되어야 할 것이다. 새벽에 질주하는 자동차들의 신호 위반은 유의 사항을 능가하는 현실의 한 단면이 아닌가. 이 작품에서는 고시생의 자기 한 사람의 잘못으로 인해서 다른 많은 응시생들에게 직접 피해를 주지 않지만, 다른 모습으로 선량한 분들에게 큰 피해를 안겨 줄 뿐만 아니라 자기 파멸까지 자초하고 만다는 엄청난 결과로 이어지고 있다.

"길거리의 행인들은 다 행복해 보였다. 그들의 살아가는 재주가 참 신통하다. 나만 어렵게 살아가는 듯하다. 횡단보도에서 다시 신호에 걸렸다. - 중략 - 많은 사람들이 얼굴을 찡그리며 나를 쏘아보며 지나갔다. 내가 뭘 잘못했나? 억울하다. 분통이 터졌다. - 중략 -

가속 페달을 힘껏 밟았다. 비명소리와 함께 창유리에 피가 튀었다. - 중략 - 핸들을 꺾어 인도로 돌진했다. 경계석을 받고 튕겨 오른 차는 공중제비를 돌며 통유리를 들이받고 편의점으로 치고 들어갔다.

비명 소리가 터져 나왔다. 하얀 불빛이 눈부시게 빛났다. 하얀 조명을 받은 차바퀴가 천정을 향해 천천히 돌아가고 있었다. 유의 사항, 유의 사항, 유의 사항을 잘 지켜야지, 이젠 하얀 불빛마저 눈부시지 않았다."

이 작품의 결말 부분인데, 이 부분을 뒷부분에 배치했을 경우와 비교해 보면 훨씬 극적인 장면임을 직감할 수 있을 것이다. 그는 이미 「迷夢」에서 작가적 역량을 보여 준 바 있지만, 이번의 「유의 사항」에서도 그의 작가적 위치를 공고히 해 주고 있다고 하겠다. 어떤 소재일지라도 그의 손에 들어가면 작품화할 수 있는 능력이 있음을 입증해 준 셈이다.

송일호의 변화된 작품 경향과 오철환의 건실한 작품 구성과 작가적 역량은 성장 가능성을 보여준 산물이라 하겠다. 비록 세인을 경악시킬 만한 작품은 아닐지라도 이만한 작품을 《대구문학》에서 만날 수 있다는 것은 대구소설계를 위한 밝은 미래를 약속하는 것 같아서 반가울 뿐이다.

투명한 작가 정신

《대경기독문학》 2호에 게재된 이수남의 「턱뼈의 언덕」과 제갈민의 「두 노인」 이 두 편의 소설은 우리의 기대에 값할 만큼 상당한 무게를 담고 있다. 투명하면서도 건실한 작가정신이 묻어나는 것은 말할 것도 없고, 작가의 문장력과 상상력의 탁월성을 입증해 주기 때문이다. 이 말은 두 분의 작가는 무슨 소재든지 자기 것으로 소화하여 작품화할 수 있는 역량을 가졌다는 의미를 내포하고 있다. 아무리 좋은 이야기라도 그 표현력이 부족하면 소기의 목적을 달성할 수 없다는 것은 자명한 이치에 속하는 것과 맥을 같이한다.

이수남의 「턱뼈의 언덕 - 삼손의 이야기」는 민간에서 구전으로 전승된 영웅 이야기로 추정되고 있으며, 구약 성경의 사사기 13장에서 16장에 걸쳐 전개되는 삼손에 대한 말씀을 작품화한 것으로 이에 대한 기존의 작품들이 소설, 영화, 동화 등으로 수없이 선을 보였음에도 불구하고 작품화를 시도했다는 것부터가 예사롭지 않다. 기독교인이나 또는 불신자들까지도 삼손과 들릴라에 대한 이야기는 보편화 내지는 상식화되어 있지 않은가. 널리 알려진 이야기를 재구성하여 작품화할 때는 작가의 관점이 특이하거나, 새로움이 첨가되거나, 그렇잖으면 기존의 작품세계를 완전히 뒤엎고 출발해야 하는 어려움이 내재하게 된다.

성경에서는 삼손에 대한 포커스(초점)는 하나님 말씀의 약속의 비밀을 지켰을 때는 무한한 능력을 발휘할 수 있었지만 배반했을 때의 패배와 추락을 극명하게 보여 준다. 나아가 그가 진심으로 회개하며 간절히 기도했을 때, 다시 용서함을 받고 힘을 얻어 그의 생애에 가장 큰 승리를 얻게 되고, 동시에 생을 마감하는 것으로 끝이 난다. 그렇다면 이수남의 소설은 어떠한가.

소설의 제목에서부터도 그의 고심의 흔적을 엿볼 수 있다. 「턱뼈의 언덕」 이것만으로는 무슨 짐승의 턱뼈인지, 턱뼈만 모아 놓은 언덕인지 분간하기조차 어렵다. 사사기 15장 15-17절에 기록된 내용을 보면 나귀의 새 턱뼈로 블레셋 사람 일천 명을 죽이고 한 더미, 두 더미를 쌓았고, 그곳을 라맛레히(턱뼈의 산)라 이름하였다는 데서 끌어온 말인 것이다. 여기서 간과해서는 안 될 중요한 포인트가 있다. 그것은 바로 제목이다. 작가가 단순한 인간관계의 형성과 힘의 과시에 두지 않고, 하나님의 약속 이행과 임재가 있을 때, 큰 능력이 발휘된다는 깊은 신앙에 근거하고 있다는 점이다. 이는 작품 전체를 관통하는 핵심이기도 하다.

소설 들머리에서도 작가는 리얼리티를 확보하기 위해서 이스라엘 지도를 펴놓고 치밀한 기획을 시도했으며, 나아가 성경의 주석들과 방계적인 자료를 수집, 섭렵하고 있음을 확인할 수가 있다. 게다가 상상력까지 가미한 대목에서도 작가는 대단한 야심을 가지고 이 작품을 쓰고 있음을 읽을 수 있게 한다. 또한 성경에서는 삼손의 어머니 이름은 기술되어 있지만, 이 소설에서는 '다스말' 이라는 실감나는 이름을 만들어 사용하고 있으며, 이방 여인 '로데' 와 그의 동생

'미리암', 그 외 아버지 '아마샤' 등도 작가가 만들어 놓은 이름들이다. 작가는 상상력뿐만 아니라 사실에 근거해야만 공감을 줄 수 있다는 데 충실하려는 노력들이 여러 군데서 나타나고 있다. 길르앗의 용사 압돈과 여호수아의 이야기 등도 그렇다. 이러한 것들이 결과적으로 성경 원전에는 조금도 손상을 끼치지 않으면서도 작가의 문장력과 상상력이 이를 극복하고 작품화되고 있음을 강점으로 평가하고 싶다. 새로움이 돋보이는 점들은 없지만 영웅 삼손에 대한 이야기를 이러한 구성 기법으로 재치 있게 활용한 점과 상황 설정에서 조화를 이루는 묘사의 탁월성 그리고 저변에 관류하는 작가의 신앙 등이 작품을 지탱해 주고 있다. 그의 작가적 위상과 결부시켜 보면 이만한 역작은 그렇게 놀랄 일만은 아닐 것이라고 단정하고 싶다.

제갈민의 「두 노인」은 특이한 소재는 아니나 늙어서도 배움에 대한 열정을 가진 두 분의 정신세계가 오늘을 살아가는 노인들에게 감동을 줄 수 있다는 점에서 좋은 인상을 줄 수 있으리라 여겨진다. 게다가 노후 대책이 전무한 기가 막힐 지경의 생활 속에서도 개의치 않고 밝고 맑은 마음으로 살아갈 수 있다는 것은 이 세상이 결코 어둡지만은 않다는 작가의 밝은 정신세계가 환하게 펼쳐지는 것 같다.

공 여사의 배움에 대한 갈증은 그녀로 하여금 검정고시를 거쳐 방송통신대학 국문과에 입학하게 한다. 며느리의 편견과 아들 눈치를 보면서도 그의 열정은 멈추지 않는다. 곁들여 같은 과의 늙은 노 씨가 있어서 그의 외로움은 많이 가벼워진다. 특히 노 씨는 쌍둥이 손자를 남겨 두고 집 나간 며느리, 그리고 그의 아내를 찾으려고 나선 아들, 그 와중에서도 쌍둥이 손자를 방에 감금해 두고 방송통신대학 기말고사를 치르면서도 마음 한 자락에 자리 잡고 있는 공 여사에 대한 막연한 연민의 정은 승화된 삶의 한 모습으로 묘사된다. 노 씨의 애틋한 삶 자체조차도 그의 향학열을 꺾지 못하는 숭고한 정신이 값진 것으로 다가온다. 인간의 강인한 의지력이 우리의 상상을 뛰어넘고 있음을 보여 주는 대목이 이 작품의 강점이라 하겠다. 길지 않은 분량이지만 깔끔하게 처리한 섬세한 문장력과 작가의 재능은 우리의 주목에 값한다고 하겠다.

특히,

"내 며느리가 예전엔 저를 썩 무시하더니 요즘은 퍽 존경하는 눈치입니다." 그 말은 두어 시간 전 "어머님이 뭘 아신다고 그러세요?"라는 말을 듣고 무척이나 서운해 있던 공 여사의 가슴에 섬광처럼 날아와 박혔다.

라는 구절과

"공 여사님! 하고 부르는 이이 입에선 향내 같은 게 난다. 이이가 공 여사님! 하고 부르면 어디선가 봄바람 같은 게 살랑거리며 날아온다. 저 조용한 눈빛 줄기에 앉아 하루만 보냈으면, 얼마나 부드러울까."

라는 표현에서는 시적 감흥까지 불러일으킨다. 소설이 현란한 수사를 요구하지는 않지만 필요한 경우에는 이렇게 표현하는 것도 신선미를 줄 수 있다는 것을 이 작품에서 그 예로 제시해 주고 있다고 하겠다.

인간은 어쩔 수 없이 나이가 많아져도 감정은 그대로 유지되고 있음을 가감 없이 보여 주는 아름다움이 있다. 남녀 간의 사랑이 젊은 이들만의 전유물이 아니고 비록 늙었지만 사랑의 고귀함과 그것이 삶에 활력소가 되고, 기쁨과 즐거움을 주고 있음을 이 작가는 덤으로 독자들에게 선물로 주려는 의도를 충분히 눈치챌 수 있게 한다.

《대경기독문학》에서 이만한 수준의 작품을 대면할 수 있다는 것은 바로 지가紙價를 올리는 한 요인이 될 수 있으리라 평가하고 싶다.

넉넉한 여유와 잔잔한 감동

《죽순》 40호에는 송일호의 「보릿고개」, 구자명의 「꽃들은 슬픔을 말하지 않네」, 김의규의 「탈출기 2」, 강인석의 「귀로歸路」, 이정하의 「뉴욕에서 온 편지」 등 5편의 소설이 게재되어 《죽순문학》이 다양한 장르를 수용한 면모를 보여 주고 있다. 이 글은 양적 부피와 문학적 가치와는 일치하는 것이 아니기 때문에 이에 대한 논의와 여과 장치가 필요하리라는 데서 비롯된다. 무엇보다 작품에 대한 애착과 진지한 마음가짐은 어느 작가에게나 주어진 요건이지만, 그 경중에서는 독자들이 엄격하게 감지하고 있음을 간과해서는 안 될 것이다.

송일호의 「보릿고개」

지금의 젊은이들은 이 소설을 읽으면 도무지 실감이 나지 않을 것이다. 그러나 30, 40년대에 살았던 노인들은 그때 일을 생생하게 기억하고 있을 것이다. 보릿고개(식량이 소진될 쯤 아무것도 먹을 것이 없었던 시기) 송일호의 이 소설은 농촌의 한 단면을 리얼하게 처리한 작가의 역량을 가늠할 수 있게 하는 작품이다. 사건 처리나 구성 면에서도 나무랄 곳이 없다. 다만 표현에 있어서 더 무게 있게 독자들에게 다가갔으면 하는 아쉬움이 남는다. 이 말은 가볍게 서술하기보다 한 문장, 한 문장에 더 심혈을 기울었으면 훨씬 더 독자들에게 공감과 아울러 감동까지도 깊게 심어줄 수 있음을 의미한다. 반면에 아주 세밀한 곳까지 닿아 있는 작가의 관찰력은 직접 체험에서만 가능한 산지식에 속한다. 상갓집에 신발 벗어 놓았을 때의 장면이나 산비둘기 울음의 내용을 서술한 부분, 그리고

> 까투리가 새끼를 몰고 다니는 것이 사람 눈에 뜨일 때가 있다. 어미가 위험 신호를 하면 새끼들은 풀잎을 입에 물고 나뭇잎 사이에 거꾸로 누워 있다. 철저한 보호색인 그들은 눈앞이라도 식별할 수가 없다.

그가 얼마나 농촌 생활에 익숙해 있으며, 그리고 작은 것 하나라도 놓치지 않는 그의 작가적 안목과 섬세함까지 엿보게 해 주는 대목이다.

> 보리밭에 쓰러진 큰골댁 눈에는 아무것도 보이지 않았다. "응아- 응아-" 고요한 산골에 아기 울음만 메아리쳤다. 보리들만 고새를 숙이고 큰골댁을 내려다보고 있었다.

큰골댁의 자녀들에 대한 궁금증은 뒤로 미루고 이렇게 끝맺음으로 처리한 부분은 다소 작가의 의도가 작용했더라도 무리가 되지 않는 것은 단편소설의 본질을 터득하고 있는 작가의 역량으로 평가해야 할 것이다. 여타의 그의 작품 경향에 비한다면 이 작품은 작가로서는 상당히 심혈을 기울인 흔적이 묻어 있는 것으로 간주된다.

구자명의 「꽃들은 슬픔을 말하지 않네」

이 작품은 소설이라기보다는 수필의 영역에 더 가깝다. 백두산 관광하기 전날 밤 조선족 식당에서 있었던 에피소드를, 그것도 극적 상황도 없는 단순한 이야기를 서술하고 있기 때문이다. 콩트에 넣기도 적합하지 않고, 수필에 포함시키는 것이 나을 것 같아서 여기서는 거론하지 않기로 하겠다.

김의규의 「탈출기 2」

절제되고 축약된 재치가 앞서가는 느낌을 준 콩트다. 멋지게 아비로서 해 줄 수 있는 최대의 호의라고 상상하면서 딸과의 데이트를 계획한 것이 허망하게 무산되자 상심한 아버지 김 씨(김 부장)의 마음 상태와 외형에 나타난 모습을 잘 그려주고 있다. 무엇보다 작가의 잠재된 역량과 기질 등을 가늠해 주는 작품이라 평하고 싶다.

강인석의 「귀로歸路」

이 작품도 콩트다. 인생을 살아봐야 조금은 터득할 것 같은 사상, 곧 '나'의 존재 가치에 대한 사려가 깊게 깔려 있다. 호평을 받을 만큼 깊은 감명과 인상은 주지 못했지만 작품화를 시도했다는 용기에 먼저 박수를 보내고 싶다. 창작을 하다 보면 개중에는 작가자신에게도 만족감을 줄 뿐만 아니라 활자화했을 때, 독자들에게 즐거움을 선물로 안겨 줄 작품도 출현할 수 있다는 기대를 갖게 해 준다.

이정하의 「뉴욕에서 온 편지」

잔잔한 감동을 주는 작품이다. 사랑의 힘이 얼마나 큰지, 그리고 남녀 간의 사랑 때문에 인생까지도 변화시키는 힘(그것이 좋은 면에서든 부적절한 면으로 흘러가든)이 지대하다는 것을 다시 한번 환기시켜 주고 있다. 원래 깊은 사랑은 체험하지 못한 사람들에게는 이런 류의 사랑에 대해서는 냉소적일 수 있겠지만 그렇다고 특이하다고만은 말할 수 없는 보편성에 닿아 있다. 더구나 작품의 구성에 있어서도 김 사장의 입을 통해서 주인공 현유석(치과의사)에 대한 얘기가 전개되는 것이 아니고, 뉴욕에서 온 편지를 통해서 전체 이야기가 결말 지어가는 수법도 재치 있는 솜씨라 해야 할 것이다. 무엇보다 작가의 문장력과 구성에서 보여준 탁월성이 이 작품의 무게를 더해 줄 뿐만 아니라 소설의 내용도 진부하고 단순한 연애 이야기가 아니고, 독자들에게 감동을 주는 매력을 갖고 있다는 것이 이 작품의 가치를 높여 주고 있다.

작품이 단순히 작가의 의욕과 열정만으로 성취되는 것이 아니기 때문에 작가의 역량, 부단한 노력과 심혈을 경주하더라도 가시적인 기대치에 도달한다는 보장이 없는 것이 일반 제조업에 종사하는 사람과 차별이 되는 독특한 영역인 셈이다. 그런 만큼 《죽순문학》에 게재된 작품들의 경우에는 작가 자신만으로도 어느 정도 만족할 만한 수준에 와 있는지 자신에게 물어 보는 것도 무의미하지만은 않을 것이다. 작가는 늘 처음이자 마지막이라는 각오로 계속 정진한다면 좋은 작품을 쓸 수 있다는 가능성은 작가의 몫이기 때문에 좌절할 필요는 없는 것이다. 끝으로, 아무리 좋은 비평이라도 그 작품을 능가할 수 없다는 사실을 인식하고 평자의 견해에 민감한 반응을 보일 이유도 없는 것이다.

사랑의 변주變奏, 기법의 조화

    소설이 단순히 현실의 반영이나 독자들을 현혹시키기 위한 테크닉에 함몰되면 예술세계로부터 멀어지게 됨은 자명한 논리에 속할 것이다. 그러나 현실을 뛰어넘어 예술세계로 승화시켜 독자들에게 감동 내지는 신선한 충격을 주거나 소설의 기법을 조화시켜 한 단계 성숙한 작품으로 다가올 때, 우리는 더 관심과 애착을 갖고 끝까지 작가의 의도대로 끌려가게 될 것이다. 《대구문학》 73호에 게재된 류경희의 「그녀의 이야기」와 윤장근의 「침묵沈默의 강江」이 바로 위에서 언급한 후자의 예에 속한다고 하겠다.

    류경희의 「그녀의 이야기」는 순수한 연애소설이다. 흔히 보고 느끼는 애정행각에서 비롯된 저속한 사랑 이야기가 아니고, 오늘을 살아가고 있는 우리 주변에서 조금은 드문 플라토닉한 사랑 이야기다. 감각에 익숙해져 있는 젊은이들에게는 하잘것없이 보일지 몰라도 작품에 내재된 작가정신을 읽을 수 있다면 값진 보답이 될 것이다.

    참된 사랑의 의미를 인식하지 못한 경지에서 자기를 진심으로 사랑해 주는 남자를 멀리하고 다른 사람과 결혼했지만 다섯 번의 유산으로 더 이상 아기를 갖지 못하게 됨에 따라, 압박해 오는 무거운 짐을 견디다 못해 스스로 이혼을 제기하게 된다. 이는 타인에 의해서 불행하게 된 것이 아니고, 모든 불행의 원인이 자신에게 있음을 강하게 비치고 있다. 잘못된 출발이 자신을 망가뜨리며, 나아가 죽음에 이르게 되는데, 이는 젊은 세대들에게 사려 깊지 못한 행동이 엄청난 결과를 초래한다는 경고의 메시지를 담고 있다. 때로는 적극적이지 못한 행동과 태도가 다른 사람에게 불행을 안겨 주게 된다는 사실도 제시하고 있다. 또한 소극적인 태도나 소심한 사람보다는 적극적이고 어쩌면 저돌적이라 할 만큼 강하게 행동하는 사람을 요구하고 있다는 암시도 깔려 있다고 볼 수 있다. 자신은 전혀 잘못한 것이 없다고 항변할는지 모르나, 어정쩡한 태도가 다른 사람으로 하여금 엉뚱한 길로 인도하게 된다는 사실도 곁들이고 있다.

> "왜 그렇게 망설였어? 나는 너의 그 망설임이 싫었어. 언제나 일정한 거리를 유지하면서 나를 대하는 너의 그 소심함과 사랑이라는 감정 앞에서도 자연스럽지 못하고 늘 어색하게 망설이는, 그 못난 망설임이 싫었어. 넌 사랑을 표현할 줄 몰랐거든. 답답했어. 내가 너를 떠난 이유야."

이 작품에서는 '나'라는 남자의 성격이 일관되게 처리되어 있어서 그것만으로서도 평가의 대상이 될 수 있을 것이다. 그럼에도 불구하고 끝부분에서 절정을 위한 장치로 그녀를 죽음에 이르게 하는 극한 상황을 설정했으나 "죽기에 좋은 시간이야… 잘 가, 친구야."라는 복선이 깔려 있지만 필연성의 결여가 엿보인다. 자기와의 치열한 싸움에서 도출되는 내면세계의 심리 묘사가 더 가미되었으면 하는 아쉬움이 남는다.

이 소설은 특이한 소재는 아니지만 작가는 조금도 흥분하지 않고, 아주 차분하게 그리고 거침없이 진행해 가는 이야기 솜씨와 문장력이 이 작품을 지탱하고 있다. 이만한 이야기를 한 편의 단편소설로 엮어낼 수 있다는 것만으로도 그의 역량을 가늠케 하고 있다. 끊임없이 탐색하는 자세를 견지한다면 그의 작가적 지위는 더 한층 탄력을 받아 상승하게 될 것이라는 믿음을 갖게 해 주고 있다.

윤장근의 「침묵沈默의 강江」은 근래에 읽은 소설 가운데 가장 나의 뇌리에 깊게 각인된 작품이다. 그것은 작가의 치밀한 이야기 구성과 재능이 번쩍이는 技法에서 오는 調和의 신선함도 작용했겠지만, 작품에 내재해 있는 작가정신의 건실함도 한몫을 했으리라 진단된다.

이 작품은 모두 여덟 단락으로 짜여 있는데, 그중에서도 1, 3, 5, 6, 8 단락은(여기 숫자는 편의를 따라 필자가 삽입한 것이며, 단락마다 한 행씩 띄어 놓았기 때문에 누구나 식별할 수 있게 되어 있음) 일본 후쿠오카를 비롯한 천주교 순교 유적지에서의 이야기면서도 핵심인 2, 4, 7 단락의 이야기로 연관성을 유지하고 있는 구조상의 특징이 예사롭지 않다. 일반 독자들에게는 1단락이 끝나고 2단락으로 넘어갈 때 조금은 당황했을 법도 하다. 엉뚱한 이야기가 불쑥 등장하고 있기 때문일 것이다. 그러나 그 윗글에 보면 "지금 내 마음이 이리 흔들리고 있을 때"라는 복선이 16행에 달하는 다음 단락으로 연결되는 데는 무리가 없음을 눈치챌 수 있게 한다.

기행문을 읽는 느낌을 주다가 소설로 전환시키는 솜씨를 결코 가볍게 볼 수 없도록 압박하는 것 같기도 하다. 3단락 중간에는 내일 아침에 해야 할 일들을 10행으로 처리하면서 "긴 시간의 성체조배와 끊임없이 이어졌던 묵주기도로써도 잠재울 수 없었던 이 어지러움을" 작가는 나(김 선생)라는 인물이 일본 여행을 하면서도 가슴속에

웅어리로 남아 있는 이해할 수 없는 억울함을 슬쩍 흘리고 있다.

작가는 소설의 기법을 자유자재로 활용하면서 자기의 목적지를 향해 끊임없이 질주하는 데 너무 익숙해져 있다는 점에서 경이로움마저 주고 있다. 단순히 기행문으로 끝나는 것이 아니고, 포르투칼 신부 로돌리코가 일본 선교에서 겪는 고초와 갈등, 또한 포르투칼 예수회에서 일본으로 파견된 페레이라 신부, 그는 "목숨을 버릴지언정 하느님을 버리지 않을 신념을 갖고 있었고, 하느님의 사랑으로 인하여 갖게 됐을 온유함으로 광채가 날 것 같은 성직자"이면서도 나가사키에서 구덩이 속에 달아매는 고문을 받고 배교한 이야기 등을 대비시키고 그것은 곧 내(김 선생)가 겪고 있는 혼란과 고통과도 연결시켜 독자들로 하여금 깊은 인상을 심어주는 데도 탁월한 재능을 발휘하고 있다.

처음에는 김 선생이 학생을 체벌한 데서 출발은 했지만, 가난한 집안 사정과 정신적으로도 지탱하기 어려운 여학생 제자 은숙이를 순수한 마음으로 어쩌면 차원 높은 스승의 사랑으로 도와준 것이 도리어 성희롱으로까지 비화하면서 확대 재생산되어 교직을 떠나야 하는 상황을 순교자와 또는 한없는 갈등과 고통 속에서 선교하는 분들을 떠올리면서 극복하려는 김 선생의 의지를 부각시켜 주고 있다. "내가 퇴임 후에 겪고 있는 혼란과 하느님의 침묵에 대한 갈등을 해소하는데 도움이 될 거란 생각"이 나가사키 천주교 순교 유적지 여행에 참가하게 된 동기가 된다. 나아가

"밟아라. 네 발의 아픔은 내가 잘 알고 있다. 그 말씀 말이지요?"

"예. 그리고 '나는 침묵하고 있는 것이 아니다. 너와 함께 괴로워하고 있었을 뿐이다' 라고 하신 말씀을."

로돌리코 신부가 성화를 밟을 때 들었던 주님의 말씀을 주인공은 기억하면서 "나도 이제는 저 조용한 강물처럼 하느님의 침묵에 인내할 수 있을 것이다."고 다짐하는 대목에서도 작가의 진취적이고 적극적인 정신 자세를 보게 된다. 특히 이 작품은 꼭 작가 자신이 직접 겪은 체험담을 이야기하듯이 기술하고 있기 때문에 독자들이 생동감을 갖고 읽게 된다는 점과 아울러 그만큼 사실적이고 설득력을 획득하고 있다는 점에서도 이 작품의 우월성이 인정된다고 하겠다. 이는 윤장근의 작가적 능력의 결과로 돌려야만 할 몫이기도 하다. 대구라는 지방 도시에서도 얼마든지 중앙무대에서 활동하고 있는 작가들을 압도할 수 있는 작가가 배출될 수 있다는 가능성까지 기대해도 무리가 아님을 입증해 주고 있다.

비평가가 어떤 말을 할지라도 「그녀의 이야기」와 「침묵沈默의 강江」은 작품으로서 영원히 남아, 뜻있는 독자들에게 기쁨과 즐거움을 선물로 안겨 줄 것이며, 넉넉한 여유와 많은 여백을 미적 세계로 채울 수 있는 작가라는 것을 인정하도록 강요하는 것 같다.

묘사와 표현의 탁월성

아무리 탁월하고 재치 있는 작가라도 현실을 뛰어 넘어 새로운 세계를 창조하여 독자들에게 제공한다는 것은 우리가 소설을 읽으면서 기대하는 목적과는 꼭 부합하지 않는다고 하는 견해가 타당할 것같다. 여기 두 작가의 경우는 현장을 세밀히 관찰하여 묘사와 표현의 탁월성을 한껏 발휘하여 작품으로 우리에게 다가왔을 때 우리는 웃으면서 작가의 재치와 필력에 감동하면서 공감을 갖게 된다. 중단없이 읽을 수 있게 만드는 것은 작가의 몫이지만 독자의 태도도 이에 못지않게 한 축을 담당한다고 보아야 하겠다. 아무튼 이 작품들은 독자들을 작가의 세계로 끌어들이는 데는 성공하고 있다.

송일호의 「청첩장」은 작가 특유의 유머 감각이 돋보일 뿐 아니라 일상사에서 경험하는 혼사 때 부조문제를 여러 각도에서 조명하면서 독자들을 끌어가는 재치가 유감없이 투영되고 있는 작품이기도 하다. 게다가 정확한 통계자료를 제시하여 사실성을 확보한 것은 물론이고 독자들의 공감대 형성에도 기여하고 있다. 그러한 면들이 논리성을 갖춘 논설문의 일부 같기도 하고 수필 같기도 한 것이 이 작품의 특성이기도 하다. 특히 작가의 재치 있는 글 솜씨를 확인시켜 주는 듯한 인상도 지울 수 없게 한다. 더욱 주인공 김 사장이 과년한 딸을 결혼시키기 위해서 애쓰는 장면과 사진관에 자기 가족사진이 전시되어 있다고 선전을 해 두었는데 실제로는 자기 가족들보다 못난 다른 사람의 사진이 걸려 있다는 반전 등에서는 독자들로 하여금 한층 흥미와 웃음을 더해 주는 역할을 담당하고 있다. 이 작품은 중후한 무게를 느끼게 하는 작품은 아니지만 우리 주변에서 볼 수 있는 현상성에 중심을 두고 웃음을 선물로 주고 있다. 꼭 소설이 전형적인 틀에 묶일 필요가 없다는 것을 입증이라도 하듯 당당하게 우리 앞에 선보여 주고 있다. 송일호의 작품은 한번 읽기 시작하면 끝까지 읽게 만드는 마력이 있는 것 같기도 하다. 이만한 소재를 가지고도 하나의 작품을 만들어 내는 그의 작가적 역량을 높이 평가해야 할 것 같다.

장정옥의 「자고로 해탈」은 소설가의 첫째 요건이 문장력이라고 한다면 바로 여기에 적중하는 작가라 하겠다. 장정옥의 이 작품은 묘사와 표현의 문장력을 빼 버리면 잎이 떨어진 앙상한 겨울나무처럼 볼품없는 꼴이 될 것이라는 느낌을 갖게 한다.

우리 주변에는 말로 표현 못 할 정도의 숱한 사연들도 있지만 그중에서도 일반 독자들이 간과하기 쉽고 생소하여 별 관심도 없는 출판업에 종사하는 사람과 그 주변, 알고 보면 외형적 상황과는 사뭇 다른 참담한 현실이 있음을 우리 앞에 펼쳐 놓고 있다. 그런가 하면 뼈를 깎는 교육과 수련도 거치지 않고 중이 되는 사건들, 시니컬한 현실의 고발과 또한 인어들과 그 군상들, 그 틈바구니에서 LA로 딸을 데리고 떠난 아내를 생각하는 건실한 기러기 아빠 등이 우리네 현실을 대변하는 듯하다. 특히 독자들에게 겉으로는 책을 만든다는 것은 사회에 문화적인 측면에서 그 일익을 담당하는 사명감 같은 무게를 보여 주지만 그 내면은 판매되는 책들에 대한 내막을 가감 없이 표현하고 있어 정보 제공은 물론이지만 또 다른 측면에서 신선한 충격을 주고 있다.

안면 있는 서점 주인의 말을 빌리면 그런 대로 팔리는 소설의 수명이 고작 석 달이라고 한다. 경기가 불안할 때는 오로지 최고와 최저의 기록이 남을 뿐이며 출판시장에서 살아 남고, 죽고는 간단하게 세 가지 요건으로 좌우된다고 덧붙였다. 나름대로 문학성을 지닌 작품을 만들든지, 아니면 흥미 위주로 가벼운 읽을거리에 초점을 맞추든지, 그도 아니면 비소설로 사람들의 관심사에 핀을 꽂든지, 서점 주인의 말을 전적으로 믿을 건 못 되지만 독자들이 어중간한 반거충이를 용서하지 않는다는 말은 공감이 간다. 얼짱, 몸짱, 노래짱, 끼짱, 마음짱… '최고'로 통하는 신조어가 유행을 끌고 가는 시대에 문학판이라고 다를 것이 뭔가. 재미나 흥미는커녕 문학성까지 거론할 수 없는 책이면 가판대는 고사하고 책장에 즐비하게 꽂혀 있다 먼지투성이가 되어 내려오기 일쑤다.

이러한 정보 제공은 우리의 지적 사고의 폭을 확장시키는 데 도움을 주고 있다. 여성 작가답지 않게 대담한 필력과 사물을 보는 안목이 넓고, 게다가 거리낌 없는 작가적 태도가 많은 사람들에게 호감을 주고 있다. 또 한 사람의 귀중한 작가를 만나볼 수 있다는 것은 지역사회에서는 자랑이 아닐 수 없다. 더구나 그가 2008년도《여성동아》장편소설 공모 당선작인「스무 살의 축제」의 작가라는 것이 조금도 어색하게 들리지 않는 이유도 여기에 있다.

여성이면서 혼자 남아 살고 있는 남성의 심리 묘사까지 관통하고 있는 점에서도 그의 지적 범위가 얼마나 확장되고 있는가를 짐작게 하는 대목이다. 또한 많은 작품을 섭렵하고 얻은 풍부한 지적재산을 간직하고 있음을 보여준 점에서도 그가 얼마나 피나는 노력을 경주하고 있는가를 작품이 대변하고 있다.

작가 스스로도 묘사와 표현에 심혈을 기울인다고 말하듯이 이 부분에 많은 시간을 할애하고 고민한 흔적을 발견하기가 어렵지 않다. 이는 소설에서는 장점도 되지만 동시에 단점도 될 수 있다. 배경묘사나 인물묘사 또는 그 주변의 상황 등을 수사력을 동원하여 표현에 집중하게 되면 독자들을 이끌어가는 긴장감이 약화되는 경우와 흥미의 중단 등도 드물지 않게 보게 된다.

장정옥 작가는 이런 면에서는 나름대로 많은 배려를 하고 인식하고 있다는 것은 그의 앞날을 기대해도 실망시키지 않으리라 확신한다. 「스무 살의 축제」 중에서 출판사와 관련된 부분이 「자고로 해탈」에서도 중복된 것을 볼 수 있지만 이것 때문에 두 작품 모두에게 누가 되는 것은 아니다. 그러나 권장할 이유는 없다는 것만은 확실하다.

《죽순》지에 이만한 작품들을 게재하게 되었다는 것은 지가紙價를 올려줄 뿐만 아니고 작품으로서도 그 가치를 충분히 인정되고 있다는 데 의의가 크다고 하겠다. 대구라는 지방의 한계를 넘어 세계로 향할 수 있다는 것은 주목할 만한 값어치가 있다고 하겠다.

간과할 수 없는 두 유형의 삶

《대구문학》 78호(2009년 봄 호)에는 인간에 잠재된 의식세계를 현실과 밀착시키며 예리하게 통찰해 주는 문형렬의 「작은 울음의 세계」와 우리네 사회 전반에 깔려있는 시정해야 할 부분들을 지적하면서 미래에 전개될 기막힌 사건을 작가 특유의 글 솜씨로 표현해 주고 있는 송일호의 「족보」가 게재되어 있다.

문형렬의 이 작품은 쉽게 대충대충 읽어도 이해될 만한 소설이 아니다. 모든 작품 감상과 비평은 이해로부터 비롯된다는 이론이 이 작품에서도 그대로 적용되어야만 할 것 같다.

중소 기업체의 경리부장인 나, 강주명姜宙明과 꿈속에서 만난 미국에서 전자공학을 전공하고 대기업의 연구소에 근무하는 친구 권정오, 그와의 중학교 시절, 자전거 타다가 발을 다친 것이며, 자전거 타고 가다가 아주머니를 덮쳐 다치게 한 일 등의 이야기에 이어 꿈속에서 권은 없어지고 치과 의사인 친구 장병권과 만난다. 자전거 이야기는 장병권의 자전거 뒤에 타고 가다가 발을 다쳤다는 것이다.

장이 스산한 낯빛으로 바뀌며 내게 손을 내민다. 기억의 차이는 어디서 오는지 알 수 없다. 그는 고개를 갸웃하며 장에게 손을 내미는데 그의 손을 잡는 이는 장이 아니다. 우구현이 그의 손을 잡고 있다.

그는 재수를 해서 의과 대학에 진학했는데 소식을 잘 모르고 있으면서도 중학교 때 우와 시험 공부를 하면서 우의 형 성현이와 대게 세 마리에 얽힌 재미나는 이야기가 전개된다. 그리고 우가 정신통일을 한다면서 겨울밤에 장독대 위로 올라가 방석을 깔고 몸이 꽁꽁 얼 때까지 손을 가슴팍에 합장하는 장면, 시험 결과가 잘 나왔는지는 기억에 없고 신앙촌 전도관에 다니면서 손바닥에 불이 나도록 박수를 치고 나면 가슴이 후련하다고 한 일 등, 꿈속과 현실을 번갈아 가면서 서술하고 있지만 사실 따지고 보면 거추장스럽게 프로이드의 '꿈의 해석'을 들이댈 것도 없이 우리가 사는 이곳도 바로 꿈의 세계가 아닌가. 물론 작가는 꿈속과 현실을 어느 정도 구분하고 있지만 넓은 시점에서 볼 때는 모두가 꿈속이며 그것은 바로 현실이기도 하다. 작가가 "삶은 모두 신기루다. 버릴 수 없는 신기루다."라고 한 말에서도 이를 확인시켜 주고 있다. 이 작품은 여기까지가 나 강주명과 친구들과의 이야기고 본격적인 이야기는 주인공 강 부장에게로 옮겨간다.

경리부장이면서도 철두철미하게 자기 주변 관리에 엄격했고, 그로 인해 사장이 너무나 모범적인 직원이기에 자기 질녀와 결혼시킨다. 아이 둘이 자라는 모습을 지켜보는 일은 아름답고 행복한 일이었다고 한다. 그러던 어느 날 그는 해가 서쪽에 있고, 그 해를 향해 비행기 한 대가 오르자 제주도로 향했고, 성산포 앞바다에 앉아 있었다. 두세 달에 한 번씩 회사에서 일하다가 사라졌다. 서해안 개펄, 울릉도, 지리산 등 착실한 사람이 갖는 정신적 방황, 그리고 누구나 한 번쯤은 아니 여러 번이라도 강 부장처럼 훨훨 떨어버리고 마음 내키는 대로 가고 싶은 충동들을 다 갖고 있지만 경제적 여건과 아내, 자식들 또 부모 형제,이웃과의 관계나 생업에 종사하고 있는 인간관계의 압박감과 긴장감 등으로 주저않고 있다. 강 부장의 행동은 어쩌면 우리에게 대리만족을 충족시켜 준다고도 볼 수 있겠다.

그는 사막을 동경했고, 또 자신은 낙타라고 생각하고 있는 것은 바로 우리가 살고 있는 삭막한 현실과 마주치게 하고 있다. 우리 인간이 어쩌면 사막 같은 세상에 있으면서도 거기를 떠난 낙타가 아닐는지를 작가는 우리에게 질문하고 있다고 하겠다. 낙타는 사막에서 제 구실을 할 수 있기 때문이다. 그가 친했던 친구들과 만난 꿈도 그가 수술 날짜를 받아 놓고 아내와 애들이 편지를 써 놓고 나간 빈 아파트에서 꾼 꿈이었다. 이 장면에서도 우리 인간은 완전히 생활의 범주에서 벗어날 수 없는 한계를 발견하게 된다. 다른 조직으로 전이가 안 된 위암 수술을 앞둔 시점이나 친구들과 해후하는 꿈 자체가 인간이 갖고 있는 당위성의 귀결이라는 점이 부각되고 있기 때문이다. 현대를 살아가는 우리의 모습이 강 부장과 같은 처지가 아닐까 하는 문제를 제시하고 있다고 하겠다. "사막을 가고 싶었다. 낙타는 길을 묻지 않는다."는 두 행의 의미심장한 시적표현은 멋이 있어 더욱 눈길이 간다.

뜨거운 모래알이 손바닥에 고스란히 들어 있다가 찾을 수 없는 그리움처럼 주르르 흘러내린다.

끝내 우리는 잡았다고 생각하면서도 놓치고 마는 그런 상태에 머물러 있을 수밖에 없지 않는가. 앞에서도 언급했지만 이 작품은 단순하게 그냥 스쳐 지나가듯이 읽어서는 그 묘미를 측량하기 힘들다.

그렇다고 이 작품이 심오한 진리를 내포하고 있다는 말은 아니다. 한 번쯤은 심사숙고하면서 자신을 돌아볼 기회를 주었다는 점에서도 높이 평가해야 할 것이다. 나아가 강 부장 같은 인물을 만들어 낸 작가에게 찬사와 격려의 말을 보태고 싶다.

　구성상의 문제를 제기할 사람들도 있겠지만 전체를 볼 때는 수긍되는 부분이 더 많기 때문에 문제 삼을 것은 없고 도리어 이렇게 작품을 형성해 가는 작가의 역량이 돋보인다고 하겠다.

투철한 작가정신의 발로

　어느 작품에서도 작가정신이 반영되겠지만 여름 호의 경우에는 세 작품에서 보여준 작품 속에서의 작가 모습이 너무나 뚜렷이 구별되며 나타나고 있다는 점에서 작가의 개성을 엿볼 수 있고, 나아가 투철한 작가정신의 발로로 이어지고 있다. 동시에 작가의 이름으로 활자화가 되었을 때 파급 효과에 대해서도 한 번쯤은 짚고 넘어갈 필요가 있겠다는 노파심을 가져 보는 것도 결코 무익하지만은 않을 것이다.

　김금철의 「치욕」은 콩트에 속한다고 하겠다. 작가의 노작에도 불구하고 소설 작품으로서의 문학성을 논의하기에는 미흡한 점이 많이 노출되고 있다. 묘사나 인물의 심리 상태를 배제한 채 스토리 위주로 서술한 점은 독자들에게 감동을 줄 수 있는 토대가 미약하다는 평을 면하기 어려울 것 같다. 좀 더 작품에 대한 진지한 태도와 열정, 그리고 문장력을 향상시키기 위한 부단한 노력도 작가에게 요구된다고 하겠다.

며느리가 병든 시아버지인 송 노인을 구타하게 된 사유가 이 소설의 발단이며, 그 내력을 서술하고 있는 형식을 취하고 있다.

딸만 태어나면 죽으니(셋이나 죽었다) 아들 낳기를 원하던 중에 스님에게 귀한 쌀 됫박을 시주한 결과로 아들 셋 낳을 것을 예언하고 사라진 후에 두 살 터울로 아들 셋을 얻는다. 둘째와 셋째는 직장을 따라 분가했으나 공고를 졸업한 큰아들이 문제였다. 송 노인이 갖고 있던 전답 10여 마지기를 팔아 인근 도시에 전기공사 상점을 차려 주었으나 실패하고 논 닷 마지기를 팔아 부도를 막아 주었다. 또 전답 몇 마지기를 팔아 트럭을 구입해 주었으나, 사람을 치어 합의하는 데 전답 몇 마지기가 들어갔다. 텃논 너 마지기만 남겨 놓고 논을 모조리 팔아 자동차 중고상을 하도록 주선해 주었으나 이것마저 이겨내지 못하고 빚 때문에 아들은 집도 팔았지만 5천만 원이 부족하다고 하소연한다. 송 노인은 집이 도로로 편입되자 텃논 너 마지기를 팔아 집을 새로 짓고 남은 돈 1억 원은 농협에 예금해 둔 때였다. 그래서 이것도 해결해 주었다. 그러나 송 노인은 중풍을 맞게 된다. 그 후 며느리가 와서 돈 얘기를 하자

"안 된다니까, 너 알다시피 이제 전답 한 평 없는 알거지다. 다 너희들 때문이다. 그러고도 무슨 염치로 돈을 달란 말이냐."

송 노인이 벌개진 얼굴로 소리를 질렀다.

"이 노인네가!"

그러자 큰며느리가 별안간 송 노인의 멱살을 잡아 구석으로 홱 밀어버렸다. 한쪽 팔과 다리를 못 쓰는 송 노인은 그대로 고꾸라져버렸다.

흠씬 두들겨 맞은 얼마 후 송 노인은 한쪽 손으로 지팡이를 짚고 헛간에 둔 농약병이 생각이 나서 그쪽으로 걸어가는 것으로 끝이 난다.

아들 귀하게 키워 영광은커녕 그 아들 때문에 패가 망신하는 예를 작가는 강력하게 전달하고 있다. 그것을 지나치게 강조하려는 의욕이 앞서서 서술 쪽에 무게가 옮겨간 결과가 되었다. 우리의 현실은 이 작품이 표방하는 '치욕'보다 더 심각한 이야기들도 많이 있다는 점도 간과해서는 안 될 것이며, 한 단계씩 실패의 내려막길로 내려갈 때의 주인공의 심리 묘사나 처절한 상황 등에 더 세심한 집중력이 가미되었으면 하는 아쉬움을 남기게 하고 있다.

이수남의 「어느 날 문득」은 특별한 내용이나 스릴을 느낄 만한 사건도 없고, 그렇다고 마음에 오랫동안 담아 둘 만한 충격도 없지만 무언지 모르게 우리의 가슴에 스며들어 오는 고요한 감정의 여운이 아름다운 추억의 한 장면을 보는 것처럼 새겨 주고 있다. 이것이 이 작품이 노리고 있는 강점이며, 또 작가의 목적일 수도 있다.

특히 동산의료원 옆의 포풀러 나무나 그 일대의 조금은 넓어 보이던 빈 터와 그곳의 모습을 바로 눈앞에 펼쳐 놓듯이 묘사한 부분 등은 이 작가의 글 솜씨를 유감없이 발휘하고 있다는 증거이기도 하다. 이수남의 근작에는 여러 개의 에피소드를 연결하여 작품을 형성해 가는 구성법을 즐겨 사용하고 있는데 이 작품에서는 에피소드의 연결은 아니나 아홉 개의 단락으로 구성해 놓았다.

소리에 이끌린 듯 사무실 창 가까이 다가갔을 때 펼쳐지는 계명대학교 동산의료원과 큰 시계, 섬유회관과 아미고 호텔, 시야에 들어오는 여러 건물들과 들려오는 소리들 곧 의료사고로 인한 죽음에 따른 애절한 소리 또는 항의 시위하는 스피커의 소리 등이 있으나 아무도 관심이나 배려가 없었다.

둘째 단락은 어느 회사 회장의 회고록 집필에 얽힌 이야기가 전개되고, 아주 오래된 동산동 언덕바지에 대한 추억들이 실타래 풀리듯한 가닥씩 풀려나기 시작했다.

셋째 단락은 "예의 그 소리가 다시 들린 것은 며칠 전의 그때와 비슷한 시각이었다." 그 소리는 구슬픈 타령조가 아닌 찬송가 비슷한 소리였고, 휴대용 스피커를 메고 가는 남자를 발견한다. 그러나 사무실에서 내려와서 찾아보았으나 그 사람은 흔적 없이 사라진 다음이었다.

넷째 단락은 동산동 언덕에 위치한 선교사사택인 붉은 벽돌집과 왜 일본에서 건너와 동산동 언덕배기에 정착했는지에 대한 60여 년 전의 추억, 그때 아버지는 서문시장에서 옷 장사를 한 것과 어묵의 1등 생산자로서 성공한 사촌 형과 어릴 때 시소를 타다가 떨어져 피를 흘리며 사촌 형의 부축을 받으며 집으로 돌아왔던 일이 서술되고 있다.

다섯째 단락은 왜 그 남자는 그런 식으로 찬송가를 부르면서 전도하고 있는 것인가라는 의문을 제기하면서 다시 동산동 언덕배기의 묘사를 계속하고 있다.

여섯 번째는 어머니와 내가 이불 홑청을 함께 손질하고 있는데 아버지가 처음 보는 여자를 데려와서 "히데오야, 작은엄마다. 와서 인사해라."고 한다. 어머니와 아버지와의 소원해진 관계와 작은엄마와 우리 남매들의 이야기가 한 편의 소설처럼 전개된다.

일곱 번째는 운동회가 있던 날의 어머니와 누나들과의 추억담으로 연결되고, 여덟 번째는 아버지의 부재로 인한 우리 삼남매와 어머니의 고달픈 생활상을 보여준다.

마지막 단락은 소리내며 다니던 사내를 따라 골목길을 따라가다가 그 사내는 놓쳤지만 '동산1길-143호'라는 원형의 새 지번이 붙어 있는 집 앞에 이르게 된다. "아, 맞았다. 맞았어, 바로 여기 이 집이었어, 그랬어." 옛날 살던 집이 떠오르면서 회상의 장면들로 엮어진다.

이 소설은 각각 다른 에피소드의 연결이 아니고, 작가 자신이 편의를 따라 설정한 아홉 개의 단락으로 짜임새 있게 탄탄한 구도로 긴밀성을 유지하고 있다. 특히 동산동 언덕배기 일대의 묘사는 이곳을 알지 못하는 독자들에게는 무심코 지나치게 되겠지만 알고 있었던 사람들에게는 그때의 사진을 보는 것처럼 그 사실성에 감탄하지 않을 수 없게 한다. 꼭 소설이 아기자기한 재미있는 이야기들로만 엮어지는 것이 아니고, 이러한 소설도 얼마든지 독자들에게 감명을 줄 수 있다는 예를 실증으로 보여 주고 있다. 이것은 능숙한 작가의 붓 끝에서만 가능하다는 말을 덧붙이고 싶다. 이수남이란 소설가는 작가로서의 모든 면을 구비한 뛰어난 작가라는 점을 이 작품을 통해서도 확인시켜 주고 있다.

이순우의 「마애불」은 숱한 갈등과 미움, 원망과 복수심도 자기 마음을 다스릴 지경에 이르면 극복할 수 있음을 확실하게 표현해 주고 있는 작품이다. 그 힘은 종교에서 비롯된 힘이 가장 강력하겠지만 자신의 변화에서 오는 것이라도 무방할 것이다. 이 작품에서는 부처의 영험이 크게 작용하고 있음에 주목할 필요가 있겠다. 그것은 이미 제목에서부터 내포하고 있기 때문이기도 하다.

내가 혜리가 있을 것을 기대하고 보리암을 찾아가는 데서 이야기는 시작된다. 혜리를 찾고 싶으면 백운산에 있는 보리암에 가보라는 문자 메시지가 지난 토요일에 들어왔기 때문이었다. 특이할 만큼 혜리는 집을 떠나 습관처럼 들락거렸고, 또 전세금까지 빼내어 집을 나간 점 등이 있음에도 그녀를 쉬 놓을 수 없는 것은 그녀를 사랑했기 때문이다.

혜리와 나는 참 묘한 인연으로 엉켜 뒤죽박죽 살아왔다. 결혼 생활 4년

동안 반은 따로 살았다. 혜리의 가출 때문이었다. 역마살이 낀 굿은 팔자, 모든 것 뿌리치고 훨훨 떠다녀야 직성이 풀리는 그 병은 시도 때도 없이 도졌다. 까닭 없이 말문을 닫고 신경질적인 행동으로 제 편찮은 심정을 드러내다가 "우리 헤어집시다."

이 대목에서만 보더라도 혜리의 모든 면이 드러나고 있다. 그러나 나는 술, 담배를 끊으면서까지 절약하고 잔업도 하면서 빚을 갚아주기도 했다.

혜리는 내 인생을 깡그리 망쳐놓았다. 다시는 싹도 뿌리도 나지 못하게 푹푹 삶아 놓고 말았다. 그런 그녀를 찾아 헤매는 것은 이 분노의 응어리를 풀지 않고는 도저히 살 수 없기 때문이다.

작가는 나라는 인물과 혜리의 심리 묘사나 성격까지도 독자들에게 적나라하게 전달하는 데 성공하고 있다. 이는 작가의 문장력에 기인되고 있다.

보리암에서 10여 분 거리에 있는 마을에서 민박하게 되는데 주인 되는 할아버지와의 만남과 마애불에 대한 내력과 영검에 대하여 설명을 듣게 되고 직접 가보기도 한다. 마애불을 직접 보고 실망도 했지만 꿈에서도 나타난 부처는 그를 서서히 변화시키고 있었다. 할아버지와의 대화를 통해서 보리암에 있는 여자가 혜리라는 사실과 친구 간병을 한 이야기 등도 듣게 된다.

용서하는 사람이 복 받을까요. 용서 받는 사람이 복 받을까요. 미움을 받는 사람보다 미워하는 사람이 더 괴롭습니다. 피를 뽑기 위해 피를 머금으면 내 입이 먼저 더러워진다지 않습니까. 사랑하면 즐거워지고 미워하면

괴로워집니다. 사람에게는 거역할 수 없는 운명이 있습니다. 그게 전생의 업보에서 비롯되는 것인지도 모르지만 마음의 병도 병입니다. 용서로 다독이고 사랑으로 감싸야지요. 혜리 씨 역시 마음의 병을 앓고 있습니다. 잊지 마세요. 부디 용서하세요. 자신을 위해서도 용서해야 합니다.

꼭 명언집을 읽는 기분을 갖게 하는 대목인데 이 할아버지의 말에서 결말은 짐작이 되고도 남게 한다.

부처님은 지난 1년 동안 내가 지니고 다니던 칼과 독약을 거두시고 그 대신 인내와 용서를 주셨기 때문이다.

여기에 이르면 나의 마음의 치유는 부처님의 은덕이란 결론에 이르게 된다. 작가의 불교적 신앙의 투철한 면을 읽을 수 있게 하는 부분이기도 하다.

세상은 살만한 곳이다. 그간 잃은 시간들이 아깝다. 되찾고 싶다. 아직 나에게는 그것들을 되찾을 충분한 시간이 있다. 마지막 웃는 자가 되기 위해 분발하리라.

라는 말로서 이 작품은 끝을 맺는다. 건강한 작가정신이 잘 반영되었다는 진단을 내려도 오진은 아닐 것이다. 또한 작가의 일관된 삶의 모습이 작품에 투영된 느낌을 갖게 한다. 실망과 좌절, 불평과 원망, 복수심에 불타는 사람들에게도 용기를 줄 수 있는 교훈적인 면도 지닌 작품이라 하겠다. 글이 곧 사람인 것을 다시 한번 확인시켜 준 결과물이라 인정해도 좋을 것이다.

이상의 세 작품은 작가의 특이한 개성이 반영된 모습을 숨김없이 드러내고 있다.

　김금철의 「치욕」에서는 좀 더 언어 조탁과 문장력 향상에 힘을 쏟으면 얼마든지 작가로서 대성할 수 있는 가능성이 엿보이고, 이수남의 「어느 날 문득」은 작가의 완숙한 경지에 도달한 점을 가감없이 보여 주면서 자유자재로 독자들을 이끌어가는 능력과 표현의 묘미를 극대화시킨 점 등이 강점으로 부각되고 있다. 이순우의 「마애불」은 마애불의 영검과 자비심을 충분히 독자들에게 각인시키는 데 성공했을 뿐만 아니라 작가정신의 투철한 신앙과도 무관하지 않음을 강변하고 있는 듯하다.

다양한 에피소드의 결합

《대구기독문학》 3호에는 박명호의 「方舟」와 이수남의 「歲月」등 두 편의 소설이 게재되어 지면을 돋보이게 하고 있다. 두 편 다 같이 한자로 제목을 붙인 것과 다양한 에피소드의 결합이라는 공통점을 갖고 있다. 그렇지만 각자의 영역의 특성을 유지하면서 전체의 통일성에 기여하여 한 편의 작품을 형성하고 있다. 이는 달리 설명하기보다는 약간의 전형적이긴 하나 작가역량의 산물로 귀결시키는 것이 편의를 따르는 한 방법이 될 것 같다.

박명호의 「方舟」는 중편소설로 분류해 두는 것이 좋을 것 같다. 그 이유는 단순히 길이에 기준을 둔 것을 떠나, 단편처럼 단일한 사건을 다룬 것이 아니고 많은 사건이 전개되는 이유에서다. 이 작품의 올바른 이해를 돕기 위해서는 전편을 개괄적으로 살펴 보는 것이 쉬운 방법이 될 것 같다.

주인공은 어릴 때 강변 저지대에 살았다. 그는 말을 거의 하지 않는 반벙어리이기도 했다.

첫 번째 대홍수 때 어머니를 잃고, 두 번째 홍수 때 누나를 잃게 된다. 아버지는 가족을 더 이상 죽음으로 보내지 않기 위해 강 너머 산기슭에 있는 약간 높은 지대로 이사하게 된다. 거기에서 개척교회 전도사를 만나는데 처음에는 전혀 귀 기울이지 않다가 전도사와 면담 후 술도 마시지 않고, 교회에도 열심히 출석한다. 그로부터 1년 정도 경과한 후, 예배당에도 나가지 않고, 그를 데리고 산 정상으로 올라가 배바위라 불리는 큰 바위에 이르게 된다. 아버지는 예배당에 가서 중요한 것을 배웠지 하면서 노아의 방주 이야기를 한다.

어느 날 아버지는 새엄마도 데려오고 어디에서 아이들 다섯도 데려와서 모두 8식구가 되었다. 그 후 새엄마는 어린 딸 애 하나를 데리고 집을 나갔다. 얼마 후 그 여자가 아버지를 어린이 유괴범으로 경찰에 고발한다. 감방에 갇혀 있던 턱수염 사내가 찾아와서 이 집 아들을 데리고 간다.

첫 번째 에피소드는 경옥고를 파는 떠돌이 약장수를 따라 전국을 헤매고 다닌다. 5년 후 계곡 야영지에서 갑자기 소나기가 와서 약장수는 떠내려간다. 두 번째는 숙소 주인에게 경옥고 만드는 법을 가르쳐 주고 건설회사 경비원으로 취직한다. 취직시켜 준 검은색 안경을 낀 사내가 대신 경비를 할 터이니 집에 가서 쉬라 한다. 그들은 밤에 야적된 물건들을 타이탄 두 대에 싣고 사라진다. 경비과장에게 보고했지만 도리어 누명을 쓰고 경찰에 인계된다. 수사관들까지 모두 한 통속이었다. 그는 허위진술을 작정한 후 감방으로 간다.

세 번째는 같은 감방에서 알게 된 초승달(별명)이 출옥 후 찾아온다. 부두의 고깃배 잡업부로 일을 한다. 그물 밑 비닐봉지에 싸여 있는 물건을 잘 보관토록 명령한다. 네 번째는 사라졌던 초승달이 찾아와 섬사람에게 넘겨지게 된다. 멸치잡이 배에서 중노동을 하면서 무인도에 있는 인광석을 채취하도록 강요한다. 5년쯤 지나자 다소 여유가 생기게 되고 숙소에서 30분쯤 거리에 위치한 식당 여종업원과 만남이 이루어진다. 그 섬에는 상어라는 별명을 가진 사내의 왕국이기도 했다. 5년 치의 돈을 내어놓으며 여종업원을 풀어 달라고 간청하다가 도리어 야산으로 끌려가 해송나무에 묶여지고, 약간의 시간이 지나자 바다에 너울과 폭풍으로 섬 전체가 다 죽음으로 휩쓸려가고 그만 혼자 3일간 묶여 있다가 경비정에 의해 구출된다.

다섯 번째 사건은 병원에서 퇴원하고 광부를 따라 나서게 된다. 귀가 후 3개월이 지난 어느 날 검은 사마귀의 사내가 찾아와서 극진하게 대접해 주고 미자라는 여인까지 소개해 준다. 미자를 따라 그녀의 집으로 가니 조로증早老症에 시달리는 아이를 만나 얼마 동안 지내게 된다. 이 높은 지대에 살고 있는 미자네 집이 재건축을 위해 집을 비워야 하는 처지에 있음을 알게 된다. 이때 사마귀가 찾아와 어린 아기를 맡기고 가면서 잘 돌보라 한다. 여러 번 반복한 후 다시 사마귀는 유괴된 아이를 그에게 맡기고 간다. 비가 쏟아지는 어느 날 그는 찾아온 사마귀에게 '내 놔' 한마디 하고는 아이를 빼앗아 조로증을 앓고 있는 미자의 집에 도착하자 밖에서는 붕괴 위험이 있다고 야단치는 소리가 들리지만 도리어 철 계단을 부숴 버리는 것으로 끝이 난다.

두 번째 사건의 경우는 부조리한 사회를 고발하는 성격이 짙어 보이고, 끝부분은 연속적인 극한 상황이 전개되면서 비록 위험이 닥칠지라도 착한 심성을 지닌 사람들이 살고 있는 그곳이 바로 方舟의 실체임을 암시해 주고 있다.

작가는 이 긴 이야기를 쓰기 위해서 많은 인고의 시간과 심혈을 기울인 것은 말할 것도 없거니와 탈고 후의 기쁨도 맛보았으리라 사료된다. 그러면서도 일관되게 사건을 처리하는 역량 또한 높이 평가해야 할 것이다. 무엇보다 작가의 확고한 정신세계가 이 작품을 지탱해 주면서 인간이 추구하는 안전한 方舟가 어디인가를 우리에게 제시해 주고 있다. 한 개의 사건만으로도 작품을 만들 수 있지만 이 많은 사건들을 담으려는 의도 때문에 약간의 인위적인 부분이 보이고, 또 조금은 사실성이 미약한 점도 있지만 다음 작품을 기대하라는 희망을 던져 주고 있다.

이수남의 「歲月」도 많은 에피소드가 삽입되어 있긴 하나 그의 능란한 글 솜씨가 이를 조화롭게 담아내어 하나의 작품을 형성해 주고 있다.

갓바위 쪽의 쉼터에서 눈에 들어오는 박새에 대한 에피소드로부터 이야기는 시작된다. 조사 사모님의 천로역정 이야기를 듣는 중에 약밥에 석유가 섞인 것을 먹은 것이 생각났던 것이다. 어머니가 됫병에 석유와 함께 약밥을 싸서 가져오다가 병마개가 부실해서 석유가 새어 나와 약밥에 섞였고 그것을 먹은 내가 천로역정을 듣는 가운데 구토증이 발생, 그래서 박새 어미가 죽을 둥 살 둥 모른 채 먹이를 물고 오는 것과 대비시킨 것이다.

정치와 관련하여 소설을 비하시킨 부분과 소설가에 대한 에피소드를 삽입한 것은 수필을 읽는 느낌을 주면서 작가의 정신세계를 명확하게 노출시키고 있다. 나아가 황순원의 단편소설 「어머니가 있는 6월의 대화」를 소개하고, 소설 이야기는 아니나 그 비슷한 들은 이야기 하나를 하지요 하면서 본 소설의 원 줄기가 시작된다. 이러한 점은 이 소설만이 갖는 특성이라 해도 좋을 것이다. 그만큼 작가는 자기 이야기를 마음대로 조종하는 능력의 소유자임을 입증해 주는 대목이기도 하다.

金大太이라는 이름처럼 크게 되기를 갈망하는 어미의 심정이 담긴 이름 짓기를 시도했지만 대태는 하는 일이 제대로 되지 않자 이름 탓으로 돌리고 金凡生이라 개명을 하게 된다. 그러나 모든 것이 여의치 않을 즈음에 어머니 부고를 받게 된다. 15년생 엘란트라를 탈탈 몰고 고향으로 간다. 영정 앞에서 회한의 뜨거운 눈물을 흘리면서 무릎을 꿇고 엎드리니 굽히고 또 굽힌 목이 더욱 구부러진다. 이어 목에 대한 할머니 함지와 관련된 에피소드가 삽입이 되고, 이어 나루터에 대한 이야기가 등장하면서 함지를 목에 인 채 위험한 처지에 있는 아이들을 구출해 내는 어미의 용기, 아들이 매운탕을 끓여줄 때 아베 생각하는 연상 장면, 아베가 헛개비를 따라가는 것을 막으려고 끌려가다시피 하면서도 종내는 아베가 논에 넘어지게 되고, 그 일로 인해 끝내 생을 마감하는 등 어미 생전의 모습을 끌어안고 이야기는 끝이 난다. 마지막 부분의 글은 이 소설을 한층 돋보이게 한다.

늙은 어미의 마음은, 눈은, 늘 어쩌지 못하는 자식들의 일들로 젖어 있게 됩니다. 자식을 위해 오만 가지 일들에 몸을 적셨던 어미는, 그리하여 몸내나는 허리는 구부러지고 몸집도 오그라들지만 마음만은 하늘처럼 넓어집니다. 아무리 장성한 자식이라도 어미의 눈에는 우물가에 둔 아이처럼 마음을 놓지 못하게 하는 게지요. 바람 불면 한 줌에 날아갈 것 같은 어미는 그런 머리로 세상을 이고 있고, 그런 다리로 세월의 깊은 강을 건너고 있고, 그런 슬픔으로 자식의 모든 것을 붙안고 있지요. 한세월 지나 숨이 다하는 그날까지 말이지요. 아, 어메요.

이수남의 소설 끝부분은 시적 표현으로 끝나는 경우가 많다. 위의 소설에서도 그의 문장력을 유감없이 발휘하고 있다. 이 소설은 존대어 종결어미로 일관하고 있는 특색도 갖고 있다. 존대어를 사용했다고 해서 작품이 달라지는 것은 없지만 이 작품에는 존대어를 사용한 것이 전체 분위기를 살리는데 기여하고 있음은 자연스럽게 받아들여지고 있다고 하겠다. 무엇보다 각박해 가는 세태에 오늘을 살고 있는 어머니들의 심정은 예나 다름없음과 자식된 사람들에게 어머니에 대한 효심을 일깨우게 하는 작가정신이 싱싱해서 좋다고 평가해야 할 것 같다.

이상 두 편의 작품은 읽는 이에게는 얼마나 많은 감동을 주었는지는 미지수지만 작가의 역량이 묻어나고 나아가 작가정신의 견고성이 확고하다는 증거는 제시된 작품이라 하겠다. 해산의 고통이 어찌 산모의 전유물이겠는가. 위의 두 작품에서 유독 이러한 심정이 더해지는 것은 이 작품을 쓸 때의 작가 모습이 눈에 훤하게 보이기 때문일 것이다.

잔잔한 감동과 여운의 미학

　《竹筍》42호(2008년)에는 초대작품으로 이수남의 「세월*4」와 회원인 송일호의 「순애보」가 게재되어 있다. 대구에는 시인 수에 비해 소설가가 적지만 이번 《竹筍》에 얼굴을 내민 두 편의 작품은 매우 값진 것으로 평가되고 있다. 두 편 모두 특이한 소재는 아니나 단일한 이야기로 잔잔한 감동과 여운을 주고 있는 것이 특징이라 하겠다. 소설이란 단지 그 작품만으로 존재 이유가 되는 것이 아니고 독자를 염두에 둔다면 거기에는 긴장감이나 감동이 있어야 할 것이다. 그리고 마지막 끝부분을 읽자 그것으로 독자의 뇌리에서 끝나버리는 작품이 있는가 하면 작품을 읽고 난 후에도 오랫동안 작품의 스토리나 사상과 감정이 독자에게 남아 있어 쉽게 지워지지 않는 경험들을 맛본 사람들도 있을 것이다. 그것이 좋은 영향이든 그렇지 못한 경우라도 여운을 주는 것을 가리켜 여운의 미학이라 명명하고 싶다.

　이수남의 「세월*4」는 전체의 4분의 일 정도가 도입부에 해당되는

데 선명하면서도 정갈한 문장으로 독자들을 이끌어 가고 있다. 이는 작가의 탁월한 문장력과 진솔한 감정 표현이 조화를 이루고 있다는 증좌이기도 하다.

이야기는 영천군 청통면 애련리가 중심에 와 있다. 1965년 월남 파병에 대한 여러 가지 교육이 실시되었으나 지원자가 없자 포대장의 교육이 시작된다.

조국의 역사와 6.25 전쟁과 우방국과 국가 재건과 한국군의 용맹성과 잘 살아야 할 우리의 후손들에 대한 이야기를…

그리고 말미에 파월이 가져다줄 보상과 혜택과 복지에 대한 말로 끝을 맺었습니다.

그러자 9명이 할당 인원인데 7명이 지원하게 된다. 문제는 파월을 지원했던 포수 장기철 일등병의 탈영이었다. 부대는 그야말로 초비상이 된 셈이었다. 인사계는 신상 명세철을 뒤져 포대 내에서 장기철의 주소와 가장 가까운 거리에 있는 병사 하나를 긴급 수배했고, 결국 밀양에 집이 있는 '나'에게 그 임무가 부여된다. 임시 휴가증을 갖고 장기철의 집인 애련리까지 가는 과정을 소상하게 묘사되고, 장기철의 집에 도착했으나 장 일등병은 없고 그의 누이동생이 자기 오빠의 이야기를 듣고 허둥대는 모습을 보게 된다.

탈영병을 잡아 오라는 명령을 받은 사람은 나였는데 오히려 그의 여동생이 탈영병 오빠에 대한 걱정과 장래의 일까지 염려하고 하는 바람에 나는 더 할 말을 잃고 말았습니다.

그리고 읍사무소 앞 큰집에 혹시 오빠가 와 있을지 모르니 가자는 제의에 함께 가게 된다. 거기에서 시장에 갔다가 돌아가는 장 일병 엄마를 만나게 된다. 온갖 하소연도 듣고 마침내 하루를 더 기다려 보기로 하고 여동생과 함께 하양으로 나온다. 하숙집에서 하소연하며 울고 있는 장 일병 여동생과 하루 밤을 지내게 된다.

그리고 40년이 흘러간 세월의 뒤에 남은 지금에도 그 하숙집이 그 자리에 그대로 있는 현장을 목격하고 나의 뇌리에 깊게 각인되어 되살아나는 사실들이 머리에 떠오르게 된다.

장기철은 탈영으로 숫자 하나와 함께 간단하게 삭제된다. 지난밤의 일들이 덜컹거리는 차창밖으로 떠올랐습니다. 깊은 밤은 아니었지만 그녀의 출현과 또 마주보고 이야기 하던 중 내 무릎으로 쓰러지며 흐느끼는 일 등에 나는 큰 의미를 두려 하지 않았습니다. 그러면서 지난밤의 일들이 감추어 두었던 욕정들로 다시 포장된 채 이리저리 떠돌았습니다. 시작과 끝이 없는 떠돎이었습니다.

주차장으로 변한 옛 하양 우시장 끝자락에 있는 가마솥 돼지국밥집에서 40여 년 전의 이미 지워지고 없는 한 사람의 흔적을 가슴 두근거림으로 발견한 그 순간, 이상하게도 '애련'이란 마을이 갖고 있던 여러 가지들이 한순간에 사라지고 말았습니다. 애련에 대한 모든 것이 쇄석으로 소리 나는 바로 이곳에 있다는 생각이었고, 이어, 이 부근을 맴돌던 거대한 무엇이 애련과 얽혀 있는 모든 것을 순식간에 빨아들인 듯했습니다. 어떤 무엇인가가 흐물거리고 있는 그 영상을 지워버린 듯 애련은 이제 조금씩 식어가고 있었습니다. 한 사람의 탈영병을 찾아 마을 입구로 들어가던 그때, 볼 수 있었던 좌우의 보리밭과 그 사이로 드문드문 있던 과수원 정경도 마치 가을의 비안개에 젖어 있듯 부옇게 흐려보였고, 그것마저도 차츰 엷어지기 시작했습니다. 이제 할 일은 돌아가는 것이었습니다. 나는 금락교를 건너 농협 앞의 정류소를 향해 걷기 시작했습니다.

이 소설의 마지막 부분을 인용한 이유는 너무나 애련하게 들려오는 작가의 맑은 심성에 동화되는 느낌 때문이다. 게다가 작가의 소설 구성법의 묘미를 마음껏 구사한 점이나 위에서 보여준 그의 문장에 매혹되지 않을 수 없게 한다. 그가 시리즈로 쓰고 있는 '세월'의 의미도 독자들에게는 확연히 전달되고 있다는 점도 간과해서는 안 될 것이다. 아무튼 이 작품은 잔잔한 감동이 여운으로 남아 있어 미학으로 승화시켜 주고 있다고 하겠다.

송일호의 「순애보」는 "우리 반에 예쁘장한 여학생 하나가 새로 전학을 왔다."로 시작된다. 어린 학생이지만 이미 감정을 가지고 이성에 대한 그리움도 가지고 있는 것처럼 비쳐지고 있다. 여주인공의 이름은 무선이다. 그녀는 얼굴도 예쁘지만 공부도 잘했고, 운동도 잘했다. 게다가 구연도 잘했다. 나보다 모두 다 잘했다. 우리 반에서 덩치가 제일 큰 동식이와 싸움에서도 불알 쥐고 놓지 않아서 이기게 되고, 남학생들과도 곧잘 어울려 놀고 있다. 위문편지를 쓰고, 축구공이 선물로 배달된 사건과 축구공을 잃어버린 골짜기에서 무선이와 내가 찾아 다 같이 공을 가지고 놀게 된 일들이 길게 서술되어 있다. 그리고 축구공을 찾으러 바위 위로 올라갈 때와 내려올 때 무선의 아랫도리를 본 것을 발설해서 자기의 곁으로 오게 하는 일 등도 재미있게 묘사되고 있다. 결국 무선이는 가난하여 진학도 못 하고 끝내는 새엄마의 독설과 학대로 정신병자가 되고

무선이가 운명한 것은 천둥 번개가 요란하게 치며 쏟아지는 소낙비가 지나간 오후였다. 가늘게 숨을 쉬며 조용하기만 한 무선이, 그녀가 다시 살아

나리라고 생각하는 사람은 아무도 없었다.

　나는 들판을 가로질러 뛰고 또 뛰었다.

　"무선아-, 무선아!-"

　아무리 불러도 대답이 없다. 무선이는 이 세상에 없다.

　하늘의 뭉게구름은 무선이가 되어 나를 내려다보고 있었다.

　사춘기에 접어든 애들에게는 그리워하던 이성의 죽음은 감내하기 힘들 것이다. 그런 상태의 심리 묘사는 표현하기 힘들 뿐만 아니고 자칫하면 사실성의 결여로 비쳐질 수도 있을 법한 부분을 잘 피해가면서 적절하게 작품에 맞는 의상을 채택했다는 평을 해도 좋을 것 같다. 작가 특유의 문장으로 독자들에게 쉬지 않고 단숨에 읽게 만들고 있다. 작품의 우열을 떠나서 이와 같은 소재를 작품화시킨 작가의 재치와 역량을 보다 높이 사고 싶다.

　위의 두 작품 모두 무엇이라 형언할 수 없는 애잔한 감정이 독자들의 머리에 남게 만들고 있다는 점에서 좋은 평가를 하더라도 이의가 없을 것 같다. 무엇보다 이수남의 「세월*4」에 담긴 작가의 문장력은 아무리 칭찬해도 모자랄 것으로 여겨진다. 송일호의 「순애보」 역시 약간 호흡이 긴박하게 처리된 부분이 없지 않지만 전문에 내재된 작가 정신과 사춘기에 이른 애들의 행동 묘사 등은 잘 반영되었다고 격려의 말로 대신해도 무방할 것 같다.

예리한 작가의 시선

소설은 현실을 반영하여 언어예술 작품으로 탄생한다. 소설이 문학성을 확보하지 못한다면 현실보다 나을 것이 없을 것이다. 두 작가의 예리한 시선이 현실을 정확하게 관통하면서도 뛰어넘어 문학의 세계로 승화시키고 있음에 주목해도 좋을 것이다.

《대구문학》 63호(2005년 여름 호)에 윤장근의 「이카로스의 날개」와 오철환의 「迷夢」에 이어 《대구문학》 81호(2009년 겨울 호)에도 나란히 오철환의 「이 뭐꼬?」와 윤장근의 「세한도歲寒圖」가 게재되어 눈길을 끌고 있다.

이 두 작품은 현실과 밀착된 소재를 작품화하면서도 현실 자체에 머물지 않고 묘하게 비켜나가 작품의 세계를 구축하고 있음은 작가의 역량에 기인된 결과의 산물로 평가할 수밖에 없다. 나아가 두 작가의 개성이 진하게 묻어나는 향취를 맡을 수 있어서 더욱 돋보인다.

오늘의 현실은 과거 어느 때보다도 다양성과 다문화, 초고속인터넷을 통한 정보의 공유 등 소설의 소재들도 풍부하고 다양해졌지만 소설 쓰기 작업은 더 어려워지고 있다. 그것은 어떤 측면에서 어떤 시각으로 소설화로 조명할 것인가 하는 혼란스러움이 도사리고 있기 때문일 것이다. 그러나 아무리 세태가 바뀌고 우주를 드나들 만큼 과학이 발달할지라도 인간의 본질은 예나 지금이나 다름이 없다는 점을 염두에 둔다면 그리고 작가의 인생관과 세계관이 확고하다면 그 바탕 위에 완성된 소설 작품은 견고하리라는 사실에 이의를 제기할 사람은 없을 것이다. 두 작품은 이런 측면에서 확립된 작가의 정신세계와 함께 언어예술로서의 소설 쓰기에 충실했다는 진단을 내려도 좋을 것이다.

윤장근의 「세한도歲寒圖」는 자기 창문 위쪽 벽에 걸려 있는 완당阮堂 김정희金正喜의 〈歲寒圖〉 액자에 얽힌 얘기가 실타래처럼 풀어져 물 흐르듯이 그침 없이 이어지고 있다.

전체 구성은 아홉 단락으로 나누어 놓았지만 내용상으로는 과거와 현재를 넘나들면서 이야기가 전개되기 때문에 두 단락이 된 셈이다.

「내일은 너」 등의 여러 소설집과 2007년도 《대구문학》 73호(겨울호)에 발표된 「침묵沈默의 강江」에서 보여준 작가의 탁월한 역량 선상에 서 있는 이 작품 역시 윤장근의 특기를 살리고 있다.

심각한 문제의식이나 기발한 소재가 아님에도 불구하고 독자들에게 강인한 호소력을 발휘하고 있는 것은 작가의 확고한 정신세계와 무관하지 않음을 읽을 수 있게 한다.

德不孤必有隣에서 따온 不孤 선생님. 소설 끝부분에서 〈歲寒圖〉에 들어있는 발문 중의 한 구절 곧 "歲寒然後知松柏之後凋"와 맞물려 不孤 선생님의 강한 의지력을 눈치채게 하고 있다.

不孤 선생님은 나의 스승이었고, 평생 교직에 몸담았다가 퇴직하

신 분이다. 젊은 교사들이 교권과 관계된 비교육적 행태에 정의의 기치를 내걸고 평교사 협의회에 서명은 하지만 전국 교직원 노동조합지부로 전환한다는 선언이 있자 이번에는 서명을 거부한다.

이유는 두 가지. 하나는 노동조합이라는 것이 어떤 성격의 단체인지를 알지 못했고, 두 번째는 그동안 평교사 협의회 운영을 보면서 무리수를 너무 많이 봤기 때문이었다.

사회적으로 민감한 전교조 문제를 다루고 있다는 점도 눈여겨볼 만하지만 여기서 우리의 주목에 값하는 것은 작가의 시선이다. 전교조를 긍정적인 측면에서보다 부정적인 면을 강하게 풍기고 있을 뿐 아니라 不孤 선생의 확고부동한 의지 표명을 통한 거부 반응이 그것이다. 그뿐만 아니라 전대미문인 대통령 자살 사건을 언급한 점에서도 작가의 눈은 정치인들의 거짓된 행태에 대한 일침과 국가의 장래를 염려하면서 모든 면에서 잘 풀려 나가기를 염원하는 건전성을 확인시켜 준 점에서도 호감을 주고 있다. 단순히 시사성의 논평이 아니고, 소설에서 다루고 있기 때문에 그 효과는 더 절실하게 독자들의 피부에 와닿게 된다.

짧은 단편소설이지만 不孤 선생의 공부에 대한 열정과 어린 시절 부산에서 베어링상회 점원이 되어 베어링 닦던 고생담, 그 후 교사로서 꿋꿋하게 부끄러움 없이 살아온 일대기가 투영되어 교훈의 빛깔이 선명하게 부각된 점도 이 작품을 지탱해 주는 한 요인이기도 하다.

무엇보다 작가의 정신세계가 곧은길로만 걸어가고 있음을 강력하게 사사하고 있는 부분이 이 작품의 최대 강점이라 평하고 싶다. 내가 존경하던 不孤 선생을 얘기하면서도 은연중에 자기도 선생님의 모습으로 닮아가는 점도 빠뜨려서는 안 될 부분이기도 하다. 아울러 앞에서도 언급했지만 무리 없이 차분하게 자기의 목표를 향해 매진하는 작가의 역량이 우리의 기대에 부응하고 있다고 단정해도 과찬은 아닐 것이다.

수적으로 열세에 놓여 있는 대구 소설계에서《대구문학》에 발표되는 여타 작품과 이번에 발표된 이 두 작품을 보면서 대구소설계의 현주소가 뚜렷이 각인되고, 앞날을 밝은 희망으로 채울 수 있다는 확신을 갖게 해 주고 있다. 작가들의 부단한 노력과 열정이 식지 않는 한 대구소설계는 지방을 넘어 세계로 뻗어 나갈 것이다.

오철환의 작품세계

소설을 쓴다는 것은 결코 쉬운 일이 아니다. 그것도 확보된 보상이나 기대치를 충족시켜 준다는 보장도 없는 상황에서 작가의 혼신의힘을 다해 혼을 불어 넣는 작업은 아무나 흉내낼 수 없는 영역이기도 하다. 그렇지만 작가는 쓰지 않고는 못 배길 강한 욕구가 작품을쓰도록 강요한 셈이다. 강력한 도전 정신과 상상력, 그리고 창의성을 바탕으로 작품 활동을 계속하고 있는 작가 오철환의 작품들을 총체적으로 살펴볼 기회를 갖게 된 것은 지방 소설계에 신선한 충격을주리라는 기대를 갖게 한다. 한편 생존한 작가 나아가 앞으로 얼마든지 변화를 모색하며 작품 활동이 보장된 작가에 대한 작품세계를논의하는 것이 정확한 과녁에 화살을 꽂을 확률은 그리 높지 않다.그럼에도 불구하고 이 작업을 시도하는 이유는 발표된 작품에 한정시켜 지금까지의 작품 전반에 대한 중간 점검이라는 차원에서는 무모한 일만은 아닐 것이다. 이것이 기폭제가 되어 앞으로 쓸 작품에플러스 요인으로 작용할 수도 있을 것이기 때문이다. 그의 소설집『아무것도 아닌 이야기』와 『오늘』 그리고 2009년도 대구문학상 수상작인 「이 뭐꼬?」를 대상으로 그의 작품 세계를 살펴보고자 한다.

「탈춤」은 대구소설가 협회에서 발간된 『대구소설 대표작 선집』에도 수록된 작품이다. 작가 자신이 대표작이라 선정한 이유는 나름대로는 노작勞作이거나 애착이 가기 때문일 것이다. 그러나 작가 자신의 기준과 독자들의 견해가 꼭 일치하지는 않지만 근접해 있는 경우가 더 많다는 점에 주목할 필요가 있을 것이다.

양적으로는 중편소설에 해당되지만 단일한 인물과 단일한 사건으로 구성되어 있기 때문에 단편소설에 포함시켜도 무방할 것이다.

이 소설은 먼저 몇 가지 점에서 특이성을 지니고 있다.

첫째는 독자들로 하여금 앞부분에서 '그'와 '나'의 인물을 구별하지 못한 채 계속 읽어가다가 끝부분에 와서야 이해하도록 된 점이다.

> 내 참, 어떻게 이럴 수가… 안됐어, 아마 젖먹이가 하나 있지? 다들 알다시피 벤처기업 '인생역전' 주식 만 주를 고객에게 알리지도 않고 주당 만원에 팔았는데, 불과 세 달 사이 주당 17만 원을 넘어 섰으니, 차액만도 16억이야, 장난 아니지, 물론 잘해 보겠다고 그렇게 했겠지만… 당사자가 사망했으니…
>
> 지점장이 어렵사리 운을 떼었다. - 중략 -
>
> 전화벨이 요란하게 운다. 아버지다. 목소리가 전에 없이 격앙된 채 전혀 예상치 못했던 '아닌 밤중에 홍두깨' 같은 신문기사 이야기를 하셨다.
>
> "동명이인(同名異人)동창 '작은 영태'가 '큰 영태'로 행세하며 사기 결혼을 하고, 증권회사에 취직까지 하여 고객 돈 30여 억을 횡령하고 잠적했다가 산에서 투신자살하였다."는 것이다. 당신은 내가 연루된 데 대해 매우 언짢은 모양이다. 불같은 흥분과 역정은 태평양 저편으로 멀어져 갔고, 잊

고 있었던 '작은 영태', 그와의 먼 기억들이 소롯이 다가왔다. - 중략 -

　유학길을 떠나오기 전, 섣부른 연민과 동정으로 내가 우송했던 주민등록
증, 대학졸업증명서, 성적증명서, 주민등록등본, 토플성적증명서 등 나의
신상 서류들이 그에게 비운의 탈을 씌워 슬픈 춤을 추게 한 단초가 되었다
는 생각이 들었다.

　주인공의 실패의 일단을 엿보게 하는 대목도 이 소설의 필연성에
플러스 요인으로 작용하고 있다. 이와 같이 절묘하게 구성된 작가의
재치가 확연히 돋보이는 부분이기도 하다.

　두 번째는 구성상의 문제로 서두와 말미에 똑같은 탈춤에 등장하
는 인물들의 모습을 해학적으로 묘사한 10행의 서술 부분을 두고 있
다는 점이다. 이 반복은 강조의 의미가 더 강하지만 작가의 의도가
많이 묻어나 있다는 점도 간과해서는 안 될 것이다. 그것이 세 번째
의 특징으로 연결된다. 작가의 중심사상은 대개 전편 속에서 유추할
수 있지만 이 작품에서는 맨 끝에서 한마디로 요약해 주고 있다는
점이다.

　"탈춤, 그렇다. 모두가 탈춤을 추고 있는 것이다."

　다음은 고시원과 모텔에 대한 작가의 지식은 우리의 상식을 뛰어
넘고 있으며, 증권에 대한 해박한 지식은 지난날의 그의 직업과도
무관하지 않음을 눈치챌 수 있게 한다. 하기야 오늘의 소설들이 사
실寫實의 탄탄한 뒷받침 없이 함부로 거짓말 같은 거짓말이 되면 소
설의 존재가치는 추락하고 말 것이지만 작가는 그의 작품 전체에서
도 그가 작품을 쓸 때의 자세가 얼마나 진지한가를 입증해 주는 부
분이기도 하다.

작가는 사회나 정치에 대한 비판도 서슴지 않고 있는데 이는 그의 건전한 정신 자세뿐만 아니고, 실생활에서도 부끄러움이 없다는 자신감에서의 발로이기도 하다.

> 걸핏하면 파업이었고, 근무기강이 떨어져서 납기를 제대로 지킬 수 없었다. - 중략 -
> 공장을 하는 사람은 여기 저기 뛰어 다니며 부도 막기 바빴고, 목욕탕이나 모텔 하는 자는 외제차를 타고 사우나, 골프 하러 다니기 바빴다. 의사, 약사, 조종사, 선생님, 대학생 등 나름대로 선택받은 자들이 무엇이 그리 불만인지 걸핏하면 데모를 했다. - 중략 -
> 자본주의의 맹렬한 신봉자가 된 신세대는 무식하고 추잡스럽고 돈 없는 부모를 더 이상 이해하려 하지 않았다.

이외에도 남녀 간의 윤리문제의 일단이나, 폭력시위, 촛불시위, 주가폭락 등에 대해서도 거침없이 서술해 가는 작가의 필력에 통쾌감마저 든다.

이 소설 하나만 분석하더라도 그의 작가적 위치를 가늠할 수 있을 만큼 우리의 기대를 충족시켜 주고 있다. 그의 단단한 문장력과 어휘구사력, 상상력, 건전한 작가 정신, 이야기꾼으로서의 재치와 소설 구성 능력 등 그는 앞으로도 얼마든지 좋은 작품을 쓸 수 있을 것이라는 가능성을 보여 주고 있다고 단정을 해도 무리가 아닐 것으로 확신을 갖게 하는 이유이기도 하다.

「이 뭐꼬?」는 대구문인협회에서 선정한 2009년도 대구문학상 수상작이다. 제목에서부터 그것이 종교적이거나 우리네 일상사에서거나 일이 제대로 풀리지 않았을 때의 불만이 섞인 표현으로 널리 사용되고 있는 말인데, 그것도 '이것이 무엇인가?' 라는 표준말보다도 "이 뭐꼬?"라는 음절 축약인 경상도 말을 사용했기에 그 의미 전달에서도 더 실감으로 다가오고 있다.

이 소설은 증권가의 문제를 심도 있게 다루는 대목에서는 증권에 매몰된 사람들이나 전혀 손을 대지 않는 사람들에게까지도 관심의 대상이 되고 있다는 점에서 볼 때 일단은 호기심을 자극하고 있다고 하겠다.

「탈춤」에서 보여준 증권에 대한 이야기와 각도는 틀리지만 묘사나 서술의 깊이에 있어서는 동류에 속한다고 하겠다. 평자가 한 작품을 두고서 다른 말로써 비껴갈 수 없으므로 《대구문학》 2009년도 겨울 호에 게재된 계간평을 토대로 하는 것이 예의일 것 같다.

형식은 열 단락으로 되어 있는데, 두 군데만 빼고 나머지 단락 끝에 '이 뭐꼬?'란 말을 넣고 있으며, 꼭 들어가야 할 곳에만 사용하고 있다. 단락은 작가가 편의를 따라 구성했지만 독자의 편에서도 이해를 돕는 데 기여하고 있다.

어느 직장에서도 마찬가지지만 동료, 선후배, 상하 직책에 따라 인간관계가 얼마나 소중한가를 적시摘示한 점에서도 작가의 시선이 과녁을 정확하게 맞추고 있다. 호구糊口의 수단 때문에 자신의 자존심까지도 깔아뭉개고 살아가야 하는 현실이지만 그것을 걷어차고 자기의 소신대로 걸어가는 사람도 있다는 사실 앞에 서면 독자들은 대리만족감을 얻을 수도 있을 것이다.

신기진 차장과 여운수 과장의 성격이 사실적寫實的으로 표현되어 확연하게 부각시킨 재치하며, 증권사 객장 묘사와 증권사 직원들의 소상한 작업 상황 등을 알려주는 대목은 독자들의 관심을 살 만하다. 이 부분은 앞의 「탈춤」에서도 언급한 바가 있음을 상기해도 좋을 것이다. 김 과장이 차장으로 승진되리라는 소문은 김 과장의 가족뿐만아니라 처가 식구들에게까지도 알려진 터에 자기보다 여러 면에서 못한 사람이 승진되었을 때의 비참함과 처절감, 당혹감, 참담한 패배의식은 형언할 수 없었을 것이다. 그것을 작가는 묘하게 처리하고 있다. 화를 풀기 위해 찾은 칵테일 바인 '불사조'에서 마담과의 정사장면도 속되거나 야하지 않게 묘사한 부분도 작가의 재능에 속한다고 하겠다. 특히 조직사회에서는 김 과장과 같은 처지에서의 분노와 갈등은 이루 헤아릴 수도 없을 것이다. 김 과장을 좋아했던 후임인 '나'와 가족, 그리고 칵테일 바의 마담까지도 김 과장이 직장을 그만 두겠다는 말에 염려와 충고로 진심으로 만류했지만 자기 의지대로 풍경소리를 따라갔다는 행위야말로 후련하면서도 그의 결단에 시선이 집중되는 것은 타협만 일삼고 살아가는 직장인들에게는 청량제 역할까지 한다고 볼 수 있을 것이다. 작가가 노리고 있는 최대 관심사도 여기에 머물러 있다고 판단된다.

그를 다시 찾을 수는 없다.
그는 풍경소리를 따라갔다고 한다.
이 뭐꼬?

이 마지막 구절은 시를 연상케 한다. 사찰 추녀 끝에 매달려 있는 풍경소리를 따라갔으니까, 그가 간 곳은 얼마든지 짐작이 간다.
여기서 잠시 대구문학상 심사소감을 소개하기로 한다.(심사위원은 송일호, 이수남)

오철환의 「이 뭐꼬?」는 증권회사에 다니는 직원이 일상에서 벌어지고 있는 일들을 시니컬한 눈으로 바라보고 있는 이야기이다. 주어진 상황에 적응 못하거나 부당한 처우를 받게 될 때, 또한 신뢰감 등이 상실되었을 때 내쏘게 되는 그러니까 "도대체 이런 것들이 다 뭐냐"고 강하게 항변하는 뜻으로의 표현이다.(〈대구의 문학 내일을 밝히며〉 2009년, 겨울문학제에서 인용)

소설작품마다 보여준 작가적 역량이 다음 작품에서도 멈추지 않고 지속되고 있다.

「아무것도 아닌 이야기」는 정치의 한 단면을 비판적인 입장에서 다루고 있다. 과거 대통령 시절에 '과거사 바로 세우기', '과거 영상 시스템과 역사 바로 세우기' 등에 얽힌 이야기를 시니컬한 시각에서 바라보고 있다. 소설 제목 밑에 작은 글씨체로 기록된 작가의 말이 실감이 간다.

온갖 잡놈이 뒤죽박죽 뒤섞여서 나쁜 짓도 더러 하면서 살아가는 이 험한 세상이 불완전하고 모순에 찬 우리 인간에게 꼭 맞는 생활의 터전이라는 생각이 퍼뜩 들더라고요.

인간이 추구하는 사회는 깨끗할 수가 없다는 것을 강변하면서도 자신은 쉽게 현실에 안주하거나 동화되기를 꺼리고 있음을 읽을 수 있게 한다.

아니, 이건 한 번 해보자는 겁니까? 이 정도 되면 계급장 떼고 한판 붙어 보자는 거지요? 막가자는 겁니까?

과거 대통령의 어록이라든가 신문지상에 발표된 내용들을 작가의 상상력과 융합하여 정리해 두어 사실보다 소설에서 읽을 때 받는 감동이 더 호소력이 있게 만든 것도 작가의 재치에 속한다고 하겠다.

「변명」도 냉소적이면서 사회 부조리를 빗대어 목소리를 높인 작품이다. 사회가 우리를 속이고 우리도 남을 속이며 살아가고 있음을 거침없이 내뱉고 있다. 교회에서의 사랑의 부재, 마사지 걸, 판사, 집에서 개 키우는 여인들, 작가의 눈에 비친 것들을 비판의 대상으로 삼고 있다. 이런 유형의 소설은 쓰기가 편하다. 왜냐하면 세상에서 제일 쉬운 것이 남을 비판하는 행위이기 때문이다. 여기서 소설다운 면은 살인범으로 지목된 인물을 독자들에게 인식시켜 놓고 마지막 부분에서 범인이 거짓말한 것으로 처리한 점이다.

「인연」과 「오늘」 등도 현실의 한 측면과 자녀 교육문제까지 다루고 있는데 무엇보다 작가의 지식이 이렇게 폭 넓고 깊이 있게 천착하는 데 이르러서는 경이롭기만 하다.

애정문제를 다룬 작품으로는 「에덴동산에는 뱀이 있다」, 「장미에는 가시가 있다」 등이 있는데 소설로 승화시켜 하나의 예술작품으로 탄생시키고 있지만, 다음 기회에 거론하고자 한다.

「미몽迷夢」은 이미 필자가 《대구문학》 64호(2005년 가을 호)에서 상론한 바 있거니와 여기에 다 수록할 수는 없고, 끝부분만 인용하기로 한다.

사회 윤리적인 측면에서 이러한 관계를 지속하면서 잘 살아갈 수 있다면, 사회는 혼돈으로 빠지고 말 것이다. 여기서 작가는 통속적인 교통사고나 안전 사고사로 처리하지 않고 장기 매매 업자에게 납치되어 희생당하는 절묘한 수순으로 끝맺음하고 있다.

아무튼 이 작품은 지나친 교육열, 어머니의 무조건적인 사랑이 확대되는 것의 경계, 부부 간의 문제 제기, 장래에 도래할 컴퓨터의 손익계산, 장기 매매업자들의 무분별한 생명 경시 사상, 브레인 풀 등이 길게 서술되어 있지만 요설체가 되지 않고 있음도 이 작품이 갖고 있는 우월성이라 하겠다. 그러나 이러한 작품일수록 보편성 확보가 관건이 된다. 특수성만 가지고서는 명작으로 남기 힘들기 때문이다. 그럼에도 불구하고 이 작품은 독자들에게 충격과 그럴 수도 있겠다는 가능성을 심어주고 있다.

이 「미몽迷夢」을 통해서 작가의 역량은 그가 앞으로도 얼마든지 좋은 작품은 쓸 수 있으리라는 가능성을 보여 주었다고 하겠다.

「장막」은 또 다른 면에서 작가의 면모를 읽게 한다. # 넘버를 붙여서 꼭 시나리오를 연상케 하지만 소설이다. 아파트 관리에 얽힌 비리 의혹의 실재를 면밀히 지적했으나 해결 방법은 의문으로 끝나지만 속내는 결국 바른 인간성의 회복에 초점을 맞추고 있다. 소설은 현실의 반영이다. 그것을 어떻게 처리하고 묘사하며 설명하느냐 하는 것은 전적으로 작가의 몫이다. 작가의 문장력은 작품마다 빛을 내면서 독자들에게 다가서고 있는데, 이 작품 역시 예외가 아니다.

「늪」이나 「오선과 한은」에서도 비판의식이 강하게 풍기고 있으며, 온갖 탈을 쓴 사람들의 인간성 문제를 심도 있게 해부하고 있다. 어찌 오선과 한은만의 문제겠는가를 묻고 있다. 물 흐르듯 흘러가는 문장을 따라가다 보면 자신도 모르게 끝줄에 다다르게 된다. 필력이 대단하다는 느낌을 지울 수가 없다.

또 하나 노작勞作인 「분노의 새 I -월광곡-」, 「분노의 새 II -유의사항-」, 「분노의 새 III -비상-」 등 시리즈 형식을 취한 세 작품은 고시생들에 대한 상황과 내면 세계까지 완전히 해부해서 보여준 탁월한 작품들이다.

「분노의 새Ⅰ-월광곡-」서두 2페이지에 걸쳐 표현된 화려한 세계들을 고시생들은 상상하면서 거기에 도달하고자 노력들을 하지만 합격해서 고시촌을 떠나 판사, 검사 변호사 또는 행정고시에 합격하여 고급관리가 된 사람들은 그 숫자가 적기도 하지만 작가는 그들에 대해서는 별 관심을 보이지 않고, 거듭 낙방의 고배를 마시면서 스스로 낭인이 되어가는 사람들의 이야기에 집중되고 있다. 그들의 고뇌에 찬 내면세계와 현실 생활 등이 적나라하게 묘파描破되고 있다. 행시하다가 사시로 전환한 사람들 이야기 그리고 10여 차례나 낙방한 고시생들의 처참한 생활상을 극적으로 전개하면서 작가의 시선은 왜 인생이 고시만이 전부냐? 그들의 재능을 얼마든지 사회와 국가에 기여할 수 있는 일들이 많을텐데 거기에만 매몰되고 있는가를 질타하고 있는 것 같다.

「분노의 새Ⅱ-유의사항-」도 같은 계열인데 이 작품은 결말을 앞부분에 둔 구성기법을 적용하여 시간적 서술 진행에 변화를 주고 있다. 이 같은 기법을 도입하여 성공한 예는 매거枚擧키 어렵지 않지만 이 작품에서는 이러한 구성을 하지 않았다면 순차적 시간성으로 인해 긴장감을 감소시키는 결과를 초래하고 말았을 것이다. 정확한 시간을 제시하면서 사건이 진행되고 있는 작품의 경우 자칫하면 독자들에게 지루하다는 느낌을 줄 수도 있지만, 이 작품은 박진감과 함께 다음에 전개될 이야기를 기다리게 하고 있다. 이는 전적으로 작가의 역량에 기인된 것으로 간주된다.

우리 주변에서 흔히 볼 수 있는 일상사의 이야기가 아니고, 고시생의 특수한 상황이 그려지고 있다. 그것이 그 사람에게만 해당되는 것이고, 우리들과는 무관하다면 보편성 확보에서 멀어지겠지만 그렇지 않다는데 의의가 있는 것이다. 상론은《대구문학》72호(2007년,

가을 호)에 게재된 소설계간평을 참조해 주면 좋을 것 같다.

「분노의 새 III -비상-」은 고시에서 2차만 열 번 미끄러진 돈남이의 이야기다. 특이한 것은 다단계의 일종인 MA에 몰입되어 먹고 살기 위해 노력하지만 제대로 되지 않는 장면들을 실감 있게 그려내고 있다. 작가가 다루는 소재의 폭이 어디까지 미칠 것인가를 물어보게 한다. 작가의 MA에 대한 지식은 과히 프로급이다.

> 악마는 떠나갔다. 그는 사이버드. 조종하는 대로 날아다니는 사이버드 일 뿐이다. 그냥 날아다닐 뿐이다. 기름진 땅으로 가고 싶어 해도 알 수 없는 어떤 힘에 이끌려 황무지로 내몰리는 인생. 인생은 사이버드다. 지나온 세월들을 되돌아 보았다. 아등바등 사는 모습이 우습다. 독을 잔뜩 품고 있는 옴두꺼비 같은 모습이 우습다. 눈물이 나도록 우습다.
> 가슴이 갑갑했지만 더 이상 코를 풀지 않았다.

로 끝맺음한 이 작품은 우리 인생의 단면을 보여 준 셈이다. 위에서 본 작품마다 작가의 역량을 충분히 읽을 수 있었지만 이 「분노의 새」는 이야기꾼으로서의 탁월성을 다시 한번 확인시켜 주었다고 하겠다.

오철환 작가의 작품세계를 주마간산走馬看山식으로 살펴 보면서도 일관된 느낌은 유능한 작가라는 점이다. 작품마다에서 묻어나는 그의 학구적인 자세에 근접한 성실성과 사물을 관통하는 예리한 통찰력, 확고한 작가 정신 등을 아우르는 표현의 달인다운 문장력은 독자들을 압도하고도 남음이 있다고 하겠다. 작가는 작품으로 말한다. 처절하리만큼 치열한 자신과의 싸움에서 승리하면서 부단의 노력을 경주할 때 더 좋은 작품이 생산될 것이다.

서술에 충실한 작품

　《대구문학》 제81호(2009년 겨울 호)에 소설 작품으로는 송귀익의 「잊혀진 훈장」 한 편만이 게재되어 희소의 가치로 장식하고 있다. 이 작가의 더 많은 작품들을 읽어 볼 기회가 있었다면 이 계간평이 과녁을 향해 적중될 확률이 높아질 수 있었겠지만 그렇지 못한 것이 아쉬움으로 남는다. 2007년도 《문학예술》에서 「대웅이 이야기」로 신인상을 수상한 이후 《대구소설》 14집(2008년)에 「느티나무가 웃었다」가 선을 보이고 있다. 그 후 대구소설가 협회에서 발간한 『대구소설 대표작 선집』에도 이 작가의 작품이 보이지 않는 것으로 보아 대표작이라고 내세울 만한 작품을 선택 못 했거나 겸손의 미덕이 작용했을지도 모르지만 많은 작품을 발표하지는 않은 것 같다. 이 작품에서 작가는 소설 기법상의 기교를 자유자재로 구사할 수 있는 모습을 보여주기보다는 서술쪽에 더 힘을 쏟는 것 같다.

　이 작품은 모두 13단락으로 구성되어 있는데 이는 독자들을 염두에 둔 배려라 생각된다.

첫째 단락은 이 소설의 발단에 해당되는데, 가난을 대물림한 이미 고인이 된 아버지에 대한 미움의 감정이 담겨 있다.

"이래선 안 되잖아!"
정신을 되찾아 나는 마포대교를 걸었다. 그때 나를 길들인 것은 아폴리네르의 시였다.
시간이 흐르고 세월이 지나도/ 흐르는 시간과 떠난 사람은 돌아오지 않고/ 미라보 다리 아래 세느강은 흐른다.
"절도범이 남긴 장물 때문에 아폴리네르는 감옥에 갔지만 결국은 무혐의로 풀려났잖아! 아버지가 남긴 천형(天刑)도 언젠가는 벗겨질 거야!"

아폴리네르의 시와 무혐의로 풀려난 사실을 인용하면서 주인공도 가난에서 벗어날 희망을 피력한 이 발단 대목은 매우 인상 깊게 다가오고 있다.

둘째 단락은 "계급장처럼 따라다니던 장손長孫이란 이름이 언제나 내 어깨를 누르고 있었다."는 말과 같이 그의 뇌리에서 떠나지 않았지만 먹고 살기 위해서 장손의 역할을 못 하고 있다.

셋째 단락은 분기 결산 때문에 바쁜 와중에 아버지의 묘소가 고속도로에 편입되었다는 소식을 작은할아버지로부터 전화로 연락을 받고 그의 상사인 부장에게 가정사 이야기를 한다.

넷째 단락은 묘소 이장을 위하여 귀향하지만 장손의 역할을 못다한 점을 들어 질책을 받는다.

다섯째 단락은 뜻밖에 아버지와 함께 군복무를 한 팔수 할아버지로부터 아버지의 군번을 알게 된다.

여섯째 단락은 국방부를 찾아가 잊고 있었던 아버지의 기록물을 발견하게 된다. "육군 이병 김평국, 화랑무공훈장. 금화전투 부상."

동시에 동작동 국립 현충원으로 이장할 수 있는 방법을 찾게 된다.

일곱째 단락은 다시 자기 상사 부장에게 간청하여 휴가를 얻는다.

열째 단락까지는 이장 절차에 따른 제반 과정과 화장을 위한 준비로 칠성판 위에 무덤에서 파낸 유골을 담아 화장장으로 간다. 그리고 화장하는 장면들을 소상하게 서술하고 현충원으로 가서 안장한다.

결말 부분은 직장으로 돌아와

> 웃통을 벗어젖히고 다시 일 속에 파묻히며 나는 홀가분한 마음으로 하늘로 간 아버지에게 부탁했다.
>
> "아버지 저 좀 도와 주세요. 이놈도 출세하고 싶습니다. 가난이란 천형(天刑)에서 벗어나고 싶습니다. 스피노자는 10년을 내다보고 사과나무를 심겠다지만 일년생 황금사과로 결실을 맛보고 싶은 것이 이놈의 소원입니다."

로 이 작품은 끝이 난다.

위와 같이 작품의 줄거리를 소개한 것은 이 작품을 논의하기 위한 방편일 뿐이다.

먼저 눈에 띄는 것은 발단과 결말에서 아폴리네르와 스피노자를 거명하면서 주인공의 심정을 표현하고 있다는 점이다. 가난 극복을 갈망한 의지는 확고하지만 행동으로 옮긴 내용이 없다는 것이 이 소설의 한계라 여겨진다. 다만 제목 '잊혀진 훈장'에만 초점이 맞추어서는 발단과 결말에서의 역할을 감당했다고 볼 수 없는 이유다. 그리고 이장移葬과 화장火葬 부분에서 상식적인 서술에서는 절제의 묘미가 요구된다고 하겠다. 무엇보다 상황 서술에만 치중하게 되면 작품으로서의 무게가 가벼워지는 약점이 드러나게 된다. 「느티나무가 웃었다」에서 보여준 반전 기법은 이 작가의 미래를 밝게 해 주고 있다고 하겠다. 곁들어 여러 개 단락으로 구성된 것을 탓할 것은 못 되지만 순차적인 구성보다는 그의 다른 작품에서 보여준 기법의 묘미를 살렸더라면 긴장감과 박진감은 물론이고 흥미도 더 고조시킬 수가 있었으리라는 말을 보태고 싶다.

작가의 견고한 정신세계, 작품을 쓰려는 의욕과 열정은 높이 평가해도 모자람이 없을 것이다. 작가적 역량을 키우기 위한 노력을 더 쏟는다면 대구소설계에 그의 위치가 한층 공고하게 되리라는 말을 덧붙이고 싶다.

건강한 사회 만들기

근간에 발표되는 시들을 보면 고심 끝에 난산한 작품들과 편하게 시작詩作한 경우일지라도, 읽기(이해)가 쉽지 않은 반면에, 작가가 소설을 작품화하기는 어렵지만 독자들이 읽기(이해)에는 쉬운 편에 속한다고 하겠다. 문단에 얼굴을 내민 시인과 소설가의 숫자에서도 방증이 되지 않을까? 대구만 하더라도 시인들에 비해서 소설을 쓰는 사람이 많지 않고, 그러니까 발표되는 작품들도 적을 수밖에 없는 것이다. 《竹筍》43호(2009년)에는 송일호의 「뿌리」와 임제훈의 「맹물전선」 두 편만 게재되어 있다.

송일호의 「뿌리」는 이미 《대구문학》 78호(2009년 봄 호)에 「족보」라는 제목으로 발표되었던 작품인데, 제목만 바꾸어 《竹筍》지에도 실어 놓은 셈이다. 권장할 사항은 아니지만 작가의 이름을 밝혔기 때문에 어디까지나 작가의 책무에 맡기는 수밖에 없다고 본다. 또 작가가 폭 넓게 읽히기 위해서 의도적으로 발표할 수도 있을 것이기 때문에 더 이상은 논의하지 않는 것이 좋을 것 같다.

임제훈의 「맹물전선」은 내가 살고 있는 주인집 연상의 딸과의 관계 설정은 소설답다.

서울의 한 모퉁이, 그것도 지대가 높다란 삶의 현장이 잘 묘사되어 있다. 30살의 주인집 딸은 대학생인 내가 마음속으로 고상한 누님처럼 사모하고 있었는데 친구 영석이가 불러내어 찾아간 곳이 술집이었고, 거기에서 주인집 딸이 술주전자 운전을 하면서 손님의 입맛대로 알몸으로 연출하는 모습에서 나는 실망했지만 돈 많은 영석이가 팁도 주고 모시고 하룻밤 같이 지낼 수 있는 돈까지 지불했다. 나와 주인집 딸이 여관에서 술에 취한 상태로 알몸으로 자고 나서 나는 꼭 누님을 범한 것 같아서 부끄럽기도 하고 죄책감마저 가지게 된다. 그러나 그 후에 그녀의 말에서 그날 밤은 취한 상태에서 아무런 일이 없음이 밝혀지지만 그래도 마음 한구석에서 찜찜한 생각은 쉬 사라지지 않는다.

그날 밤 이후로는 주인집 딸은 집에 오지 않았고 나도 이사를 갔다. 도서관에 박혀 공부하는 나를 영석이가 찾아와서 인천에 있는 좋은 곳에 가서 회라도 먹으며 영양보충도 하자고 제의한다. 두 사람이 생선이 담긴 함지를 늘어 놓고 장사하는 여인들 중에서 주인집 딸과 만나게 된다. 그리고 두 사람이 함께 주인집 딸이 자취하는 집으로 가게 된다.

앞으로 잘살 때를 생각해서 일부러 누추한 걸 그대로 보여드리니 욕은 하지 마세요. 두 분 앞에서 옷을 벗어부치듯 알몸 그대로 보여 드립니다. 아가씨의 방에는 술집에서 입던 깨끗한 한복이며 새뜻한 건 없고 일복 한 벌이 더 걸렸었다.

아가씨와 헤어져 서울로 오는 버스에서 우린 취기를 빙자해 입을 다물었다. 아가씨의 용단과 강한 생활력에 많은 감화를 받았다. 오늘의 좌석은 내가 도맡아야 하는데…

　앞으로 언젠가는 내가 도맡을 날이 오겠지. 난 주먹에 힘을 주며 어금닐
지긋이 물었다.

　이 작품은 이렇게 끝맺음을 하고 있다. 단편소설이 가지는 단일한
사건으로 처리되어 전혀 무리한 이야기는 아니다. 설명과 묘사에서
는 지나친 수사修辭가 독자들에게 부담감을 줄 수 있을 것 같기도 하
지만 작가의 능력과 글 솜씨로 봐서는 부정적인 요소보다는 장점이
더 많을 것 같다.

　흔히들 대학생들 중에는 일시적인 일탈 행위가 있을 경우 본연의
자세를 잃고 방황하게 되는 모습을 우리는 주변에서도 볼 수 있는데
이 작품의 주인공인 나는 대단한 의지력으로 그곳에 매몰되지 않고
자기 자신의 위치를 공고히 하는 대학생이 있다는 것을 부각시키고
있다. 아가씨 역시 손쉽게 벌 수 있는 직장(?)을 뿌리치고 사람답게
살려는 쪽으로 옮겨갈 수 있게 한 것은 작가 정신이 그만큼 굳건하
다는 것을 의미한다. 이는 앞의 송일호의 작품과 그 맥락을 같이하
고 있다.

　임제훈 작가는 시인으로 출발했고, 지금도 시를 많이 발표하고 있
는데, 2005년《시사문단》5월 호에 「아내의 환상」이란 소설이 당선
되어 공간 시인협회와 한국소설가협회 등 여러 단체에 회원으로 작
품을 발표하고 있는 작가이기도 하다. 이 작가는 시와 소설, 어느 쪽
에 더 심혈을 기울일지는 알 수 없지만 작가가 의욕을 갖고 열정을
쏟아붓는다면 양쪽 다 살려 나갈 수도 있고, 한쪽으로만 경사될 수
도 있을 것이다.

　이상 두 작가의 작품을 일별했는데, 두 사람 다 연륜이 만만치 않

지만 작품에 열정을 불태우는 것을 보면 나이를 잊고 건강하게 살려는 모습이 작품에서도 그대로 반영되고 있다. 이 작가들이 추구하는 건강한 사회 만들기가 작품에서 계속 이어진다면 우리 사회는 한층 밝은 미래를 약속받게 될 것이다.

새로움에 대한 탐구와 열정

《대구기독문학》제5호에는 이수남의 「歲月 6」과 박하의 「홍실이」, 이수인의 「우리가 정말 저기 있었을까」 등 세 편의 단편소설이 게재되어 있다. 작가 박하는 수필가로서 그 명성을 얻고 있지만 소설작가로서는 생소할 뿐만 아니라 이 작품 하나만 읽고서 판단한다는 것은 정확성 확보에 자신감을 가질 수 없어서 여기서는 거론하지 않으려 한다. 다음 기회에 다른 몇 작품이 발표된 이후로 미루어도 하등 문제가 없으리라는 확신 때문이다.

이수남의 「歲月 6」은 시리즈 형식을 빌리고 있지만 각 작품이 긴밀한 연관성에 근거한 것은 아니다. 큰 흐름의 관점에서 볼 때, 세월과 더불어 살아온 인생문제에 초점을 맞추고 있다는 점에서 그 맥락을 같이한다고 볼 수도 있을 것이다. 작가가 2010년 4월 25일에 발간한 『세월 이수남 연작소설』에서는 9편이 수록되어 있는데, 여러 문학지에 발표할 때는 제목이 '歲月' 번호로만 되어 있었지만 소설집에서는 각 작품마다 제목이 붙어 있어서 독자들의 이해에 도움을 주고 있다. 그것은 제목만 보더라도 작품의 윤곽이 어느 정도는 짐작이 가기 때문일 것이다. 여기서 잠시 '작가의 말'을 인용해 보기로 한다.

　　먹이를 몰고 온 박새 한 마리의 이야기가 또 다음의 이야기를 몰고 오는 말하자면 짧은 이야기 마디마디가 그대로 끝나지 않고 꼬리를 물고 계속 이어지면서, 다시 그 다음의 이야기가 자연스럽게 일어서는, 띠처럼 길게 늘어져 있는 형식의 연작소설이라고 보면 될 것이다. - 중략 - 지난 3년에 걸쳐 발표된 이 작품들은 마치 바늘로 한 땀 한 땀 꿰매어 두터운 누비이불을 만들듯 그렇게 만들어졌다. 여기 연작 형식의 짧은 이야기 하나하나들은 세월이라는 공간 속에 저마다 태생적으로 가진, 가슴 저린 삶의 빛깔들을 지니고 있기도 하다.

　작품집에서는 「歲月 6 - 낙지와 수학여행-」으로 되어 있는 이 작품은 완전히 독립된 한 편의 작품이다. 이수남의 다른 작품에서도 그렇지만 그의 작품에는 억지로 꾸미려는 의도는 찾아볼 수 없고, 허구지만 현실을 바로 눈앞에 펼쳐보이듯 실감나게 표현할 뿐만 아니라 언어 구사력이 탁월하다는 평가를 내릴 수밖에 없다는 점이다. 일상사의 이야기지만 그의 수중에 들어가면 멋진 이야기로 탈바꿈되어 나타나기 때문이다.
　이 작품 역시 지순이 할머니의 삶의 편린과 그녀의 딸에 대한 이야기로, 지역적으로는 전남에서 강원도로 옮겨가면서 전개되고 있는데, 전남에서의 이야기는 주로 지 할머니의 구겨진 삶이라면 강원도에서는 지 할머니의 딸의 이야기다. 슬하에 자녀가 없는 방 구장의 내연의 처가 되어 임신한 모습으로 한 토막은 끝나고 이어 수학여행의 다른 이야기가 들어와서 꾸며진다. 그 연결 방식도 자연스럽게 속초 중앙시장 건어물점으로 이어져 자칫하면 독자들은 생소한 이야기로 판단할 수도 있겠지만, 세월의 한쪽 구석을 묘파하고 있다. 이수남 작가의 작품평을 쓸 때마다 나의 뇌리에 각인된 것은 작품을 너무 잘 쓰는 작가라는 것이다. 다른 예술과는 달리 문학작가는 후천적이라고는 하지만 확실히 그는 타고난 작가적 기질을 갖고 있다는 인상을 깊게 새겨주고 있다. 대구지역에 이만한 작가가 활동하고 있다는 것은 매우 고무적이고 기쁜 일이 아닐 수 없다. 그의 작품은 세월의 흐름에 따라 진가가 더 돋보이리라는 말을 보태고 싶다.

이수인의 「우리가 정말 저기 있었을까」는 서울에서 부부산부인과 의사 내외가 대구 팔공산 암자에 와 계시는 어머니를 모시러 오는 데서부터 이야기는 시작되고 있는데, 부부간의 갈등을 아주 담담하면서도 냉철하게 묘사하고 있다. 남편 의사와 아내 의사와의 감정의 물결도 절제하면서 이어가는 구성까지도 작가의 재치와 문장력이 부각되고 있다. 이혼까지 갈 것 같은 단계에서도 지성인답게 또 쌍둥이 입시생 아들을 둔 부부의 지혜로운 균형감각으로 감정 처리를 한 점에서도 호감을 주지만, 위기를 극복하는 장면이야말로 윤리도덕적인 측면에서도 칭찬할 만하다.

"이혼하기 전에 꼭 물어볼 말이 있는데."

산 쪽으로 시선을 주고 있던 그가 고개를 돌려 그녀 얼굴을 쳐다보았다.

"작년 이맘때 말이야, 당신이 나한테 한 말. 기억해? 정말 스와핑을 할 생각이었어?"

- 중략 -

"내가 그런 말을 했어? 생각이 안 나는데…"

남편의 표정은 담담했다. 그녀는 거짓말이든 아니든 남편이 그렇게 말해 준 게 고마웠다. - 중략 -

"이혼하면 10년은 젊은 남자 만나서 재혼해야겠다. 그러면 사는 게 좀 재
미 있어지려나."

"그러려면 갈 때 운전 조심해. 과속하지 말고."

이런 대화의 여유가 그들의 갈등을 봉합하고 있다. 마지막 구절은

그녀는 돌아서서 자신들이 걸어온 길을 보았다. 저 멀리 소나무들의 푸
른 공동묘지가 보였다.

로 끝난다. 요사이 드라마나 소설 작품에서 의사가 주인공으로 많
이 등장하고 있는데, 이는 작품들이 시대를 반영하고 있다는 증거가
되고, 위의 작품처럼 정갈하게 사건 처리를 한 예는 흔치 않다는 점
에서도 이 작품은 좋게 평가 받아도 무리가 아닐 것이라고 여겨진
다.

단일한 인물을 내세워 단일한 사건으로 처리된 단편소설로는 보
기 드문 수작이라 평하고 싶다. 간호사 L 양과 의사 남편과의 관계가
이야기로 이어지지만 그들의 관계가 적나라하게 묘사된 부분은 없
고, 설명으로 간단히 끝내고, 어디까지나 부부간의 문제를 재치 있
게 끌고 간 것은 작가의 몫으로, 그 책무를 다했다고 봐야 할 것이다.

두 작가 모두 나름대로 새로움에 대한 탐구와 작품에 기울이는 열
정이야말로 높은 점수를 받아야 할 것이다. 끊임없는 그들의 노력은
독자를 기쁘게 만들 것이라는 말을 덧붙이면서 다음 작품을 기대해
보기로 한다.

현진건문학상 수상작이 된 작품과
인상 깊은 두 작품

《竹筍》44호는 지금까지 발간된 어떤 호보다도 전반적으로 풍성한 작품들이 저마다 빛을 내고 있다. 목차만 보더라도 무려 4면에 걸쳐 많은 집필진이 참여하여 다양한 장르에서 그 몫을 다하고 있다. 이는 새로운 집행부가 구성되어 그들이 열정과 성의를 다한 결과일 것이다.

소설만 하더라도 한 호에 두 편 정도만 게재되어도 구색이 맞고, 조화를 이룰 수 있지만 이번 호에는 무려 세 편이 수록되어 있고, 더구나 원고 제출 시에는 전혀 모르고 있었지만 현진건문학상 수상작이 된 송일호의 「캥거루」(쿼바디스 도미네)가 게재되어 있고, 구자명의 「돼지효과에 대한 한 보고」와 임제훈의 「다시 만나다」가 인상 깊게 각인시켜 주고 있다.

구자명의 「돼지효과에 대한 한 보고」는 제목이 꼭 보고문서 같은 선입견을 갖게 하지만 분명히 소설이다. 세 개의 에피소드가 각각 독립된 이야기지만 전체적으로는 일관된 작가의 중심사상의 범주

내에 속해 있다.

첫 번째 이야기는 중국 장시성 작은 마을에 돼지 농장을 소유한 왕 모씨(55세)로서 청이병으로 사육돼지가 절반으로 줄어들자 지참금을 마련하여 시집보내려던 맏딸이 약혼자 집안으로부터 파혼을 당하자 동네 저수지에 몸을 던진 내용이다.

두 번째 이야기는 전라북도 한 소읍에 사는 양돈업자 박 모 씨(63세)로서 30여 년간 경영해 오면서 온갖 고생을 해 왔지만 끝내 그는 돈사에서 목을 매어 자살했다. 아내가 문갑서랍에서 찾아낸 남편이 쓰던 헌 공책에는 정책시설자금 대출금, 농협상호금융융자금, 사료대금 연체비 등 채무 상황이 자세히 기록되어 있었다. 도시에 사는 외아들네로 가기 위해서 집문서까지 찾아 읍내 부동산 사무실에 가 본 결과 이전금지 및 가처분 신청이 되어 있는 물건이라는 것을 알고 아들에게 사실을 알려 주었다.

> 어머니를 모셔가기로 예정된 다음 날, 아들 내외는 밤이 이슥해지도록 연락불통인 채 나타나지 않았다.

로 끝맺고 있다.

세 번째는 미국 시카고에 사는 골드만 씨(37세). 유대교 신년명절 축제를 앞두고 시나이반도의 유명 휴양지로 팔레스타인과 인접한 타바시의 한 고급호텔에 가족을 데리고 도착한다. 상품선물옵션거래 중개를 하는 개인 투자회사를 차려 중국의 돼지 파동 등으로 사료가격 상승으로 한몫을 챙기게 된다. 호텔 레스토랑에 만찬을 예약한 뒤 아내와 두 아들이 주변을 구경하는 모습을 창을 통해 내려다본다. 그러고는 자기 행운을 자축하려고 샴페인 병을 집어드는 순간, 호텔을 향해 돌진하는 검녹색 밴 차량을 발견한 그는 비명을 질렀다.

　　사흘 뒤 그는 미국으로 돌아가는 환승여객기를 타기 위해 카이로 국제공
항 탑승자 대기실에 얼굴을 두 손에 파묻은 채 앉아 있었다. 그의 옆에는 아
내도 아이들도 보이지 않았다.

　짧은 세 개의 에피소드는 제각각 독립된 하나의 이야기로 완성되
어 있으면서도 한 묶음으로 처리해 놓은 의도는 행이든 불행이든 인
간의 삶은 부질없으니 살아 있는 동안 하루하루를 뜻있게 잘 살아야
된다는 이치를 숨겨 놓고 있다. 특히 첫 번째는 55세, 두 번째는 63
세 세 번째는 37세 등 나이까지 군이 명기해 놓은 것은 출생연도와
상관없이 인생의 굴곡은 찾아온다는 것을 밝히려는 의도와 함께 무
대를 중국, 한국, 미국 등으로 설정해 놓은 것도 보편성 확보에 기어
코자하는 작가의 예리한 계산된 구도를 읽을 수 있게 한다.

　송일호의 「캥거루」는 이미 《대구문학》 85호(2010년 7, 8월 호)에 「쿼
바디스 도미네」라는 제목으로 발표한 바 있으며, 이 작품은 '대구소
설가협회'에서 수여하는 제2회 '현진건문학상' 수상작이 되었다.
《竹筍》지에 원고를 제출할 때는 이 작품이 수상작이 되리라는 예상
은 하지 않았겠지만 작가 자신은 이 작품에 많은 열정을 쏟았고, 그
만큼 애정도 갖고 있었고, 또 무게 있는 작품이라 여겼으리라. 그래
서 더 널리 읽히고자 하는 욕심이 발동했으리라 짐작이 된다. 이미
《대구소설》 16집(2010년 12월)에도 이 작품이 게재되어 있고, 이수남,
이연주, 신재기 세 사람의 명의로 된 심사평도 실려 있기 때문에 여
기서 더 부연하는 것은 바람직하지 않다는 판단에서 평가는 하지 않
기로 한다. 다만 송일호 작가가 쓴 작품들 중에서 수작임을 확인하

면서 연령과 상관없이 창작에 몰두하는 그의 열정에 경의를 표하고
싶다.

　임제훈의 「다시 만나다」라는 작품은 작가 자신의 체험과 연관된
소설로서 그것이 실화이든 허구의 산물이든 간에 현장감을 환기시
키면서 실감으로 다가와 흥미를 유발시켜 주고 있다. 환과고독鰥寡孤
獨의 사궁四窮 중 홀애비가 가장 불쌍한 사람 중에 속한다고 하는데,
주위에서 일어나는 현실을 보면 옛말대로 '홀애비 사정은 홀애비만
이 안다'고 하는 말이 맞는 것 같다. 70세에 아내를 먼저 보낸 작가
는 직접 자신이 처해 있는 지금의 심정을 사실적으로 묘파하고 있
다.

　외롭게 지내고 있던 중 외사촌 여동생으로부터 오빠의 짝이 될 만
한 사람이 있다는 전화를 받고 점촌으로 향한다. 만나고 보니 뜻밖
에도 옛날 젊은 시절 선을 보고 서로 좋아했던 여인이었고, 식당 겸
술집을 경영하는 사장 집 딸로서 신랑 고모가 적극적으로 반대해서
결혼이 성사되지 못했다는 사실을 알게 된다. 그때 처녀인 이정선은
신랑 될 사람인 당시 문경중학 국어선생인 임 선생에게 장문의 편지
를 썼으나 보내지 못했던 사연까지 들려주었다. 남편 먼저 보내고
애들마저 성가시킨 홀가분한 이정선 씨를 다시 만나게 된 셈이다.
늙었지만 젊은이 못지않게 감정표현을 말로나 행동으로 옮기는 것
이 전혀 어색하지 않게 읽히는 것은 작가 자신이 실제 그대로 연출
하고 있기 때문일 것이다. 아내 될 이정선 씨의 아들과 딸의 만남에
서 췌장암으로 2개월 시한부 인생인데도 아내로 맞이할 수 있겠느냐
는 청천벽력 같은 질문을 받게 된다.

　난 내가 타고난 팔자라 생각하고 정선 씨를 아내로 맞아 사는 동안만이

라도 열심히 후회 없도록 살겠네.

라는 꾸밈없는 진정의 말을 듣고서

아버지, 어머니! 용서해 주십시오. 실은 아버지께서 어머닐 진짜 영혼으로 사랑하시는가 시험해 보았습니다. 합격이십니다. 저의 어머님 암환자가 아닙니다. 어떤 병도 없이 건강하십니다. 두 분 아무 걱정 마시고 오래오래 사십시오. 저희들이 새 부모님으로 모시는 큰 절을 올리겠습니다. 자 다들 일어서라.

는 장면에서는 반전에 반전의 수법이 돋보이는 대목이다. 이와 유사한 소설들도 많이 읽었지만 이 소설에서의 이 부분은 독자들에게 깊은 인상으로 각인되리라 여겨진다. 이런 이야기가 독자들에게 흥미롭게 읽히게 되면 소설로서의 목적은 성취된 셈이다. 우리 주변에는 이보다 더 우연 같은 현실이 실제하고 있다는 사실을 염두에 둔다면, 그리고 소설이 현실을 넘어서지 못한다는 사실 앞에 이르면, 임제훈의 「다시 만나다」가 결코 과장된 허구로만 끝나지 않았다는 이론이 설득력을 얻게 된다. 다소 문장이 매끄럽지 못한 데가 있음에도 불구하고 이 소설이 재미있게 읽히는 것은 작가 자신의 진지한 정신세계의 반영일 것이다.

《竹筍》44호에 소설이 세 편이나 수록되었다는 것은 경하할 일이다. 대구지역에는 소설가가 적고 그 결과 작품 얻기가 어려운 때에 풍성한 차림상을 차려 놓았다는 그것만으로도 주목에 값한다고 하겠다. 더구나 '현진건문학상' 수상작과 두 분의 작품세계는 우리들에게 많은 것을 시사해 주고 있다. 그리고 재미있게 읽었다.

작가재능의 우월성

중앙을 제외한 지방문단들이 동일한 상황이겠지만 대구의 경우에는 80년대 초반까지도 시인이나 작가들이 작품을 발표할 지면紙面이 부족하여 큰 애로를 겪었다. 이는 창작 의욕마저 저하시킨 결과를 초래했던 것이 당시의 현실이었다. 그러나 그 후부터는 점차 문학지들이 새로 등장하면서 사정은 역전되어 게재할 작품이 모자라 편집자들을 당황하게 만들고 있다. 시와 수필, 아동문학 분야는 시인과 작가의 양적 우위로 인하여 해결이 가능하지만 특히 소설 부문에서는 등재할 작품 구하기가 어렵게 되어 가고 있다. 그것은 소설가의 수적 열세에도 원인이 있겠지만 양산할 수 있는 장르가 아니라는 것도 한몫을 제시한다고 볼 수 있을 것 같다. 보편적으로 문학지에 게재되는 소설 작품은 한 호에 한두 편 내지는 많아야 세 편 정도다. 어떤 때는 아예 없는 경우도 있다. 많은 작가를 보유하고 있는 대구문협에서 발간되는 《대구문학》 94호(2012년 1, 2호)에서도 소설이 한 편도 보이지 않았다는 것은 이를 확인시켜 주는 한 예라 하겠다.

《경맥문학》 창간호에는 다른 여러 장르에서도 읽을거리가 풍부하지만 특히 소설의 경우 다섯 편이나 실려 있다는 것은 주목에 값한 다고 하겠다. 더구나 개성이 뚜렷하고 본교의 위상에 걸맞게 작품마다 작가 재능의 우월성이 빛을 발휘하고 있다는 것은 우리의 기대를 충족시켜 주고도 남음이 있다.

김범선의 「상원사上元寺」는 첫 부분에서는 기행문처럼 거침없이 내려가다가 기차간에서 스님과의 간단한 만남이 이야기를 이끌어가는 계기가 된다. 상원사에 이르러 상원사를 지킨 큰스님에 대한 이야기를 들려준 사람이 바로 기차간에서 잠자고 있던 자신을 덮어준 누빈 잿빛 두루마기의 스님이었고, 그가 들려준 큰스님에 대한 두 개의 에피소드를 재미있게 각색한 능란한 글 솜씨가 예사롭지 않았다. 이렇게 작품화한 소설도 얼마든지 빛을 낼 수 있다는 본보기로 보여준 작품이라 하겠다. 똑같은 이야기일지라도 흥미롭게 들려주는 사람이 있듯이 이 소설가는 무슨 이야기라도 소설화할 수 있는 능력의 소유자라고 평가해도 아무도 이의를 제기하지 못할 것이다. 소설 말미에 소개된 작가의 작품 활동의 결과가 이를 입증하고 있다.

「아름다운 사람들」(월령체 소설)을 발표한 김광수는 거침없이 내뱉는 걸쭉한 입심의 소유자로 이미 정평이 나 있는데 이 작품 역시 그의 독특한 문체가 돋보이고 있다. '구월령 아름다운 직녀'와 '시월령 올라가지 못할 나무 춘희'의 두 개의 에피소드는 사건의 재미로도 독자들을 긴장시키지만 그보다 그의 시니컬하면서도 자유자재로 구사하는 문장력에 매료되게 한다.

오후에는 아르바이트로 남의 집 귀한 아이를 가르치기. 진상은 가르친답

시고 아이들은 망치는 짓이었다. 문과대학생답게 수학 과학은 아이들보다 나을 게 하나도 없는 주제에 교재연구도 없었다. 심지어 어떤 날은 술까지 마시고 들어가 영어와 국어 교재 중에 아는 것 자신 있는 부분을 찾아 열을 올리다가, 수학은 그냥 구렁이 담 넘어가듯 얼렁뚱땅 넘어가는 일종의 사기극이었다.

이는 한 예에 불과하고 소설 전체가 이런 문장으로 엮어져 있으니 독자들은 카다르시스의 효과를 맛보게 될 것이다. 단지 걸걸한 문장뿐만 아니고 거기에는 예리한 위트와 유머가 가미되어 작가만의 우월성을 인정하도록 강요하는 듯하다.

다른 학교에 비해 문학가가 적은 본교에서 이만한 소설가를 배출했다는 것은 크게 경하할 일이다. 이 작가는 이런 문장으로 작품을 써야 자기만족도 되고 성취감을 갖게 될 것이다. 부산에 거주하면서도 대구 출신답게 대구문협 회원이기도 한 김광수 소설가. 앞으로도 우리의 기대를 충족시켜 주리라는 확신을 갖게 한다. 좀 더 작가를 소개하기 위해서 『대구문협 50년사』에서 그에 대한 부분을 인용하기로 한다.

1945년 칠곡군 동명출신인 김광수는 대구에서 대학을 졸업한 후 부산에서 거주하며 창작 생활을 하고 있다. 현재 대구문인협회 회원이기도 한 그는 1971년 첫 소설집 『여행자들』을 출간한 데 이어 『죄 없는 사람이야기』(1973년), 『잡초와 유형지』(1975년), 『통로』(1978년), 『빈 들 그리고 소년시절』(1985년), 『우리 동네 사람들』(1990년), 『두 도시 이야기』(2000년), 『그리고 태몽』(2007년), 『빈 들』(2910년) 등을 추간했다. 그의 소설은 걸걸한 입심이 돋보인다.

권영재의 「질투의 동산」은 구약성경 창세기에 나오는 아담과 이브, 그리고 간교한 뱀, 천지 창조자 조물주 하나님을 근본으로 삼아 작가의 상상력으로 아버지, 웅서와 자운이, 부류라는 이름으로 작품화하고 있다. 그 근본은 올바른 사랑을 강조하지만

"웅서는 뭐지? 내가 뭘 잘못한 거야? 아버지가 말한 사랑이란 것과 부류란 놈이 말한 사랑과 내가 한 사랑이란 도대체 어떤 차이가 있는 거지? 도대체 사랑이란 뭐지? 뭐지?"라고 그의 머리칼을 두 손으로 쥐어뜯으며 중얼거리고 서 있었다.

로 끝맺음한 것이 작가의 중심 사상이 되고 있다. 흔히 말하는 사랑이 과연 무엇인가에 대하여 이야기하면서도 확답을 못 얻고 있다. 그것은 우리 인간이 끝내 획득할 수 없는 영역인지도 모른다. 무엇보다 상상력과 재미나게 독자를 끌어가는 힘을 소유한 작가라고 평하고 싶다.

김해권의 「부스럼 태우기」는 현장감을 살린 소설로서 작가의 경험 세계가 고스란히 배어 있는 사실성에 호감이 간다. 그러나 작가의 정신세계는 현실을 초월한 이상세계를 지향하려는 듯한 인상을 주고 있다. 그것은 이 작품의 결말에 해당하는 윤종서 선생의 유서에서도 나타나고 있다.

- 전략 - 나는 학위를 취득하고 가까운 장래에 대학 교수가 되는 것이 싫다. 대학 교수가 학문 유출입과 산출의 최전방에 서 있는 공이 있기는 하지만 역시 무력하다. 대통령이 바뀌고 바뀌어도 목숨을 내던지는 여공과 여대생이 있는데, 대학 교수는 그들 중 하나도 살리지 못한다. 다시 말하면 죽

지 않도록 인도하지 못한다.

그러나 대학 교수를 비난하고자 이 날을 택한 것은 아니다. 미래의 대학 교수가 될지도 모를 무력하고 못난 나에게 학대와 형벌을 가하고자 했음을 분명히 해 둔다.

남은 것은 혼탁한 소음뿐…

과연 윤종서 선생과 같은 삶을 살다가 자기 나름의 사상을 확장시키지도 못하고 자살하는 것이 과연 최선의 방법일까 하는 데는 의문의 여지가 있다. 여기에는 두 가지의 해석이 가능할 것이다.

하나는 윤종서 선생과 같은 사상을 지니고는 현실과 타협할 수 없고, 또 그러한 이상 세계는 현실적으로 불가능하다는 점이며, 도태당할 수밖에 없다는 점, 또 하나는 그럼에도 불구하고 작가는 윤종서 선생 편에 서서 그 사상만은 지지하고 있지 않나 하는 점이다. 그러나 작가가 윤종서 선생의 자살로 마감시킨 것을 보면 꼭 그렇다고만 볼 수 없을 것 같다.

많은 장편 소설을 집필한 그의 작가적 위상과 이 작품에서 보여 준 필력과 재치는 높이 평가해도 이의가 없을 것 같다.

양선규의 「외로이 수박등」은 자전적 성격의 중편소설이다. 그것이 작가의 자전이든 상상의 산물이든 문제될 것은 없다. 다만 작품으로서 완성도만 지니면 되는 것이다.

1번부터 10번까지 번호를 붙여 독자들의 이해에 편의를 제공한 것은 작가의 의도와도 부합되는 대목이라 여겨진다. 아버지와 형, 어머니와 나(동생)의 굴곡의 삶이 현장감보다 더 흥미롭게 읽을 수 있게 할 뿐만 아니라 작가의 중후한 내면세계까지 사려 깊은 문장으로 엮어나가는 작가의 재능이 탁월해 보인다. 그가 20대에 이미 '오늘의 작가상' 수상자가 된 것을 이 작품 속에서도 대변하는 것 같다. 그는 학문적으로도 깊게 천착하고 있을 뿐만 아니라 사고의 폭도 깊고 넓다는 점에서도 남이 흉내 낼 수 없는 작가의 개성이 크게 부각되고 있다. 그리고 표현하는 작가의 역량이 이 작품에서도 누구나 눈치챌 수 있을 만큼 묻어나고 있다는 점이다.

나는 거기서 지금 내가 몸담고 있는 도시 공간의 집단무의식을, 내 트라우마를 용해제로 써서, 한번 풀어내 보려고 했다. 한 사회 심리학자가 현재의 우리 사회를 분석하면서 마조히즘적, 경쟁적, 냉소적 나르시시즘이라는 말을 활용한 것을 본 적이 있다. 그걸 그대로 대입한다면, 우리는 어차피 시골쥐니까 좀 추해도 된다는 묘한 마조히즘적 나르시시즘이 지배하는 사회, 그러면서 또 한편으로는 서로를 이타화(異他化)하기에 급급한 동물적인 경쟁적 나르시시즘이 옹호되는 사회, 그리고 타자에 의해 주도되는 모든 신성한 것들을 인정하지 않으려 하는 파렴치한 냉소적 나르시시즘이 당연시 되는 사회가 바로 지금 내가 뿌리내리고 있는 도시의 그림자 얼굴이라고 할만 했다.

전쟁은 무엇으로도 용서될 수 없는 죄악이다. 그것은 인간의 저열한 본능, 혹은 정신병이 자신을 보다 극적으로 드러내는 한 형태일 뿐이다. 밖에서 어떤 매개를 찾던 그것은 퇴치되어야 할 질병일 뿐이다. 그런 생각이 한순간 흘러지나 갔을 뿐, 뇌리에는 오직 1950년 10월의 평양뿐이었다.

그러나, 자신을 빼닮은 아들에게 함부로 다정해질 수도 없는 노릇이었다. 그건 결국 현재의 자신을 그대로 인정하는 꼴이 되는 것이기 때문이었다. 그런 사변적인 추리를 떠나서라도, 자기가 미웠기 때문에 자기를 빼닮은 아들에게 그 미운 감정의 잔재가 어쩔 수 없이 영향을 미칠 수밖에 없었을 것이라는 생각은 얼마든지 해 볼 수 있는 것이다.

이와 같은 표현의 예는 다 열거할 수 없을 만큼 많다는 것은 작가의 중후한 문장력과 내공으로 쌓은 실력의 결과이리라. 마지막에 「내 마음은 빨강」을 인용하면서 끝맺음으로 처리한 것에서도 작가의 재능을 다시 한번 확인할 수가 있다.

『대구문협 50년사』에 수록된 작가의 프로필을 보기로 하자.

> 1956년 제주에서 태어나 경북대학교 사범대학 국어교육과를 졸업한 양선규는 1983년 「편지」, 「외출」, 「가라도」로 제7회 오늘의 작가상을 수상하면서 등단했다. 그의 출세작 『난세일기』는 「난세일기」, 「향기로운 폐허」, 「마지막 겨울의 잔해」로 이루어 진 연작소설로 월남 피난민 가족 상호 간의 갈등과 화해를 다루고 있다. 일련의 연작소설을 통해 분단문제의 심각성과 해결방법을 무게 있게 처리했다는 평을 받았다. 『난세일기』(1985년), 『고양이 키우기』(1987년), 『나비꿈』(1993년) 등이 있다.

그는 현재 대구교육대학교 교수로 재직 중이기 때문에 학문에 몰두하고 있는 것 같다. 우리가 그에게 기대하는 바가 결코 가볍지 않다는 것을 작가 자신도 인식하고 있으리라 짐작된다.

위에서 본 바와 같이 일반 문학지에 발표된 작품들과는 비교 우위에 있다는 평을 하게 되고, 이는 곧 《경맥문학》의 지가紙價를 높여주는 동력의 역할까지 담당하고 있다고 하겠다. 무엇보다 다섯 작품 모두가 각각의 위치에서 작가의 탁월한 재능이 우리를 경이롭게 할 뿐만 아니라 소설이 어떻게 창작되어야 하는가를 본보기로 보여준 점에서도 높이 평가받아 마땅하리라 여겨진다.

「氷以花빙이화」를 아는가?
- 정재용의 장편소설

선입견이 얼마나 무모하고, 불확실하며 진정성이 결여되어 있는
지, 체험한 사람들은 인정할 것이다. 대구에서 활동하고 있는 소설
가 정재용을 아는 사람들은 많지 않은 것으로 알고 있다. 그렇기 때
문에 그의 장편소설 「氷以花」가 2009년도에 출간된 것조차도 모를
뿐만 아니라, 설령 알았다 하더라도 관심을 갖고 주목하지 않았던
것이 지금까지의 실정이다. 대체로 장편소설이라면 아예 책장을 넘
겨볼 마음의 여유도 없다. 나 역시 대구지방의 작가가 쓴 장편소설
이기에 시간을 할애해서 읽을 필요가 있을까 생각하면서 책꽂이 한
쪽 편에 얹어 놓으려다가 그래도 내 손에 들어온 장편소설이라 앞장
부터 읽기 시작했다. 그 순간 가벼운 전율을 느끼면서 대구에 이런
작가가 있었던가! 감탄이 저절로 나오는 게 아닌가.

「氷以花」는 상하 두 권이지만 보통 장편소설의 네 권에 해당할 만
큼 그 분량 면에서도 독자를 압도하고 있다. 독자를 이끌어가는 문
장력과 박진감과 긴장감을 가미시킨 치밀한 구성, 독특한 작가적 재
치와 심도 있는 고증을 바탕으로 일제 암흑기의 대구 모습까지 상세

하게 기술해 나가는 작가의 역량에 매료되고 말았다.

끝내 다 읽고 난 소감은 많은 독자들에게 대구가 낳은 이만한 작가가 활동하고 있다는 것을 알리라는 내면의 욕구가 강하게 자극해 왔다.

소설이 비록 거짓말일지라도 거짓말이 거짓말로 끝나면 그것은 소설이 될 수 없다. 그 속에는 진실이 담겨져 있어야 함은 말할 나위도 없다. 『氷以花』 같은 계열의 소설은 사실성의 확보가 필수적 요건에 해당된다. 그것은 당시의 시대상황과 무대까지도 확실한 근거에 의지해야만 독자들에게 공감을 줄 수 있기 때문이다. 작가가 일제 때 대구 경찰계통과 지역의 현장감을 전해주는 묘사에서 보여준 소설 기법은 많은 연구와 고증의 결과물임을 단번에 눈치채게 한다. 이는 장편소설을 창작하는 작가들이 소설의 무대를 여러 번 현장 답사를 하면서 사실성을 담보하기 위해서 노력하는 것은 당연한 작업으로 받아들여지는 것과 궤를 같이하고 있다.

실존했던 朴重陽이라는 대구 침산동 박작대기를 등장시키고, 그 옆에 살고 있는 박진사(중희)의 인물을 설정해 두고 그 밑에 딸린 많은 하층인물들과 대비시켜 이야기는 계속 진행되고 있다.

1940년 일본 제국의 말기에서부터 해방을 거쳐 1950년 6·25 한국전쟁 등 격동기를 거치면서 수많은 굴곡의 삶을 살아온 박봉숙이라는 한 여성의 일대기 곧 여자의 일생과 그 주변에서 일어나는 끊임없는 사건들을 한국적 문화에 접목시킨 소설이기도 하다.

그 속에는 작가 정신의 핵심과 좌우 대립에 대한 이론 전개, 상황에 따른 작가의 시선, 그 깊이와 철학이 짙게 묻어나고, 그것을 소설 속에 교묘하게 대입시켜 무리 없이 전개함과 더불어 그의 소설가다운 문장력이 이를 뒷받침하고 있다. 여기에서 독자들은 작가와 친밀하게 동질감을 갖게 된다. 장편소설 작가로서의 재능이 발휘되는 대목이기도 하다.

점순이와 찬기의 소식이 두절되었다가 적당한 시기에 맞추어 등장시킨 것이나 이동철의 변화무쌍한 삶의 애환, 많은 등장인물들의 변동 상황, 박중양, 박중희의 끈질긴 삶의 궤적 등을 서술해 가는 과정은 작가적 역량을 가늠해 볼 수 있는 부분이기도 하다. 그러면서도 주인공인 봉숙의 행동이 필연성으로 옮겨가는 사건 처리는 독자들을 매혹시키고도 남음이 있다고 하겠다. 소설의 긴장감과 흥미가 지속적일 때 독자들은 곁을 떠나지 않게 되는 것이다. 이런 점에서도 작가는 에피소드마다 클라이맥스와 반전 등 자유자재로 완급을 조절하면서 소설 기법을 능란하게 요리하는 솜씨 또한 눈여겨볼 만하다.

일본 순사부장 등이 벌이는 잔인한 고문과 사건조작 등의 묘사에서도 실감과 감탄을 자아낼 뿐만 아니라 당시의 실제 인물들을 표면에 내세워 전개해 나가는 과정에서 많은 고심과 열정을 쏟고 있음도 짐작할 수가 있다. 또한 위안부로 끌려가는 장면에서 반전이 되고, 당시 상황을 상세하게 기술하는 솜씨, 해방 전의 대구지리가 눈앞에 보이듯이 표현한 그의 언어구사 능력이 독자들의 상상을 넘어서고 있다. 게다가 하권 앞 페이지에 당시 대구읍성 지도를 첨부한 것은 작가가 이 작품을 쓰기 위해서 얼마나 심혈을 기울였는지 확인시켜 주는 증거이기도 하다. 계절의 변화에 따른 묘사에서도 그의 섬세한 감각과 언어조탁에 기울인 노고를 읽을 수 있다. 하권 252쪽 제30장 동토凍土의 땅, 서두를 보면,

전쟁이 지난 그해 겨울은 지독한 폭설의 계절이었다. 멀쩡한 땅을 갈라지게 만들었다는 1930년대의 한파가 재현되는 듯싶었다. 살을 에는 추위와 조선의 산하를 뒤덮은 폭설은 동(動)에서 정(靜)으로 변화시켰다. 다행히

흰 눈이 쌓인 들판은 포근했다. 온갖 추악한 모습을 가려주는 폭설의 온기가 발산된 탓이었다. 그러나 시야에 들어오는 산의 모습은 달랐다. 전쟁의 상처로 폐허가 된 민둥산은 백설의 혜택을 누렸지만 듬성듬성 잡목이 살아남은 산들은 앙상한 갈비뼈가 드러난 사람처럼 엉성했다.

그 외에도 사건과 긴밀한 관계를 유지하면서 연속적으로 전개되는 에피소드는 긴장감과 기대감으로 읽게 만드는 작가의 의도와도 부합되며 조화를 이루고 있다. 구체적으로 다 지적할 수 있을 만큼 지면이 허락지 않기 때문에 접어 두고, 작가의 변辯을 인용하는 것도 하나의 편의를 제공받을 수 있는 방법일 것 같다.

개혁적인 심성과 열의를 가지고 과감하게 사회에 뛰어들었으나 그 시절의 사회적 관습과 제도, 가정의 속박과 능력의 한계 등 그네가 탈피하기에는 너무나 거대한 장벽에 무너진 봉숙의 삶은…

그네와 더불어 동일한 시대를 살았던 그 시절의 청춘들의 모습들도 잔잔하게 보여 준다. 이들은 한결같이 시대가 부여한 업고(業苦) 속에서 고민하면서 주어진 삶에 충실하게 살아왔다. 하지만 그들이 역사의 흐름을 바꾸거나 좌지우지할 수는 없었다. 다만 세월의 흐름에 순응하면서 살아가는 것이 삶을 개척하는 최선의 방법이었다. - 중략 -

당신은 도도히 흘러가는 역사의 흐름에 어느 정도 순응하면서 살아가고 있는지? 아니면 흐름을 주도하기 위해서 당신은 어떠한 역할을 하고 있는지?

이 소설은 오늘날 청춘들에게 이러한 물음을 제시하고 그에 대한 해답을 암시함으로써 미래사회를 개척할 오늘날의 젊은이들에게 타산지석의 교훈을 제공해 줄 것이다.

이렇게 장황하게 인용한 이유는 소설을 다 읽지 못한 사람들에게 이만한 내용이라도 읽어 주었으면 하는 욕구의 발로에 기인하고 있다.

정진이와 상수, 연자와 정혜의 근황을 호흡이 급박할 정도로 매듭짓고 있는 끝부분은 독자들의 상상에 맡기고, 봉숙의 이야기로 끝맺음했어도 무리가 없었을 것이라는 견해를 조심스럽게 피력해 본다.

아무튼 이만한 작품을 상재했다는 것은 어떤 의미로도 가볍게 간과해서는 안 될 뿐만 아니라, 우리 문단에 크게 기여하고 또 각광받을 날이 올 것이라는 기대를 확신하고 있다.

작가의 개성이 뚜렷한 작품

《竹筍》 45호(2011년)에는 소설이 세 편이나 실려 있다. 구자명의 「범의 입맛」과 윤장근의 「장고무 인형」, 윤중리의 「석양의 풍경 2」 등이다. 소설 작업이 쉽지 않다는 점을 감안하면 이만한 작품을 게재하였다는 사실만으로도 경하할 일이다. 많은 회원들을 포용하고 있는 대구문협의 기관지 《대구문학》에서도 몇 호에 걸쳐 소설을 읽을 수 없었다는 것에 비하면 풍년이라 하겠다.

구자명의 「범의 입맛 -新호질-」은 연암 박지원의 한문소설 「虎叱」에서 차용된 '新 호질' 이란 부제가 붙었다. 「虎叱」에 나오는 벼슬을 좋아하지 않은 체하는 선비 북곽선생, 그는 마흔에 손수 교정한 글이 만 권, 구경九經의 뜻을 부연해서 책을 엮은 것이 만 오천 권이나 될 만큼 뛰어난 재사였다. 동쪽마을에 동리자라는 얼굴 예쁜 청춘과부 하나가 살고 있었는데, 그녀는 수절을 잘하는 과부였으나 각기 성姓이 다른 아들 다섯을 두고 있었다. 북곽선생과 이 과부와의 관계 등을 호랑이가 꾸짖는 반면에, 「범의 입맛」에는 국가에 도움이 안

되는 촛불 시위꾼들을 겨냥해서 꾸짖는 데 초점을 맞추고 있다. 공 뜨지만 작가의 중심사상이 확연히 드러난 작품이라 하겠다. 한편 명심해야 할 점은 세상에서 가장 쉬운 것이 남을 꾸짖는 일이라는 사실을 염두에 두었으면 한다. 세상사에 비판할 사항들이 어디 한두 가지겠는가. 직설적으로 표현하면 일시적으로는 후련한 느낌을 가지겠지만 작품으로는 미적으로 승화되고 순화된 묘사법을 활용하는 것이 독자들에게 더 큰 감동을 주게 될 것이다. 연암 박지원의 『熱河日記』속에 「虎叱」을 보면

> 범이 개를 먹으면 취하고 사람을 먹으면 조화를 부리게 된다. 그리고 범이 한번 사람을 먹으면 그 창귀(倀鬼)가 굴각(屈閣)이 되어 범의 겨드랑이에 붙어살면서, 범을 남의 집 부엌으로 이끌어 들여서 솥전을 핥으면 그 집 주인이 갑자기 배고픈 생각이 나서, 밤중이라도 밥을 지으려 하게 되며, 두 번째 사람을 먹으면 그 창귀는 이올(彛兀)이 되어 범의 광대뼈에 붙어살며, 높은 데 올라가서 사냥꾼의 행동을 살피되, 만일 깊은 골짜기에 함정이나 묻힌 화살이 있다면, 먼저 가서 그 틀을 벗겨 놓으며, 범이 세 번째 사람을 먹으면 그 창귀는 육혼이 되어 범의 턱에 붙어살되 그가 평소에 알던 친구들 이름을 자꾸만 불러댄다.

는 내용이 앞부분에 나온다. 이는 작품 속에 등장하고 있기 때문에 참고삼아 인용해 보았다. 지금까지 보여준 여러 작품에서 드러난 구자명 작가의 개성이 담긴 모습을 이 작품에서도 읽을 수 있었다는 것이 무엇보다 값진 것으로 다가왔다.

윤장근의 「장고무 인형」은 제목부터 설명을 필요로 할 것 같다. 장고춤을 추는 인형이란 뜻이다. 오랜만에 읽은 윤장근의 소설이란 점

에서 더 관심을 갖고 읽을 수 있었다. 산수傘壽(80세)가 된 노작가의 열정에 먼저 경의를 표하고 싶다. 이 소설은 젊은 나이에 쓴 소설과는 달리 생기가 넘치는 역동은 약화되어 있지만 작가의 정신과 개성은 살아 있음을 볼 수 있다. 특이한 소재는 아니지만 소희라는 한 여인의 순탄치 못한 삶의 모습이 작품에서 숨쉬고 있음에 우선 호감이 간다. 전남편이 장고를 메고 춤을 추는 여인의 모습이 소희와 너무나 닮았다면서 사 온 인형과 연관되어 현재 남편과의 이야기가 엮어져 나가다가 끝부분에 오면

소희의 손에 인형이 들려 있었다.
소희는 곧장 T시의 저수지로 갔다. 저수지는 전과 다름없이 푸르렀다. 소희는 방죽에 서서 정신 나간 상태로 저수지 위를 내려다보았다. 방죽의 미루나무가 수면 위에 그림자를 드리우고 있었다. 바람 한 점도 없었다. 모든 것이 정지된 상태 그대로였다. 소희는 두려운 정적의 장벽을 헤치고 지나가듯 천천히 발걸음을 옮겼다.
"정말 당신을 닮은 아이를 낳고 싶었어요. 이것만은 믿어 주세요…"
소희는 혼잣말을 중얼거리며 물가로 내려갔다. 소희는 장고춤을 추는 인형을 가슴에 안은 채 무엇에 이끌리듯 수초와 마름으로 뒤덮인 물속으로 한 발 한 발 걸어 들어가고 있었다.

여인의 이중적 성격을 잘 묘파한 이 장면에서도 소설답다는 평을 더하고 싶다. 앞에서도 언급했듯이 생동감은 다소 떨어지지만 아직도 묘사의 기법이나 기술하는 재치는 시들지 않음을 보여 주고 있다. 무엇보다 몸도 마음대로 가누기 힘든 처지에 작품을 쓴다는 것은 그의 정신력이 받쳐 준 결과이리라. 이런 점에서 찬사를 보태고 싶다. 젊은 작가들에게는 분발을 촉구하는 계기가 되었으면 하는 희

망도 가져 보게 한다.

윤중리는 윤장근尹長槿이란 이름으로 작품활동을 하다가 앞에서 본 윤장근尹章根과 한글 이름이 같기 때문에 연하인 尹長槿이가 윤중리로 바꾸어 쓰게 되었다. '竹筍' 회원은 아니지만 원고 청탁에 쾌히 응해 준 결과물이 바로 「석양의 풍경 2」이다.

그는 대구에서 활동하는 소설가들 중에서도 교단에서 학생들을 지도하면서 건실하고 꾸준히 작품을 발표하다가 지금은 퇴임을 하고, 다소 여유를 갖고 집필에 열중하고 있는 셈이다. 여러 지면에서 그의 작품과는 자주 대면했지만 《竹筍》지를 통해서 만나게 되니 더 감회가 새롭다. 그는 과장하거나 어렵게 구상하여 치밀한 계산과 현란한 수사를 구사하는 작가가 아니라는 인상을 진하게 각인시켜 주고 있다. 쉬운 문장으로 물 흐르듯이 읽을 수 있는 작품을 선보이고 있는 것이 그의 특이성이라는 사실에서도 확인되고 있다.

이번의 「석양의 풍경 2」도 예외가 아니다. 갑상선 암 때문에 시골로 내려온 김 선생과 비닐하우스에서 작업하고 있는 조명수라는 초등학교 동기생과의 만남과 헤어짐, 구제역 파동으로 전 재산인 돼지 7백여 마리를 병든 두어 놈 때문에 산 채로 다 묻어 버려야 했던 윤영환의 처지까지 기술해 나가는 재능 등에서 윤중리의 소설 기법과 기술 능력을 높이 평가하게 된다. 더구나 서정이 넘치는 농촌 풍경을 한 편의 서정시를 읽는 기분으로 소설을 읽게 만드는 문장력에서도 그의 탁월성이 인정된다.

소설이 거창한 사건이나 기발한 착상에서 독자를 매혹시켜야 하는 것만이 아니라는 것을 이 소설은 강변하고 있는 셈이다. 이렇게 일상사에서 직면하는 이야기들로도 얼마든지 소설이 될 수 있다는 증거를 제시해 주는 듯하다. 그의 작품은 독자들에게 전혀 부담을 주지 않고 편안하게 읽게 만드는 작가라는 점을 덧붙이고 싶다. 이 소설의 말미를 보라.

뿌우연 두무산을 바라보다가 중부지방의 황사가 오후에 남부지방으로 내려갈 것이라고 하던 텔레비전의 일기예보가 생각났다. 건강한 사람도 조심해야 한다는 황사를 청해서 맞이한 셈 아닌가. 이런 우둔함이라니. 느즈막이 고향을 떠나는 명수의 앞날에 이런 황사나 없었으면 하는 생각이 문득 든다.

붉은 달 같은 저녁 해가 두무산 능선 위로 내려앉고 있다. 이제 곧 어둠의 장막이 세상을 덮을 것이다. 해가 아무리 발버둥을 쳐도 밀려오는 어둠을 막을 수는 없다. 사람살이도 대자연의 순리에 맡기는 수밖에 다른 무슨 수가 있으랴.

어둠은 만물을 잉태한다던 어느 시구를 떠올리고 있는데, 어디서 왔는지 산새 한 마리가 포르르 머리 위로 날아간다.

위에서 윤 작가의 문장력을 거론한 것과 얼마나 일치하고 있는지를 독자들은 당장에 눈치챌 수 있을 것이다.

위의 세 작품은 독자들을 매혹시킬 만큼 명작은 아니더라도 친근감을 갖고 읽을 수 있다는 것이 무엇보다 반갑고, 또 소설이 무엇인가를 보여 줘야 한다는 논리에서도 벗어나 있어서 더 좋다고 하겠다. 순한 문장으로 기술해 나가는 작품에서 오히려 더 신선한 충격을 받을 수 있기 때문이기도 하다.

치밀한 구성과 보편성 확보

《대구기독문학》8호에 발표된 박명호의 「忘」은 근래에 읽은 작품들 가운데서는 확실하게 뇌리에 각인된 작품이었다. 특히 구성의 치밀함에서 기인된 흥미와 함께 독자의 기대와는 다른 방향으로 이끌어 가면서도 조금도 서툴지 않았다는 것은 작가의 재능으로 귀착된다고 하겠다. 더구나 작가는 본업이 약사이면서도 전업 작가와 어깨를 겨눌 만한 작품을 창작했다는 것은 일반인의 상식을 넘어서고 있다.

소설의 줄거리는 이렇다.

나는 아내와 함께 자동차를 타고 청년시절의 한때를 보낸 적이 있는 남미의 어느 항구 도시인 푸에르토몬트로 이민 계획을 세워 놓고 있었다. 풍광이 좋은 저수지 쪽에 차를 멈추고 벤치에 앉아 이야기 도중에 갑자기 현기증을 느끼며 아내를 감싸고 있던 팔이 힘이 빠지면서 비틀하자 아내는 이상한 기미를 느끼면서 왜 그러냐고 묻는다. 괜찮다는 뜻을 표시하면서 숲길을 빠져나오자 그 증세는 조금 가라앉는다. 마침 소나기가 와서 산장 5층 객실에서 비를 피하기로 했다. 그때 또 다시 현기증이 나면서 형을 기다리는 아버지의 모습이 환영으로 다가왔다. 간단한 대화도 하게 된다. 그러고는 다시 제 정신으로 돌아오자 옆에 자고 있는 아내를 두고 한 시간 정도가 소요되는 Y읍으로 차를 몰았다. 여기까지가 아내와 함께했던 시간이었고, 이야기는 계속 아버지와 형에 대한 사건으로 채워져 있다. 어머니가 별세하자 아버지는 노란 비옷을 입은 소년을 데리고 왔다. 그때 나는 고등학교에 진학하던 어느 봄날이었다.

> "오늘부터 애는 우리와 한 가족이 된다. 앞으로 형이라 부르도록 해라. 피치 못할 사정으로 멀리 떨어져 있다가 이제 우리 집에서 같이 살게 되었다."

그로부터 나는 온갖 수단 방법을 가리지 않고 형을 몰아낼 궁리만 하다가 마침내 철길을 같이 가다가 철교에서 기차가 오는 것을 보고 형의 다리를 걸었다. 그 결과 형은 다리를 절게 되는 불구자가 된다. 그래도 형은 모든 것을 자기 잘못으로 돌리고 나에게 짐을 지우지 않았다. 나는 그림을 그려 재학 중에 입선도 하고, 미대에 입학해서 열심히 그림에만 몰두했지만 3년째 되던 해에 가출한 형과 형을 기다리던 아버지에 대한 환영으로 병원에 입원도 하고 많은 정신적 충격을 받게 된다. 대학 졸업한 다음 해에 국전에 입상하자 동해안의 해변 캠프에서 이중섭에 대한 초청 강연 후 술에 취해 자다가 다리 저는 남자를 보게 되고 방으로 안내를 받아 다시 잠이 들었다. 그때 그 남자는 "오랜만이군. 난 네 형이야." 그러고는 그간의 이야기들을 나누다가 "잘 있어." 하고 밖으로 나갔다.

형에 대한 죄책감은 내게 하나의 전설이 되었다. 형을 찾기 위해 수소문 끝에 Y읍에 산다는 것을 알게 되고 형은 파킨슨병에 걸렸고, 그는 충격을 받아 지금은 움직일 수도 없는 상태라는 것도 알게 된다. 마지막은 이렇게 끝을 맺고 있다.

> 그때 먼빛으로 두 사람의 모습이 시야에 들어왔다. 감빛 머플러를 두른 여자가 휠체어를 밀면서 골목길을 빠져나오고 있었다. 휠체어에 앉은 남자는 무언가 유쾌한 듯이 입을 크게 벌린 채 웃어대는 모습이었고, 여자는 바람결에 흩날리는 남자의 머리칼을 쓰다듬었다.

이 작품에서 우리는 밝은 생활인의 모습보다는 우울하고 어두운 면을 보게 되지만 그 내면에 깃든 정신은 결코 어둡지만은 않다는 것을 발견하게 된다. 내가 저지른 행동에 대한 뼈저린 반성과 진정한 회개가 그것이고, 또 한편은 형의 행동이 독자들에게 더 크게 감동으로 다가오고 있다는 것이다. 결과는 형과 아우의 대결 구조이지만 그들의 정신세계는 황폐한 것이 아니고 도리어 인간의 보편적 정서에 닿아 있다는 점과 아울러 형의 아우에 대한 한없는 용서와 사랑이 아름답게 부각되고 아우의 진심 어린 행동이 공감을 환기시켜 주고 있다는 점일 것이다.

내용은 그렇다고 하고 작가의 재치는 어떠한가. 아내와의 관계에서 미래에 일어날 사건들을 기대했던 독자들을 다른 방향으로 전개시켜 나간 솜씨에 감탄하게 되고, 또 곁가지들을 과감하게 생략 처리한 작가적 재능을 높이 평가해야 바른 말이 될 것이다. 곁들어 문장력이 이를 뒷받침해 줌으로써 작품의 가치를 더 빛내주고 있다. 그의 치밀한 구성과 보편성 확보는 이 작품의 위치를 더욱 높여 주리라는 기대를 끝까지 고수하고 싶은 심정이다. 이만한 작품을 창작한다는 것은 작가의 노고를 생각할 때 경하한다는 한마디로는 값을 다하지 못하겠지만 그러나 이 작품은 영원히 존재하리라는 데 위안을 받기를 부언하고 싶다.

우울한 기억들과 밝음의 내재

이순우의 「우울한 기억들」은 그야말로 소설은 시대의 반영이라는 등식을 반추시켜 주는 작품이다. 작가는 자기 직업과 관련된 주변에서 일어나는 사건들을 소설화하고 있다. 어쩌면 문학이 작가의 체험에서 비롯된다는 관점에서 볼 때 가장 확실한 보장을 받을 수 있기 때문일 것이다. 작품이 명작이든 평작이든 그것은 차후의 문제고, 우선은 리얼리티를 확보할 수 있다는 점일 것이다. 우리나라 교육의 현주소의 일부분을 실감나게 표현한 작가의 의도에 공감할 수 있다는 것은 그것만으로도 성취의 문턱은 넘어선 것으로 보아도 무리가 없을 것이다.

이야기 줄거리는 간단하지만 그 속에 담긴 내용은 음미할 가치가 내포되어 있음을 눈치챌 수가 있다.

김 선생은 사회적 제도에 매여 교직생활을 하다가 퇴직한 후, 자유로운 몸이 된다. 그러나 그것도 마음대로 실행되지 않고 있을 즈음에 대학 재학 중인 제자 박 군으로부터 만나자는 전화를 받는다. 대화중에 공부 잘했던 정희준이가 S대학 수의과에 다니다가 적성에 맞지 않아 학교를 그만두고 재수를 한다더니, 지금은 그것도 포기하고 방황한다는 말을 듣게 된다. 담임교사였던 김 선생은 학생 적성과 소질 따위는 접어 두고, 일류대학에 진학한 학생들이 많아야 고등학교의 명예와 등급이 상승한다는 명분을 내세워 연구부장의 권유로 S대학교 농대 수의과에 입학시켰던 것이다. 그러나 정희준은 흔적도 남기지 않고 사라졌다. 김 선생은 그 당시 머뭇거렸지만 끝내 현실과 타협한 그것이 죄책으로 남아 양심의 매를 맞고 있었던 것이다.

희준이 진학문제로 의논할 때 그저 좋은 것이 좋지 않겠느냐는 생각에 '그럽시다' 하고 연구 부장의 의견을 받아들인 것이 사무치게 후회가 되었다. 그뿐만 아니라 그런 결정을 내리는 데는 자신의 욕심도 꿈틀거렸다. 그게 더 부끄럽다.

고 하면서 자기에게 가르침을 준 민 선생이 생각났다.

민 선생은 명문 대학을 나온 것도 아니다. 그렇다고 실력이 남다르게 뛰어나지도 않았다. 그저 시골 사립 고등학교 평범한 교사였다. 그런데도 제자들이 선생을 흠모하고 따르는 것은 제자들을 사랑하고, 그들을 바른 인간으로 이끌려는 열정을 가졌기 때문이다. 제자들에게 기쁜 일이 생기면 자신의 일인 양 기뻐하고, 슬픈 일이 있으면 같이 슬퍼했다. 그게 학생들 마음에 깊은 감동을 주었다.

그 민 선생이 김 선생에게 칭찬과 격려의 말 중에

선생의 말 한마디가 죽어가는 나무를 되살리는 생명수가 될 수도 있고,

자라는 나무의 줄기를 찍는 도끼날이 될 수 있다는 걸 명심해야 한다.

는 말과 함께 민 선생이라면 제자 찾는 일을 포기하지 않으리라는 생각에 이르자 김 선생은 어떤 일이 있더라도 정희준이를 찾아야겠다는 결심을 갖게 된다. 희준이 집에서 구한 사진 100장 정도를 확대해서 서울, 대전, 부산역 등 노숙자들에게 소식을 구했지만 허사가 되고 만다. 학창시절에 종교문제를 얘기할 때 희준이가 자기 어머니가 믿고 있는 불교 쪽에 관심을 표명한 것이 회상이 되어 관광객이 몰리는 큰 사찰보다는 한적한 암자 쪽으로 방향을 잡았다. 오어사에 들렀다가 대구로 향하는데 운계산 기슭에 보현암이란 팻말이 길가에 외롭게 서 있었고 5km 정도 더 들어가서 희준이를 보게 된다.

그때 젊은이가 장작 한 아름을 안고 요사채 부엌으로 들어간다. 희준이었다. 김 선생의 모든 핏줄에 강한 전류가 흐른다.

"미안하다. 미안하다. 모두가 내 탓이다."
김 선생의 두 눈에 회오의 눈물이 주르르 흐른다. 교수가 되고, 고급 공무원이 될 수 있다며 진학시켰는데 그 결과가 너무도 참담한 현실로 눈앞에 펼쳐졌기 때문이다. 김 선생은 주변이 깜깜해질 때까지 꼼짝도 하지 않는다. 김 선생은 또 하나의 바위가 되어 암자를 내려다 보고 있다.

이렇게 이 소설은 끝난다.
독자들은 정희준의 장래에 대해서 여러 가지로 상상할 수 있을 것이다. 그것은 독자의 몫이고, 작가 편에서는 이것으로 자기의 의무는 다한 것이다. 평자의 입장에서도 이렇게 끝맺음한 것이 작품의 완성도 유지에 유리하다고 판단된다.

경제 성장에 비례하여 국민의 의식수준도 향상되어야 하지만 우리네 현실은 그렇지 못하다. 산재한 적폐積弊들을 개혁해야 되겠지만 그중에서도 교육현장에서의 심각성은 우리들의 마음을 더 우울하게 해 주고 있다.

이 소설은 이런 의미에서 우리 교육의 현실과 당면한 문제들의 한 단면을 잘 지적해 주면서 교사의 역할을 부각시켜 주고 있다. 다른 곳으로 시선을 돌리지 않고 지도자의 책임 있는 자세를 요구한 대목들이 실감을 더해 주고 있다. 특히 김 선생으로서는 우울한 기억들이 되겠지만 그 내포된 김 선생의 후반기 행위는 우리의 밝은 미래를 약속해 주는 참된 스승의 길을 제시해 주었다고 하겠다.

소설이 흥미를 유발시키거나 특수한 상황 설정으로 독자들을 유혹하고 흥분시키는 것만이 능사가 아니고, 이러한 소재로서도 얼마든지 소설이 될 수 있음을 보여준 좋은 예라 하겠다.

쉬운 문장으로 독자를 이끌어가는 그의 재능이 보편성을 획득하는데 조금도 빈틈을 주지 않아서 기쁘다는 말을 더하고 싶다.

「탑의 연가戀歌」를 읽어 보았는가
- 이연주의 장편소설

소설은 일단 재미가 있어야 한다는 것은 보편적이며 상식의 영역에 속한다. 그런 면에서 이연주의 장편소설 「탑의 연가戀歌」는 성공하고 있다.

이 소설은 우리들이 쉽게 읽을 수 있는 소설과는 달리 앞뒤를 챙겨가면서 찬찬히 읽어야 그 묘미를 맛볼 수 있을 만큼 특이한 점들을 지니고 있다. 그 특이성을 가려 논의한다면 이 작품만이 가진 강점을 이해하게 될 것이다.

소설의 차례부터 보면 서장序章이 있고, 다섯 장으로 된 부분이 이소설의 본론에 해당되고, 마지막으로 종장終章으로 구성되어 있다. 그러니까, 서장과 종장의 액자額子 속에 작가가 쓰고자 하는 내용이 전개되고 있는 셈이다. 이런 액자소설의 경우는 대개가 진실성을 부여하려는 의도가 짙게 깔려 있다. 그렇다고 소설은 본질상 허구이며, 가공의 진실이라는 범주를 넘어서는 것은 아니다. 그러나 작가는 리얼리티寫實性를 담보하려는 노력의 일환으로 이런 기법을 적용하고 있다. 여기서 끝나는 것이 아니고, 이 소설은 분명히 소설임에도 불구하고 논문 형식을 취하고 있다. 이를 뒷받침해 주는 근거는 논문처럼 필요시에는 주註를 달아 독자들에게 이해에 도움을 주고 있다. 무려 74번에 걸쳐 주를 사용하고 있는데, 간단한 몇 개를 제외하고는 많은 분량을 인용하여 인문학적인 지식을 제공하려는 작가의 의도를 짐작게 한다. 여기에 이르면 작가의 지적 수준에 감탄하게 되고, 소설 자체에 쏟는 정력만큼 많은 시간과 노력을 경주했으리라 여겨진다.

다음은 다섯 장으로 분류된 부분이 본 소설의 핵심인데, 18번까지 번호를 붙여 큰 틀을 형성하고 또 88번이나 장면 전환을 기획한 작가의 치밀한 구상과 노련함에도 호평을 하지 않을 수 없다. 더구나 많은 색다른 에피소드들이 삽입되어 연속 드라마처럼 흥미를 유발시키기도 하고, 때로는 추리소설을 읽을 때처럼 긴장감을 주기도 한다.

그다음은 일상생활에서 사용하는 언어들과는 멀어져, 잘 사용하지 않는 어휘들이 적재적소에서 제 구실을 잘 감당하고 있다는 점이다.

능준히, 우두망찰, 이악스럽게, 너겁들이, 녹느즈러졌다 등 그 양이 많아 다 인용할 수가 없다. 이런 어휘들을 제 자리에 놓아 활용할 수 있다는 것은 작가 자신이 숙지하고 표현했든, 또 노트에 나열해 놓고 선택해서 기술했든 그것은 하등의 문제가 되지 않는다. 다만 작가의 해박한 어휘 구사력에 찬사를 보낼 뿐이다.

그의 소설 「토끼와 호랑이」(《대구문학》 109호)를 논의하면서 필자가 《대구문학》 110호에 쓴 글을 인용해 보기로 한다.

이 소설에서 가장 두드러진 특징은 일상생활에서는 잘 사용하지 않는 순수한 우리말을 찾아내어 표현한 작가의 풍부한 어휘력에 압도되어 감탄을 금치 못하게 하고 있다는 점이다. 그것도 작가가 새로 만들어 낸 말이 아니고, 사전 속에 있는 우리말이 적재적소에서 빛을 내고 있다. 조금은 작가의 심도 있는 의도가 개입된 느낌을 지울 수가 없게 한다. 그것은 교육적 효과를 기대하면서 노력한 결과이리라.

작가가 이런 낱말들을 작품을 통해서 소개하고 싶은 면도 있지만, 표현의 묘미를 살리려는 의도가 더 우세하리라. 결코 현학적이거나 과시욕의 발로는 아닐 것이다.

또한 표현상의 특징은 음식 종류 나열, 술, 담배 등의 많은 명칭들, 옷의 색상과 의복 종류들의 이름들을 세밀하게 서술한 것과 장백우 흰소목장 주인의 유품들을 상세히 기술한 것들은 작가의 성격에서도 기인되겠지만 리얼리티를 강조하려는 의도로 보인다.

또 하나의 두드러진 기법은 서술하기 어려운 부분들은 편지 형식이나 설채원이가 쓴 노트에 의존해서 재치 있게 포장하여 작품의 맛을 더해 주고 있다.

이제 작품으로 옮겨 살펴보기로 하자.

내가 그녀의 소설을 읽게 된 것은 전적으로 나의 경솔함 때문이었다.

이 첫 구절부터도 예사롭지 않음은 작가의 고심의 흔적이 묻어나고 있기 때문이다. 소설의 시작은 그만큼 중요하다는 의미를 내포하고 있다. 내가 쓴 소설이 아니고, 그녀의 소설이라는 점을 밝히는 것도 작가의 짜임새 있는 구도에 값한다고 하겠다. 지방 신문 기사에 실린 목장, 전도가 유망한 교수직도 사임하고, 단란한 가정마저 팽개치고 목장에서 12년째 탑 쌓기 작업을 계속하는 사내의 특이한 이력은 끝부분과도 연관되어 전편의 탄탄한 구도를 형성하고 있다. 진형준이라는 인물이 돌변할 수 있음에 일반 독자들은 의아해하는 사람도 있을 것이다. 그러나 그의 행적에서 얼마든지 가능하다는 것을 증명해 주고 있다. 이것이야말로 현상에 가려진 사물의 본질에 접근된 예이기도 하다. 이 소설의 경우에는 서장과 종장은 접어 두고 1장부터 5장까지만으로도 훌륭한 작품이 될 수 있음에도 불구하고 작가가 군이 서장과 종장을 고심하면서도 쓰게 된 것은 독자들로 하여금 진실에 더 다가서도록 하려는 의도와 주제의 선명성을 확보하려는 시도로 보인다.

나는 소설가 고악락이고, 소설을 쓴 그녀는 조설경이라고 밝힘으로써 진실에 더 가깝다는 점을 독자들에게 인식시키고 있다. 또한 이 소설의 핵심의 소재인 연리탑連理塔은 서장에서 여자(조설경)가 말하고 있다.

> 마을 사람들은 저 탑을 연리탑(連理塔)이라 불러요. 금슬 좋기로 소문난 목장 부부가 갑작스럽게 갈라선 것은 연리목의 저주 때문이래요. 원래 그 자리에는 소나무 연리목이 서 있었대요. 부부가 목장을 개간하면서 그 나무를 다른 곳으로 캐다 옮겼는데, 그만 죽고 말았대요. 그 뒤에 부부가 무슨 이유로 싸웠는데, 부인이 홧김에 집을 나가서 돌아오지 않자 목장주께서 젖소를 처분하고 그 자리에 연리목 대신 연리탑을 쌓기 시작했대요. 오매불망 부인을 기다리며…

그리고 종장에서도

> 소설 말미에는 집필 후기가 붙어 있었다. 다분히 나를 의식해 덧붙인 듯한 후기에는 세상에는 온갖 사연과 다양한 종류의 탑들도 많지만 이런 사연과 이런 모양의 탑이 있다는 것을 소개하고 싶었고, 이를 통해 허망한 욕

망이 낳은 비극성과 현상에 가려진 사물의 본질을 객관적인 시각으로 밝히고 싶었다는 집필동기가 나와 있었다.

여기에 이르면 왜 서장과 종장이 필요했는가에 대한 해답이 되고, 나아가 작품의 완성도에 기여하고 있음을 확인할 수가 있다. 또한 그것은 이 작품의 주제이기도 하다.

제1장 동행에서부터는 조설경이라는 여인이 썼다는 소설이 시작된다.

형준이란 교수가 모스코바 바흐친 국제학술심포지엄에서 맹랑녀와의 만남과 여러 편의 에피소드는 홍미도 홍미지만 그 묘사와 표현력에 압도되고 만다. 장인을 만나서 처형 채원에 대한 얘기나 콘돔에 얽힌 재미나는 이야기, 74세인 목장주인 아버님에 대한 얘기 등은 작가의 탁월한 글솜씨를 유감없이 발휘하고 있다. 콘돔 사건에 얽힌 이야기는 외설적인 면보다 도리어 긍정적으로 처리하는 작가의 예리한 면모를 읽을 수 있다. 나아가 독자들에게 새로운 정보를 제공해 주고 있다. 여성들이 콘돔을 소지하는 것은 의외의 일을 당할 때 나는 에이즈 보균자이니 꼭히 범하려면 이 콘돔을 사용하라면서 보여 줄 때 사내들이 다 물러가더라는 얘기는 그렇겠구나 하는 독자들의 공감을 얻기에 충분하리라. 또 하나 머리에 머물게 한 것은 동네 남정네와 아낙네들의 홍겹게 노는 모습을 생생하게 묘사한 부분이다.

제2장 보물에서는 흰소목장 주인인 장백우張白雨와 설채원의 만남 그리고 설채원의 애인 운雲(장성동), 장백우와 아내에 얽힌 토막 이야기, 37년간 만든 760기의 탑, 장백우 흰소목장 주인의 유품정리 등 장면 전환의 기법은 진정 작가다운 재능의 결과물로 돌려야겠다.

제3장 회한에서도 많은 인물들이 등장하고, 재미있는 이야기는 계

속된다. 여기서 주목할 부분은 흰소목장 주인에게는 아들이 하나 있었는데 생사를 모르는 것으로 얘기되고 있다. 독자 편에서는 우연으로 간주되기 쉽지만 작가는 앞부분 100면과 133면에서

　　비록 정을 끊은 지 오래 되었지만 엄연한 본처가 있고 슬하에 장성한 아들이 있다는 걸 알고 있는 마을 사람들은 경악했다.

　　봤지예. 하이고, 내 생전에 그르케 인물 좋은 사람은 처음 봤웅께. 서울서 대핵교 다니다 여름 방학 때 당기러 왔는데, 어르신을 쏙 빼닮아가 키가 훤칠하고 피부가 살뜨물겉이 뽀얀 게 텔레비에 나오는 탈렌트는 저리 가라였지예. 잇말에 열 길 물속은 알아도 한 길 사람 속은 모린다 카드만, 글케 인물 좋고 심성 고븐 사람이 우쨰 빨간물이 그리 짚이 들었던동 몰라. 순사들이 사흘들이로 들이닥치쌓이까내 뒤늦게사 그 사실을 안 어르신한데 되기 머라캐인 뒤로 발걸음을 끊어부리다만 오늘날까정 감감무소식이 됐부렸지예. 그기 벌씨로 30년이 다 되어 가는데, 어르신께서 운명하신 뒤에도 아모 소식이 없는걸 보문 객사했거나 머신가 잘못됐다고 봐야지예.

라는 복선伏線을 이용하여 필연의 당위를 유지하려는 노력도 빠뜨리지 않았다. 그리고 서술로 처리하기 어려운 부분들은 편지나 설채원이 쓴 일기, 또는 노트에 의존해서 전개한 재치도 이 작가의 능숙한 글 솜씨와 치밀한 구성에 무게를 더하고 있다. 그 외에도 많은 에피소드들이 있지만 다음에 할애하기로 한다.

　제4장 비밀에서는 참나무로 된 함의 정체를 밝히려는 얘기들은 완전히 추리소설을 방불케 하고 있다. 작가는 이 장편소설에서 소설의 많은 기법들을 동원하면서 독자들을 긴장시키고 재미를 잃지 않도록 유도하는 데도 배려를 아끼지 않고 있다. 게다가 일반 소설처럼

부담없이 읽기에는 상식을 뛰어넘는 많은 전문적 지식의 공급과 끊임없이 드나드는 장면 전환과 에피소드들은 잠시도 독자들을 한눈 팔지 않도록 강요하고 있다.

이 장에서 특기할 사항은 설채원이 쓴 노트가 한 편의 소설이 되고 있다는 점을 부기하고 싶다.

제5장 진실은 바로 소설의 기법으로는 반전에 해당한다. 무엇보다 목장주인 장백우가 회원 아가씨를 복면을 하고 겁탈했다는 사실과 성동 아들도 자기 아들임이 밝혀지는 장면이다. 이 부분에서도 작가는 독자들에게 극적인 효과를 극대화하기 위해서 복면하고 회원 아가씨를 범한 부분은 간단하게 처리했다. 그 동네에 사는 사람 중에는 회원의 방 구조나 그 집 사정을 아는 사람이라고는 장백우뿐이었지만 그날따라 조모께서 위중하다는 전갈을 받고 운암 선생의 허락을 받아 본댁에 가 있었다는 사실로 독자들에게는 감쪽같이 장백우의 소행으로 보지 않도록 장치를 해 놓았다. 아무튼 독자들에게 충격을 주기 위한 노력은 큰 성과를 획득했다고 하겠다.

또한 석축의 공법을 상세히 기술한 것 등은 작가가 공부하면서 소설을 쓰고 있다는 것을 보여 준 예라 하겠다. 또 하나 놓칠 수 없는 인물은 여승의 등장이다. 그녀가 회원이라는 것을 암시한 바는 없지만, 독자들에게 상상에 맡긴 수법도 작가의 수월성의 결과로 돌려야 하겠다. 특히 진형준 교수가 교수직과 사랑하는 아내와 자식과도 결별하고 흰소목장에서 탑 쌓기를 하는 대목에서는 그 동기부여가 필연성에서는 결여된 것 같은 느낌도 들지만 소설이 현실을 뛰어 넘지 못한다는 말에 기댄다면 이해가 된다고 하겠다.

그 외에도 논의 대상으로 삼을 만한 사건들도 많지만 장황함을 모면하기 위해서 줄이기로 한다. 이쯤에서 책 뒤표지에 게재된 두 분의 소감을 소개하기로 한다.

작가 이연주는 그동안 우리 고유어를 잘 살린 단아한 문체로 우리 사회가 안고 있는 병리현상, 가족 구성 간의 갈등, 옛 전통이 사라져가는 농촌 문제를 주로 다룬 단편소설을 많이 발표해 왔다. 그런 면에서 이번에 발표한 첫 장편소설 「탑의 연가」는 좀 더 확장된 작가의 세계관과 삶의 모습을 조망할 수 있는 기회를 제공해 줄 것이다. 경북 청송의 가상공간을 배경으로 여전히 쌓기가 진행 중인 탑을 통해 허망한 욕망이 낳은 폭력의 비극성과 극적 반전을 통한 탑의 정체성을 예리한 시각으로 규명하는 솜씨가 작가의 연륜을 짐작게 한다. 작품 속에 숨겨놓은 작가의 의도를 발견하는 것도 이 소설을 읽는 또 다른 재미다. 그와 더불어 문장 속에 심심찮게 녹아 있는 우리말의 아름다움을 음미해 보는 것도 쏠쏠한 재미를 줄 것이다.

- 김원일(소설가, 대한민국 예술원 회원)

『탑의 연가』는 여러 층의 이야기가 의도된 구조 속에 응축되어 있다. 심층부에서부터 순차적으로 목장주의 삶, 여자 주인공 설채원의 삶, 남자 주인공 진형준의 삶이 자리하고 있다. 이러한 삶의 다양한 모습을 전달하는 형식은 이색적이다. 우연한 기회에 탑의 현장을 찾게 된 프로작가로 추정되는 예비작가(조설경)가 르포 대신 쓴 소설을, 작가인 나(고악락)가 어떤 계기로 읽고 독자에게 전달하는 형식의 액자 구성으로 이루어져 있다. 따라서 「탑의 연가」는 단순구성으로 서술한 여느 소설과는 달리 꼼꼼히 읽어야 제맛이 난다. 잘 조직된 플롯과 고유어를 적절히 가미한 정제된 문장도 음미해 볼 만하지만, 풍부한 인문학적 지식으로 이야기의 밀도를 더하고 마지막에 가서 드러나는 반전이 충격적이라 경이롭다.

- 신재기(문학평론가, 경일대학교 교수)

이제 이 글을 마무리하려 한다. 위의 두 분의 평가도 그렇지만 작가는 이 작품을 쓰기 위해 정력을 쏟아부었고, 또 그의 능력을 최대한 발휘한 결과가 바로 이 「탑의 연가」로 태어났다. 작가의 다음 말도 보탬이 되리라 생각한다.

> 내가 할 수 있는 재주라곤 그것뿐이고, 그래도 그 작업을 하고 있을 때가 괴롭지만 가장 보람 있고 행복한 때문이라고 - 중략 - 나에게는 유달리 애착이 가는 것이기도 하다.

앞에서도 기술했지만 그의 계산된 치밀한 구성과 그것을 담아내는 문장력은 수준을 넘어서고 있다. 풍부한 어휘력을 적절하게 구사하는 능력과 다양한 소설 기법을 임의대로 활용하는 재치, 문장 속에 녹아 있는 그의 사상, 근래에 읽어 본 소설 가운데에서는 가장 탁월하다는 판단이 자청해서 이 글을 쓰도록 권유하고 있다.

소설이니까 재미있게 읽을 수 있었다는 것을 작가와 독자들에게 솔직히 고백하면서 다시 한번 전력을 투구하여 수작秀作「탑의 연가戀歌」를 창작한 작가에게 박수를 보내고 싶다.

주제가 선명한 노작勞作

《경맥문학》 2~3호에는 똑같은 세 분의 작품이 각각 작가의 중심되는 사상이 선명하게 부각되어 독자들 앞에 선보이고 있다. 상황이나 사건 처리에 함몰되어 무엇을 말하고자 하는지 주제 파악이 제대로 되지 않는 작품들도 있음에 비추어 볼 때 여기 각 작품에는 누가 읽어도 작가의 의도를 충분히 이해할 수 있도록 잘 구성된 소설이라 하겠다. 특히 김광수의 「야들아, 내가 참 오리니라 2」라는 작품은 우화소설로서 그 특색을 유감없이 표현해 주고 있어 눈길을 끌고 있다.

김범선의 「백두산白頭山」은 동북아 역사문제연구소 이사장인 철도선로반 수장 출신의 최종호, 백년결혼상담소를 운영하고 있는 명계현, 번개시장의 떡 방앗간에서 아내와 함께 일하고 있는 박동혁, 아파트 관리인 정형태를 등장인물로 설정하고 있다. 환갑기념으로 아들과 딸이 고생한 부모인 박동혁 내외를 백두산 관광시켜 드린 데서 이야기는 시작된다.

백두산과 장백산의 명칭과 위치문제를 두고 설전하면서 『세종실록지리지』(1432년), 『동국여지승람』(1481년), 『신증 동국여지승람』(1531년), 『만기요람군정편』(1808년) 등을 거명하는가 하면,

최종호 이사장이 발표한 백두산에 대한 동북아 역사문제연구소의 공식적인 연구 결과는 다음과 같았다.

1712년(숙종 38년)청의 태조는 오라총관(烏喇: 길림총관) - 중략 - 조선에서는 접반사(接伴使)로 박권 - 중략 - 양국의 국경으로 압록, 토문 두 강의 분수령인 산정 동남방 약 5km, 해발 2,200m 지점에 백두산정계비(白頭山定界碑)를 세웠다. 그 국경비문에는 ‘西爲鴨綠 東爲土門故於分水嶺上勤石爲記’ 라고 새겨 놓았다.

그리고는 청일 양국이 협정한 문서에 의해서 우리의 영토였던 간도 전역이 청에 귀속되었고, 그 후부터 우리는 이 산을 백두산이라 부르고, 중국은 장백산이라 불렀다는 요지의 설명에서 작가의 세밀한 고증과 이 방면에 대한 해박한 지식의 소유자임을 확인시켜 주고 있다.

문제는 4명의 친구 중 최종호의 학력에 비해서 지식이 많은 사람으로 묘사된 부분에서는 독자들을 혼란스럽게 만들고, 사실성에서 약간 비껴간 듯한 느낌을 가지게 하겠지만, 이는 작가의 의도에 의한 것임을 눈치챌 수 있다. 그것은 "철도 선로원 출신 최종호로 말할 것 같으면 이상한 친구였다. 어릴 때부터 족보 따지기를 무척 좋아했다."는 것과 20년에 걸쳐 자료 수집한 경력, "당시 최종호 이사장님께서는 이러한 중요한 역사자료 및 영토에 관해 국가가 전혀 관심이 없고 외면하는 것을 대단히 안타깝게 생각하시고 조국의 백년대계를 위하여 사재를 털어 이 연구소를 설립한 것입니다."에서도 이

해가 가능하고 또 한편 학자나 유식한 사람들이 크게 관심을 갖고 있지 않았다는 것을 힐난하는 작가의 의도도 내포된 듯하다.

이 소설의 반전은 동북아역사문제연구소의 최종호 이사장이 군郡에서 받은 보조금 5백만 원 때문에 친구 3명에게 사기꾼처럼 비쳐졌지만 〈연변일보〉에 "중국은 백두산白頭山을 장백산長白山이라 불러서는 안 된다."는 1면 광고를 보고서 "중국도 요즘 물가가 많이 올랐다는데 신문 1면에 이 정도의 전면 광고를 내려면 5백만 원으로는 부족하지 않을까?"로 끝맺음에서 오해가 풀리고 독자들에게 감명을 주고 있다.

이 소설의 장점은 사실(팩트)에 근거하여 써진 소설이라는 점이다. 단순한 소설의 재미를 넘어서 한국의 정체성 확립에도 도움을 주고 있다는 평을 해도 무리가 아닐 것 같다.

끝으로 연결어미 '-며'와 '-면'을 구별하여 사용하는 것이 명확한 표현을 위해서 도움을 주리라는 고언을 보태고 싶다.

3호에 실린 「비단개구리」는 소설은 재미가 있어야 한다는 것을 확실히 해주고 있다. 가능한 현실세계의 사건을 작품으로 승화시킨 작가의 재치가 전편에서 작동하고 있다. 신똥팔이라는 80대 노인을 등장시켜 전개해 나가는 과정과 딸 혜숙의 늘씬한 몸매에 반한 내가 겪는 상황들이 잘 묘사되어 있다.

신똥팔 영감님의 양면성 곧 일탈 행위와 선행 등도 실감나도록 처리한 재치가 돋보인다.

무창면 나방골에 17가구가 사는데 3년 전부터 지방도 36호에서 마을까지 진입로 3km를 내려는데 정상적인 절차로서는 불가능한 것을 신똥팔 영감은 군수 선거를 6개월 앞둔 시점을 이용하여 실현시키는 사건에서는 비판적 안목도 제구실을 다했다고 평가할 수 있다.

"요게서 니가 일 년간만 버티면 내 딸을 준다카이."로 끝나는 이 마지막 구절에서도 작가의 재능이 탁월함을 보여 주고 있다. 결과야 어떻게 되든지 상관없이 그것은 독자들의 상상에 맡기면 되도록 구성한 점이 더욱 돋보이는 대목이다.

일반적으로 알고 있듯이 우화寓話소설은 주로 동물을 등장시켜 인간 사회의 한 단면을 극적으로 제시하여 하나의 교훈적 주제를 표출하며 인간이 가진 잘못된 본성이나 사상, 타락한 기성세대의 윤리이념, 곧 부조리나 환상을 반어적 구조에 의해 신랄하게 비판하는 경우가 대부분을 차지한다.

김광수의 「야들아, 내가 참오리니라 2」는 우화소설인데 동화에서는 흔히 볼 수 있지만 현대소설에서는 드문 편에 속한다.

이 작품은 할배 오리 할매 오리, 엄마 오리 아빠 오리, 공주 오리, 손주 오리 등 네 개의 에피소드로 구성되어 있지만 별개가 아니고 모두 연결된 구조로 되어 있다.

첫 부분에서는 인간의 친구관계를 냉소적이면서도 사실성에 바탕을 두고 있다.

술친구, 고스톱친구, 오입친구, 그게 어디 친구던가. 만나 신나게 놀다가 파장에는 원수 놈이거든.

지놈 땜에 취하고, 돈 잃고, 성병 걸릴까 조바심 치고, 다시는 지놈과 상종도 말아야지, 구만리 청춘 몽땅 망치고 통곡하기 전에. 그래 놓고 사흘이 한계지. 쪼르르 불러내고 부리나케 뛰어나가니까. 혈육도 마찬가지. 지지고 볶고 난리를 치다가 금방 화해하고 돌아오니까 화가 나도 그리 비관할 일은 아니지.

그리고 sex와 gender에서의 오리와 인간의 차이점을 서술하고, 오리가 살 수 있는 천변의 시멘트 바닥, 그리고 다시 자연친화적 온천천 만들기. 이 부분은 '엄마 오리 아빠 오리'에서 상세히 묘사하고 있다. 오리를 잡아먹는 인간의 잔인성과 비열함을 직설하고, 짝짓기와 살아남기에서는 세 가지로 요약해서 표현한 부분은 작가의 재능에 속하고 동시에 그 사실성寫實性에서 독자들을 매료시키고 있다.

> 할아버지세대이자 일세대인 우리 부부를 포함하여, 짝짓기를 한 행운 남녀들이 갈수록 부리도 윤이 더 나고, 엉덩이도 많이 육감적인 데 비하면 극단적으로 대조되거든. 시팔 마, 불쌍하고 한참 슬프다.

로 끝맺음한 부분에서도 작가 특유의 입심이 여과 없이 표출되고 있다.

'엄마 오리 아빠 오리'에서는 "오리세계를 포함한 동물세계에서의 근친상간은 하늘의 섭리하심인데 어쩌겠어."라 하고, 인간세계의 근친상간에 대한 작가 나름의 견해와 사실을 거침없이 서술하면서 은밀한 곳에서의 추악한 인간상을 폭로하고 있다.
'공주 오리'에서는 오리가 보양 식품으로 증명되어

> "오리탕에 전골 수육 구이 등으로 갖가지 요리의 재료 정도로 생각하고 마구잡이로 잡아먹었어. - 중략 - 이거야 겁이 나서 어디 살겠어 어디."

그 다음이 작가의 내심을 드러내는 핵심이다.

> "병신 같은 것들, 조선 독립이니 독립운동이니 뭐니 하다가 삼대가 멸망

하는 꼴 보고 싶어 환장한 놈들이 병신 아니면 누가 병신인감!"

"차라리 대놓고 친일해서 친일파 해라. 자손대대 복록을 누릴 것이니."

두 줄 띄어서

이승만이 쪼가리나마 독립국가 독립정부 대한민주공화국을 수립해 주고, 박정희가 의식주 해결해 주고, 전두환이 국민스포츠인 프로야구 만들어 야구장을 술집 삼아 즐기며 놀게 하고, 노태우가 팔팔한 88올림픽으로 대한나라 위상을 만천하에 드높이고, 김영삼의 민주화에 문민화, 김대중의 햇볕정책과 노벨상으로 자신의 이름을 세계적인 것으로 만들면서 남한 나라를 문화국으로 만들었는데,

로 이어지는 그만의 걸쭉한 글 솜씨는 여기에서도 유감없이 발휘되고 있다.

공주란 기실 공주병의 줄인 말이야. 저 혼자 세상사랑 독차지하는 여자인 듯, 예쁘고 매혹적인 듯, 전체가 매력 덩어리에 성감대인 듯 착각하고 사는 그런 여자 말이야. 사람 공주야 자신의 남녀 성별을 확실하게 구별하거든.

오리 중에도 멍청한 나 같은 공주 오리는 제가 암컷인지 수컷인지 성별조차 구별하지 못하고 죽어가거든. 하늘이여, 다시는 나와 같은 불행한 오리가 없게 하옵소서.

'공주 오리' 에피소드는 이렇게 끝나고, 마지막으로 '손주 오리'에서는

손주 오리라니, 표준어 아니라고 우리말소사전에는 나오지도 않는 말을 써가며 말이지. 어쩌나 이 사람아, 남녀가 유별한데도 불구하시고 암수구별을 못하겠으니 손자도 손녀도 아닌 말인 손주를 쓸 수밖에.

이와 같이 시작되는 이 단락에서는 5대 또는 3대가 한 집에서 살아가던 미풍양속이 지금에는 붕괴되고 사라져 감을 안타깝게 생각하는 작가의 중심사상이 잘 반영되고 있다. 20년 전에 우리나라를 방문한 사회학자이자 가족연구에 관한 한 세계 제일인 마그레드 미드 할멈이 "잃어버린 지상낙원이 지상에서 영원히 사라진 줄 알았는데, 여기 코리아에 그대로 남아 있구나!" 했지만 요즈음은 그렇지 않다고 하고선 이어

이혼율 세계 일 위의 나라로 우뚝 선 지 오래, 사필귀정으로 핵가족을 벌써 지나, 일인가족이 수두룩하다. 그뿐이면 말도 안 하지, 인간 김희수 집안의 종가에서는 종가장손이 재실을 팔아 며느리 유학비용으로 써버렸다 한다. 작금의 일이다.

나는 즈그 애비 선산 팔아먹을 놈이란 악담은 들어봤어도, 조상 재실 팔아먹을 놈이란 말은 들어본 적 없다.

고 통쾌하게 일갈하고,

그러니 사람이란 것도 그렇고 뭇짐승들이 거의 암컷에 대해서는 관대하거든. 사람이란 것들은 특히 더해. 젊고 예쁘고 육감적인 암컷을 여자라 칭하며 노소 수컷들이 나이불문 시도 때도 장소도 가리지 않고 침을 질질 흘리거든.

우리 오리들이야 암컷이 하는 일은 무조건 옳다 정도인데!

로 끝을 맺고 있다. 김광수의 작품들이 현실을 예리하게 비판하면서 옳은 길을 갔으면 하는 의도를 지닌 것과 동일선상에서 이 작품도 우화소설이란 특이성을 지니면서도 그 궤를 같이하고 있다. 오리를 등장시켜 오리세계를 잘 묘파한 작가의 세밀한 관찰력과 지적우위를 내세워 인간세계의 잘못을 질타하는 성과를 거두고 있다. 무엇보다 동화의 세계도 아닌 우화소설이란 점에서 형식적 특이성을 높이 사고 싶고, 나아가 통일, 균제, 조화를 이루고 있다는 점에서 평가의 잣대를 들이대더라도 과찬은 아닐 것이라는 말을 덧붙이고 싶다. 자주 논의되지만 그의 문장력의 우월성을 인정하지 않을 수가 없다.

김해권의 「종로 비둘기」는 현실에서 가장 화두가 되고 있는 노인문제의 심각성 일부를 소설화하고 있다.

> 김밥 1000원, 우유 500원, 커피 900원, 예비비 100원 합계 2500원. 이 금액이 알뜰하나 곁에 있으면 찬바람이 이는 며느리가 매일 최점식 노인에게 물 묻은 손으로 주는 용돈이다. 차비가 안 들고 담배를 안 피우니 말이지, 그렇지 않다면 용돈은 그 2배가 넘을 것은 뻔하다.

이렇게 시작되는 이 작품은 종묘광장에서 펼쳐지는 노인들의 소일 상황을 영상에서 보는 것처럼 선명하게 처리하고 있다. 조 노인과 내기바둑을 두고, 져서 예비비로 간직한 13,000원 중에서 12,000원을 술값으로 지불하고, 남은 돈으로 건빵 500원짜리를 사려고 주머니에서 돈을 끄집어내다가 지폐 2,000원도 딸려 나와 땅에 떨어진 채로 그냥 두고 가자마자 건빵 주인이 주워 챙긴다. 그 후 몇 가지 사건들이 지나가고, 편의점에서 라면을 먹고 나니 1,500원을 낼 수가 없었다. 예비비 13,000원(아마 13,100원으로 인쇄된 부분은 오자일 것임) 오늘 용돈 2500원.

15,500원에서 술값 12,000원, 건빵 500원, 커피값 300원을 제외한 2,700원이 있어야 하는 데… 다른 주머니로 들어갔나?

1500원을 빌려달라고 사정해도 주인집 아주머니나 누구 하나 거들떠보지 않았고, 결국 봉변을 당한다. 그리고 종묘광장으로 나오니 W. T. 전국연합의 사진전시회에서 연설하는 사람과 상대하다가 여러 노인들로부터 뭇매를 맞고, 들것에 누워 경찰차 오기를 기다리는 중에 눈을 떠 비둘기 나는 것을 보고는, 40년 전에 쓰여진 김광섭의 시「성북동 비둘기」가 생각난다. 그리고「성북동 비둘기」와「종묘 비둘기」의 차이점을 세 가지로 비교하고, 경찰차에 실려 가면서 차창 밖으로 보이는 비둘기 무리들을 본다.

하늘은 투명함을 유지한 채로 싸늘한 바람으로 인해 코발트빛으로 얼어 가고 있었다.

이 소설은 현실 고발의 성격을 강하게 띤 작품으로 작가의 시선이 노인 문제에 초점을 맞추고 있다. 특히 종묘광장에 매일 무리 지어 노닐고 있는 노인들의 거동을 밀도 있게 묘사한 대목들이 인상적일 뿐만 아니라 작가의 손에서 재생산된 작품에서 더욱 빛이 나고 있다.

이상의 세 작품은 공통적으로는 현실에 밀착된 문제들을 작품화했다는 점이다. 그러면서도 작가 개인들의 특성이 선명하게 표출되었고, 주제가 뚜렷하다는 것은 작가 정신의 확고한 바탕에 기인되고 있다. 특히 김광수의 우화소설에 더 많은 관심이 집중되는 것은 형식과 내용이 조화의 미를 획득하고 있기 때문일 것이다. 평자로서는 다만 작가 세 사람의 노작에 경의를 표하고 싶을 뿐이다.

청순한 작가정신의 현현顯現

　과문한 탓인지는 모르지만 대구지방에서 소설집을 만난다는 것이 그리 쉬운 일은 아니기에 류경희 소설집 『어떤 해후』를 받고, 노작에 쏟은 그의 열정에 축하한다는 말 대신에 몇 자 적기로 한다. 무엇보다 소설집에는 자칫하면 사족蛇足처럼 보일 수도 있는 작가의 변辯이나, 그 흔한 해설조의 글도 없이 다만 단편소설 아홉 편만 게재된 것이 무척 반갑게 다가왔다.

　소설이 활자화되었을 때는 이미 작가의 것이 아니고 독자의 몫이므로 독자에게 맡긴다는 의미에서 신선한 충격을 주었다. 평자 역시 독자니까 독자 편에서 몇 마디 표현하는 것은 또한 나의 자유에 속한다. 소설 기법에 치중하면 순수성이 훼손될 가능성이 있지만 류경희 소설에는 청순한 사랑의 변주變奏가 독자들의 가슴에 살포시 전해지고 있다. 특이한 소재들은 아니지만 현실의 가능한 세계를 깨끗한 필치로 엮어 나가는 능력이 소설가답다는 느낌을 주고 있다. 나에게는 류경희 작가에 대한 정보는 속표지에 기재된 내용 외에는 아는 바가 없다. 다만 그의 작품만이 내가 읽고 이해할 뿐이다. 역사주의 비평 방법에서는 작가의 상세한 정보가 작품 평가에 지대한 도움을 준다는 의미에서는 중요시될 수도 있지만 형식주의 비평(신비평)에서는 오직 작품만이 유일한 대상이 된다는 측면에서는 나의 이 작업도 무의미하지는 않을 것이다.

「생명」

이 작품은 담담하게 전개된 한 편의 수필과도 같은 소설이다. 17세의 아들을 교통사고로 잃은 어머니의 마음이 잘 묘사되고 있다. 한편 청소부 아줌마의 유복자 아들이 한쪽 다리 장애인의 며느리를 맞이해야만 했던 갈등의 사건과 조화를 이루면서 서술과 묘사가 한결청결하게 각인되고 있다. 특이한 소재가 아닌 데도 이렇게 소설로서 우리 앞에 와 있다는 것은 작가의 재능에 속한다고 하겠다.

「안개 속에서」

채영이와 민주, 이혼한 남편. 단일한 인물들이 펼치는 내면 심리 묘사가 작가의 역량을 가늠케 한다. 마지막에 이르러 채영의 서점 문에

> 멀리 떠납니다. 다시 돌아올 수 있다면 따뜻한 모래 한 움큼씩 선물하겠습니다. 모두 행복하십시오.

라는 글귀가 일품이다. 이 말 속에는 그의 행적의 결말도 담겨 있다. 무엇보다 평범한 사건을 이야기로 엮어 한 편의 소설이 되고 있음에 주목할 필요가 있을 것 같다.

「밤에 부른 노래」

현수가 5학년 때 아빠는 간암으로 세상을 떠난다. 고등학교 1학년이 되었을 때 보험 설계사로 일하는 엄마(세인)가 아내를 교통사고로 사별한 보험회사 부장과 재혼한다. 큰아들 민수는 엄마의 재혼을 찬성하지만 아빠를 무척 좋아했던 현수는 극력 반대한다.

> 내 아버지도 아닌데, 난 아버지라고 부를 수 없어. 내겐 오직 돌아가신 아버지뿐이란 말이야. 강요하지 마! 절대로 난 아버지라고 부르지 않겠어. 엄마는 행복하게 살아, 난 이 집을 나갈거야. 다시는 돌아오지 않아!

하고는 가출한다. 이름만 고시원이지 쪽방에서 피자 배달하면서 생활한다. 한때 같이 놀았던 애들이 현수가 번 돈을 갈취하려고 기다리고 있다가 현수가 돈이 없다고 하자 그들이 현수를 구타한다. 현수는 병원으로 실려 간다. 거기에서 엄마와 화해가 되고 새아빠의 진심 어린 사랑에 현수는 감동한다. 이 장면에서는 자칫하면 우연처럼 보이지만 앞부분에서 복선을 깔아 놓았기 때문에 필연성을 획득할 수가 있고, 소설로서의 가치도 인정될 수 있게 한다.

「비」

남편이 43세에 직장에서 잘리자 가출한다. 39세에 초등학교 2년생인 유진은 딸을 데리고 살면서 빵집을 경영한다. 비를 좋아하는 그녀는 조금은 이 세상의 여느 여인과는 달라 보인다.

> 어떤 여성에게 성욕을 느끼고 서로 쾌락을 즐겼다고 해서 뭐가 잘못인가. 자신이 줄 수 없는 것을 다른 여자에게 얻었다고 해서 그것이 무슨 문제란 말인가. 정신적인 것이 결여된 육체관계란 그저 동물적 본능 이외에는

아무것도 아니며, 스스로 더러운 짐승이 되어 뒹구는 것, 그뿐이라고 여자는 생각했다.

는 것과

남편이 어느 날 집으로 이혼을 요구하는 서류를 보내온다고 해도 여자는 아무렇지도 않을 것 같다.

이런 여인상도 있을 수 있다는 것을 보여 준 작품이다.

「눈꽃」

은행원인 서연은 이름도 얼굴도 모르는 젊은이에게 겁탈당하고, 그로 인해 임신하게 된다. 한편 우체국에 근무하면서 '사랑의 집'에서 봉사하는 희수라는 사람과 몇 년째 비밀스럽게 만남이 이루어지고, 희수의 부인이 찾아와 그와의 만남을 끝내라고 한다. 서연은 자연 유산으로 끝난다. 자연 풍경의 묘사가 작품마다 빛을 내고 있는데, 이 작품에서도 예외가 아니다.

「꽃이 진 후에」

소자보다 여덟 살 많고 이혼까지 경험한 놈에게 미쳐서 결혼한다고 했을 때 어떻게든 말리지 못한 것이 어머니에게는 뼈저린 후회로 남아 있다.

소자의 남편은 아내를 교묘하게 속이고 집까지 팔아 주식투자를 했다. 대박을 노리며 그가 투자한 주식은 어느 순간 휴지 조각보다 못한 쓰레기가 되어 날아가 버렸다. 그로 인해 이혼하게 된다. 민요섭이란 기간제 교사와 교회에 가는 도중 만나게 되고, 한편 요양병원에 계시던 어머니가 세상을 떠나게 되자 좀처럼 보이지 않던 오빠 두 사람이 아파트를 처분해서 나누자고 하는 장면은 현실의 반영이다. 이 작품에서는 요양병원의 생생한 묘사가 리얼하게 전개된다.

> 계단을 올라 그와 함께 본당 안을 들어서는 소자의 내면 가득 어머니의 꿈속에서처럼 찬란한 빛들이 아름답게 빛났다.

로 끝맺음한 기법도 눈여겨볼 만하다.

「별이 있다」
남편 철수가 회사 회식 후 못 먹는 술을 먹고 자전거를 끌고 오다가 교통사고를 당하는 부분은 작가의 의도적인 느낌이 필연성보다 우연성에 더 무게가 실리는 듯하다.

「회상」
44세. 30년 전의 아버지 나이만큼 된 지금, 돌아가신 아버지를 회상한다. 신발에 대한 치밀하고 섬세하게 묘사된 대목이 특이하다.

> 어쩌면 다리를 절거나 절지 않거나 사람들은 모두 자신도 모르는 사이에 한쪽으로 기울어져서 그렇게 조금씩 절룩거리며 살아가고 있는지도 모른다.

는 표현이 시선을 끈다.
동창생 K와의 만남도 깨끗하게 마무리한 작가의 재능이 엿보이는 대목이기도 하다.
아홉 편의 단편소설을 주마간산 격으로 살펴보았지만, 독자로서의 임무는 충실하게 이행했다고는 보지 않는다. 소설집을 만나기 힘든 때에 류경희의 『어떤 해후』 소설집을 읽을 수 있는 기회가 주어진 것에 먼저 산고를 이겨낸 작가에게 위로와 축하를 보내고 싶은 심정이다. 일단 소설로서 태어난 지금, 유니크하고 감동을 자아낼 만큼 수작이 되면 더없이 좋겠지만, 작품의 우열을 떠나 그 작품은 평자나 독자가 무어라 했던 .그것대로 가치를 지니고 있음은 인정해야 한다. 무엇보다 작품마다 청순한 작가정신이 빛나고 있음도 주목에 값한다고 하겠다.

즐거움을 주는 소설작품들

《일일문학》이 벌써 4호를 발간했고, 5호 편집에 이르고 있다. 다른 장르에서도 정리가 필요하겠지만 소설의 경우는 작품 수가 많아지면 논의하기가 쉽지 않기 때문에 5호에는 발표된 작품들을 중심으로 살펴보는 것도 무의미하지만은 않으리라는 데 기인한다.

창간호에는 이연주의 「토끼와 호랑이」, 2호에는 송일호의 「족보」와 이연주의 「석류와 아이들」, 4호에는 송일호의 「사랑」, 이민정의 「그들의 파티」, 이연주의 「항구를 떠나다」가 발표되어 있다. 이 중에서 송일호의 「사랑」은 이런 경향의 작품들을 논의할 때 다루기로 하고, 다섯 편만 편의를 제공받기 위해 게재된 순서대로 살펴보기로 한다.

소설 제목부터 동화에서나 볼 수 있는 「토끼와 호랑이」라 더욱 호기심을 자극했다. 소설 속에서는 삽화揷話의 역할을 하면서 분명히 동화로 기술되어 있음을 확인할 수가 있다.

이 소설에서 가장 두드러진 특징은 일상생활에서는 잘 사용하지 않는 순수한 우리말을 찾아내어 표현한 작가의 풍부한 어휘력에 압도되어 감탄을 금치 못하게 하고 있다는 점이다. 그것도 작가가 새로 만들어 낸 말이 아니고, 사전 속에 있는 우리말을 적재적소에서 빛을 내고 있다. 조금은 작가의 심도 깊은 의도가 개입된 느낌을 지울 수가 없게 한다. 그것은 교육적 효과를 기대하면서 노력한 결과이리라.

당조짐하듯, 우두망찰, 댕돌같은, 길래, 윌총이, 달망지게, 보짱, 어정뜬, 지멸있게, 종작없이, 무람없이, 냉갈령이, 능쳐말했다, 곰비임비, 능놀며, 능준히, 에멜무지, 깔축없이, 헌걸찬, 지며리, 조쌀했다, 직수굿이, 이엄이엄, 검차게, 은짬부터, 가무리고, 앵돌아졌는지.

이 낱말들은 『우리말 큰사전』에는 다 들어있지만 일반 사전류에는 없는 것도 있다. 그 뜻을 다 풀이했으면 좋겠지만 지면을 따로 할애하는 편이 더 좋을 것 같다.

작품 구성에서는 두 개의 삽화와 어릴 때 시골에서 있었던 삼형제의 에피소드가 사실적寫實的으로 묘사되어 작품의 무게를 더해 주고 있다. 삽화의 하나는 「스님과 소동小童」이야기고, 또 하나는 소설 제목인 「토끼와 호랑이」라는 동화다. 앞에 것은 효제孝悌는 백행지본을 말한 것이고, 동화는 꾀 많은 토끼와 약간은 어리석은 호랑이 이야기로서 이 작품에서는 아버지 토끼와 어머니 호랑이로 비유의 역할을 담당하고 있다. 이 두 삽화가 조금도 어색하지 않고 매끈하면서도 쉽게 읽힌다는 점은 전적으로 작가가 구성을 잘 활용한 재치에 있다고 하겠다.

아버지는 초등학교 교장으로 정년퇴임했고, 큰아들은 검사 출신 변호사, 둘째는 대학교수, 막내는 국어교사, 어머니는 종갓집 칠 남매의 맏며느리로서 온갖 일을 맡아서 일하다가 그만 노인성 치매에 시달리게 된다. 퇴직한 아버지가 모든 수발을 하면서 "너희 오매는 이 애비가 끝까지 지키마."고 자식들을 안심시키면서 실제로 열부烈 夫가 된다.

아마 지금까지 너희 오매에게 들려준 것만도 수천 번은 넘을 게다. 말하자면 그 동화가 너희 오매에게는 잠을 불러들이는 자장가요, 희로애락의 감정을 자극하는 촉매제요, 기억의 회로를 이어주는 묘약인 셈이지. 그 동화를 들려주면 새록새록 잠이 들기도 하지만 때로는 울기도 하고 웃기도 했으니까 말이다. 그런데 최근까지도 이 애비는 너희 오매가 그 동화를 그토록 검차게 붙잡고 있는 이유를 몰랐구나.

아버지는 그 은짬부터 걷잡을 수 없는 눈물을 쏟았다.

바로 며칠 전이다. 평소와 다름없이 그 동화를 들려주는데, 갑자기 너희 오매가 눈에 불을 켜고 "네 이놈 토끼야!" 하고 내 먹살을 틀어지는데, 그 순간 이 애비는 망치로 된통 정수리를 얻어맞은 기분이었다. 그제야 번쩍 깨달았구나. 그 이유가 한(恨)이었단 걸 말이다. 이 애비가 신혼 초야에 우스게 삼아 그 동화를 들려주었으니 그 세월이 얼마냐. 그 긴긴 세월동안 자신은 토끼 꾐에 빠진 호랑이 신세로 속절없이 살았다는 한을 가슴 깊이 가무리고 있었던거라. 그 한이 맺히고 뭉쳐서 화병이 되고 그 화병이 자라서 말경에는 사악한 요물이 되어 너희 오매의 영혼을 사정없이 물어뜯은 것이야….

이 인용문에서 보듯이 이 소설의 중요 핵심이 이 동화와 연결되어 있음을 능히 알 수 있게 해 주고 있다.

아버지가 세 아들에게 평소에 하지 않던 "보고 싶다"라는 전화를 하게 되고, 세 아들이 고향의 아버지 집으로 모이는데, 이때 그들의 어릴 적 에피소드가 전개된다. 아버지의 권유로 하룻밤을 지내게 되는데, 잠결에 큰 형의 "아버지!"라는 외마디 비명에 두 동생이 잠에서 깨게 된다.

아버지와 어머니는 여느 때처럼 방 가운데에 반듯한 자세로 나란히 누워 있었고, 큰 형은 아버지의 가슴께에 엎어져 심하게 어깨를 들썩이고 있었다. 나는 대번에 머리가 쭈뼛 서고 눈앞이 캄캄해졌다. 아버지의 머리맡에는 하얀 봉투가 하나 놓여 있었다. 그 속에는 다음과 같은 글이 적혀 있었다.

- 너무 슬퍼하지 마라. 누구나 한 번은 이 길을 가는 법이다. 실은 이 애비가 그저께 밤에 오매를 앞세웠다. 그저께 밤에는 유일한 희망이던 그 동화마저도 아무런 효험이 없더구나. 이쯤에서 너희 오매를 데리고 가야겠다고 판단했다. 어제 잠시 너희들을 속여서 미안하구나. 어쩔 수 없었다. 어제 애비가 한 말 잊지 마라. 우리는 괜찮다. 자책하지 마라.

이 소설은 이렇게 끝을 맺는다. 평범하면서도 아들을 잘 키운 집안 가족사의 한 토막 같지만 그 속에는 현실이 그대로 재현되어 있고, 아버지의 무게를 느끼게 하는 강한 힘도 읽을 수 있다. 구성에 있어서도 작가의 재치가 번쩍이는 섬세한 배려가 깔려 있음을 눈치챌 수 있고, 그것은 곧 작가의 탁월한 재능과 연결되어 있음을 감지할 수 있다. 앞에서도 언급했지만 평소에 잘 활용하지 않는 순수한 우리말을 선택해서 표현한 작가의 의도는 교육적 효과도 기대했으리라는 짐작을 가능케 해 주고 있다.

전편에 걸쳐 깔끔하게 처리된 구성과 풍부한 우리말을 구사하여 사실적寫實的으로 묘사한 문장력은 단편소설의 한 축을 구축했다는 평을 받기에 충분하다는 말을 덧붙이고 싶다. 아울러 더 성숙한 작품들이 지속적으로 지면을 장식하여 우리를 기쁘고 즐겁게 해 주리라는 희망을 품게 한다.(2014년《대구문학》110호에 전재全載함.)

송일호의 「족보」는 있을 수 있는 기막힌 이야기가 그 중심에 닿아 있다. 전반부의 많은 분량은 박 노인을 통해 작가가 하고 싶은 말들을 거침없이 서술하고 있는데, 그중에서도 집에서 기르는 암소와 개, 그리고 닭에 대한 짝짓기의 세밀한 표현은 이 소설이 노리는 '족보'에 얽힌 이야기와 매우 밀접한 관계를 유지하고 있다.

암소가 발정할 때의 상황을 상세히 묘사하면서 박 노인은 '족보'의 소중한 유산을 생각하고 함부로 교배를 시키지 않는 굳건한 정신 자세와 개들은 여러 배의 새끼를 낳았기 때문에 아들 손자뻘 되는 개들도 암내를 맡고 어미에게 달려드는 장면을 목도하면서 생각만 해도 끔찍했다고 하는 부분, 그리고 햇병아리가 어미를 올라타고 그 짓을 하지 않는가. 여기에 이르면 작가는 인간뿐만 아니고 동물세계의 짝짓기에 대해서도 깊은 조예가 있음을 알게 해 준다. 작가는 또한 동물들의 무질서한 암수 관계가 인간과 무엇이 다른가를 물으면서 박 노인은 성산 박朴씨 가문의 뿌리가 되어 있는 족보를 가진 것을 자랑스럽게 여기고 있다. 그래서 호주제 폐지 반대운동에 참가한다. 그러나 호적법은 국회를 통과했고 현재 시행중이므로 김金씨가 이李씨가 되고, 이李씨가 김金씨가 되고, 여자가 호주가 되고, 수백 년 전통으로 내려온 뿌리는 하루아침에 풍비박산이 나고 족보는 무용지물이 되었다.

박 노인이 병적으로 짐승에까지 근친상간을 싫어하고 호주제 폐지를 반대한 속 깊은 특별한 이유는 일찍이 슬하에 자식이 없자 본처의 묵인하에 여자를 보게 되었고, 늦었지만 남매를 얻게 되었는데 젊은 후처의 바람으로 인해 어린 아들은 박 노인이, 갓난아기 딸은 후처가 기르기로 하고 이혼을 하게 된다. 아들은 아버지를 닮아 미남형에 키도 컸으며, 대학을 졸업하고 제대 후에 취직을 한 신랑감으로는 손색이 없었으나 좀처럼 결혼 상대자가 없었다. 결국 결혼상담소에서 주선한 여자가 있다는 소식이 박 노인에게 전해 왔다. 상견례를 미루다가 여자가 고아라는 것을 박 노인이 알게 된다. "뼈대 있는 집안에 고아를 며느리로 맞이할 수는 없다."고 단호하게 주장한다. 마지막에는 "이 여자가 아니면 장가가지 않겠습니다. 우리는 남이 아닙니다. 아기까지 가졌습니다."라고 해 박 노인은 속이 쓰리지만 결혼을 허락한다. 손자가 태어나는 날, 박 노인은 처음으로 아들 집을 방문한다. 거실 책상 위의 인형들 옆에 놓인 앨범에서 모녀 간에 찍은 사진이 있었다. 그런데 이게 어찌 된 일인가? 이혼한 후처가 그 앨범에 있었다. 그러니까 장모는 바로 아들의 친어머니였다. 이혼한 후처는 자기 이름으로 호주가 된 것이다. 그녀가 살아 있었다면 아들을 인지할 수도 있었겠지만 이미 교통사고로 세상을 떠난 후였다.

아주 극단적인 예가 되겠지만 앞으로 이와 같은 사례가 없으란 법이 없는 만큼 우려가 되는 상황을 작가의 상상력으로 작품화한 것이다. 자손을 번성시키기 위한 수단으로 롯의 딸들이 아버지에게 술을 먹이고 잉태한 경우와 일시적 감정을 억제하지 못하고 근친상간을 저지르는 경우 등도 예나 지금이나 있다. 제도적인 허점에서 야기되는 기막힌 현상을 모르고 지나치면 그뿐이겠지만, 알았을 때의 충격은 감내키 어려울 것이다. 그래서 박 노인도 허탈한 웃음이 끝내 울음으로 변하고 말았던 것이다.

일종의 사회 고발 성격이 짙은 작품이라 하겠다. 많은 곁가지들이 산재한 서술부분은 치밀한 구성과 독자들에게 긴장감을 계속 지속시킨다는 측면에서는 절제가 요구된다고 하겠다. 이는 필자 자신이 더 잘 알고 있으리라 짐작된다. 작가의 특유한 시니컬한 시각과 비판의식은 작가의 정신세계가 그만큼 확고한 정의 구현에 근간을 두고 있다는 점에서 좋은 평가를 내려도 이의가 없으리라 생각한다.(《竹筍》 44호(2010년 11월 5일)에 전재全載)

이연주의 「석류와 아이들」은 재미가 있다. 석류가 있는 집의 성유란은 초등학교 6학년 때 전학했고, 아버지는 경찰공무원이다. 도시풍이 풍기는 그녀의 모습과 언변에 아이들에게는 선망의 대상이 된다.

소설의 시작은 '시詩'가 맨 앞에 자리하고, 성유란이 투신했다는 소식에서부터 전개된다. 레인보우 맴버들이 한결같이 성유란을 사모했고, 성인이 된 그들에게 접근하여 성유란은 미모에 걸맞는 행동을 마음껏 발휘하여 사기행각을 벌인다. 성유란은 3인조 갱의 한 맴버였고, 대상자 물색, 맞춤형 전략 접근, 유인 및 증거 확보와 해결 등으로 철저히 분담된 갱의 변종이었다. 성유란의 역할은 두 번째였고, 꼬리가 밟혀 수배를 받아 오다가 점점 좁혀오니까 그 중압감을 이기지 못해 막다른 선택을 했다는 게 경찰의 판단이었다. 성유란의 결혼이나 자녀, 유학 등은 모두 거짓이었다. 레인보우 R이 마지막으로 시를 띄워 소설은 끝이 난다. 처음과 끝에 시를 얹어 놓은 의도된 구성도 독자들에게는 이색적인 인상으로 남는다.

사람은 겉과 속이 다르다는 점을 각인시켜 주고 있으며, 사람이 추구하는 모든 희망도 어쩌면 허망한 꿈에 불과하다는 것을 시사하고 있다. 특히 이연주 작가만이 가진 평상시에 잘 사용하지 않는 우리

말을 찾아 적재적소에서 그 의미의 폭을 확장시켜 준 것은 칭찬만으로는 모자랄 것 같다.

이민정의 「그들의 파티」는 인간이 동경하는 신의 세계에 대한 기대감을 서술하고 정작 그곳은 인간의 상상만으로는 미치지 못하는 세계일 뿐임을 제시하고 있다.

기독교에서 말하는 휴거携擧는 종말론의 미래학적 해석의 하나로 예수가 세상에 다시 올 때(재림) 기독교인들이 공중에 올라가(소설에서는 들림 마차를 타고 올라가는 것으로 기술) 그 분을 만난다는 것을 가리키는 말이다.(휴거와 재림을 분리해서 이론을 전개하는 학자들도 있다.) 바울이 데살로니가 교회에 보낸 편지 중에

> … 주께서 강림하실 때까지 우리 살아남아 있는 자도 자는 자보다 결코 앞서지 못하리라. 주께서 호령과 천사장의 소리와 하나님의 나팔소리로 친히 하늘로부터 강림하시리니 그리스도 안에서 죽은 자들이 먼저 일어나고 그 후에 우리 살아남은 자들도 그들과 함께 구름 속으로 끌어 올려 공중에서 주를 영접하게 하시리니 그리하여 우리가 항상 주와 함께 있으리라.(데살로니가 전서 4장 15절-17절)

여기에 근거하고 있다. 요한계시록에서 언급된 부분도 있지만 너무 전문적이라 피하기로 한다. 휴거의 일시를 예언했다가 낭패를 당한 예들도 있다. 다미선교회 이장림 목사와 노스트라다무스Nostradamus다.

이 작품에서는 제목에서도 「그들의 파티」라 해서 거리를 두고 있음을 확인할 수가 있다.

그 순간 난 듣고 말았다. 신들의 말은 귀로 들리는 게 아니라 마음으로 저절로 들리는 법이다.

"와! 그 놈 다리가 통통한 게 참 먹음직스럽게 생겼구먼."

파티는 그들, 신들만의 파티였다. 아!

이색적인 소재라 궤도에서 이탈할 가능성도 있을 수 있겠지만 작가정신의 기저에는 건전성이 내재하고 있어서 이를 극복하고 있다.

이연주의 「항구를 떠나다」

루키아노스섬을 탐방하는 7명(남 4명, 여 3명)중 팀장 루나리아는 자기들이 타고 갈 미라클호에 대한 자부심이 대단했다. 수공양용水空兩用의 최첨단 위성 항법장치까지 갖추었고, 어떤 외부적 악조건에도 안전성과 쾌적성이 보장되는 꿈의 방주라고 강조한다. 팀원들의 소개가 있고, 선지자 루키아노스님께서 가셨던 그 길을 간다고 설명한다.

'포도나무 여인의 섬'에서의 불미스런 일 소개에 이어 '엔디미온의 나라'에 불시착한 얘기가 나온다. 그 외에도 상상적인 얘기가 전개된다. 나(젠틀맨)는 43살에 아내를 불의의 사고로 잃고, 남매를 키워 직장까지 마련한 후 명예퇴직했다. 한편 팀장은 실제로 가 본 것처럼 목적지에 대한 환상적인 이야기가 계속 진행되고, 팀원들의 신상에 대한 에피소드들이 지루하지 않게 전개된다. 그리고 "항구의 밤은 거침없이 깊어갔다."는 구절 이후는 나와 아들의 이야기로 전환된다.

아들이 친구의 빚 보증을 잘못 서 큰 빚을 지게 되었다면서 미국으로 건너가 성공해서 꼭 갚겠다는 말에 명예퇴직금과 퇴직수당, 노후자금으로 모아둔 정기예금까지 인출해서 아들에게 준다. 그 후 어느 날 제주에 사는 지인으로부터 아들을 길거리에서 봤다는 소식을 듣게 된다. 아들은 제주에서 거짓말처럼 살고 있었다. 그 후 나는 매일 통음과 통곡으로 보내다가 구세주 루나리아(팀장)를 만난다. 팀장의 개인 속사정도 알게 된다. 승선한 후 아들의 영상이 나타나지만 외면하고 다음과 같이 이 소설은 끝이 난다.

아들의 눈이 부르는 소리가 더 이상 들리지 않을 때쯤 나는 마지막으로 항구를 돌아 보았다. 아스라이 멀어져 가는 항구는 푸르스름한 새벽안개에 젖어 여전히 깊은 단잠에 빠져있었다.

이 소설은 구성에서 세심한 배려를 하고 있음이 확연하게 부각되고 있다. 시작은 미지의 세계에 대한 호기심을 자극하고 그러고는 현실세계로 돌아와 우리 삶의 한 모퉁이를 실감나게 보여주는 작가의 재치가 한몫을 한다. 또한 이연주 소설가답게 한국소설가 중에 유일하게 순수한 우리말이 곳곳에서 빛을 발휘하도록 기술하고 있다는 점도 추가하고 싶다.

소설가가 작품을 쓸 때는 전지전능한 존재가 되어 사람의 겉과 속을 마음대로 넘나들면서 미지의 세계까지도 직접 체험한 것처럼 묘사한다. 이런 작가의 권한이 여지없이 표출되고 있음을 찬사로 덧붙여도 좋을 것 같다.